破 局

任正平 著

陕西新华出版
太白文艺出版社·西安

图书在版编目（CIP）数据

破局 / 任正平著. -- 西安：太白文艺出版社，2024. 7. -- ISBN 978-7-5513-2658-2

Ⅰ. I247.5

中国国家版本馆CIP数据核字第2024AZ7259号

破局
POJU

作　　者	任正平
责任编辑	耿　瑞
装帧设计	青年作家网
出版发行	太白文艺出版社
经　　销	新华书店
印　　刷	永清县晔盛亚胶印有限公司
开　　本	787mm×1092mm　1/16
字　　数	231千字
印　　张	16.5
版　　次	2024年7月第1版
印　　次	2024年7月第1次印刷
书　　号	ISBN 978-7-5513-2658-2
定　　价	68.00元

版权所有　翻印必究

如有印装质量问题，可寄出版社印制部调换

联系电话：029-81206800

出版社地址：西安市曲江新区登高路1388号（邮编：710061）

营销中心电话：029-87277748　029-87217872

自　序

考虑到后面还有两部，自觉很有必要为这第一部写个序言，以使读者对"三部曲"的主旨更为明了，对我本人来说也很具仪式感。

仪式感，是我喜欢的。

这就要从写《破局》的初衷谈起。那是3年前，我35岁，在企业里从事行政工作，干得还不错！年底，我照例给自己做了个年度小结，主要是总结一年来的进步点，规划来年的重点事项。这些事项不仅是工作方面，更多的是个人成长——事关读书、写作、朋友圈子……很常见，许多人都会这么做年度小结，对不对？可是，那一年，我却没能写完它。

写不了，完全写不了。过去的一年收获满满，可是来年前途却是肉眼可见的渺茫——无须组织谈话我也清楚，在这个经验丰富、资历过硬的好年纪，对于企业来说，我却已经老了。老到要从关键岗位上退下来，要给新人腾位子了……

我非常理解，非常配合，但也非常不情愿。于是，消沉地窝在家里，3天后，我开始写简历。此处不留爷，自有留爷处！结果可想而知，我在"外面"的人才市场并不受欢迎，无论是岗位还是薪资都不足以让我真正辞去铁饭碗。

很快我发现，很多同事跟我有同样的困惑，而他们之中许多人选择了把富余的精力投入到发展"第二曲线"上。有人做自媒体，有人学理财，有人卖保险，可谓八仙过海——各显神通。悄悄地。

这是个很好的发现，尤其是时间很对。我开始重拾写作，把文件夹里写完的、没写完的短篇小说都翻出来重新审视，修修改改。有几篇认为不错的，就选择了投稿。这一投便不可收。随着在几个平台上成功的作品越来越多，自己的写作能力也飞速提升。这得益于我非常系统地学习过很多关于对白、人物刻画、情节铺排甚至电影剧本写作方面的知识，学了就练，练习的过程积累了大量素材。根据初步估算，在《破局》动笔时，相关素材已20余万字，其中的很多片段被《破局》使用。

那么，我为什么不试试写一部长篇小说呢？半年后我真的被调往"养老"岗位时，面对大把富余时间，我这么想。

接下来就要考虑：写什么？主题是什么？

本着对写作的敬畏，我毫不犹豫地选择了十几年来在大企业见到最多的那些内容，千千万万同样境遇的人最关心的那个主题——我们都是普通人，普通人在有限的能力范围下，该如何冲破困局？

该如何呢？写作的过程，也是一次探寻答案之旅。时至今日，这部小说完整地呈现在我眼前时，我想说：答案与我的预期不同。我在写作过程中成长了，突破了固有认知。当跳出自己的视角，切换到不同角色时，竭尽全力地奔赴在不同的命运之路时，会感觉到有一张"网"，人人都身不由己，被裹挟着前行。我的心中升起的竟然是悲怆之情。

都说"人生是一场修行"，我想说：人生是一次漫长的征途。沿途荆棘遍布（问题和麻烦），而你要做的不是纠缠在荆棘丛中，而是找到突围路线，奔向你的目的地。前进，前进！

如果本篇自序一定要有个题目，那会是我想对所有读者说的话：前行的人，不孤单。

前进吧，没有什么能束缚一个向往自由的灵魂！

我们都是平凡的小人物，也偶尔成为别人眼里的大人物。彼时，我们如此有力量，毫无防备地就成了他人的绊脚石，挡住他们。日子，就是在一个个困局与破局里前行。我们像翻滚在河床里的一堆鹅卵石，在岁月里被冲刷，历经磨炼。只不过，有些人收获了、成长了，有些人一无所得、碌碌此生……

01

被老婆晃醒的时候,床头柜上的手机已经嗡嗡振了许久。水建三烦躁地翻了个身,摸过手机,勉强睁开眼看清了号码——陌生来电。

"大半夜的,打骚扰电话?!"他嘟囔着,把手机拍在床头柜上,翻身又睡了过去。

齐亚茹看了看时间,零点刚过十几分钟,对于周末来说还远不到睡觉时间。屋外的倾盆大雨制造出和谐的噪声,屋里的小夜灯在黑暗里笼出一片鹅黄色的秘境,很是宜人。她推开水建三搭过来的胳膊,往那秘境处挪了挪,继续倚在床头玩手机。

这场雨从周三下午开始,已足足下了50多个小时,几乎不停歇。气象局发布了橙色暴雨预警,说大雨来势凶猛,提醒居民和各单位做好防汛工作,幼儿园和小学也从周四开始停课。不过,到今天下班为止,除了个别低洼道路积水影响了交通,整个南浦市还算节奏正常。这主要得益于南浦是座新城——自2009年7月起从东南省省城的一角划分出来独立为市级行政区,刚满7年。而早在10年前,这块区域就是挂牌的省级重点开发区,主打高新产业。市政投资多、城市规划好,加之靠近大海,排水畅通。

谁都没有想到,这座新城里的一座新楼房,一场大雨竟冲毁了它的地基。

南投集团南浦分公司今天的值班保安老张此刻正站在暴雨中,一手撑着伞,一手拿着电话,焦急地仰望面前一栋8层小楼。泥沙不断地漫进他的鞋里,扎得他不安地踱来踱去,这泥沙原本属于这栋宿舍楼的地基。这楼,要塌!

10分钟前,正待在值班室玩手机的老张忽然发现水泥地板居然有水迹,仔细寻摸后,确认那不是倒灌的雨水,也不是窗台漏水,而是从地板的几条裂缝里渗出来的!地板什么时候裂开了?

瞬间,老张想到了宿舍楼是危楼的传言,一拍大腿,跳了起来,抓起雨伞就冲了出去。

宿舍楼这几年下陷了十几厘米,楼体与地面早有明显裂缝。老张打着手电筒,半蹲在地上查看墙根——混着泥沙的雨水正从几条大裂缝处汩汩流出,情况不妙。老张马上拨通办公室主任水建三的电话,不料,居然被挂断了!

老张又急又恼,楼里可是住着前几天刚刚入职的新员工啊!5个人呢!他得抓紧时间通知他们撤离!有个窗户亮着灯,他对着灯光大声喊,没用;拿手电筒疯狂地晃向窗户,也没用。雨声、雷声、闪电淹没了一切动静……

漫过脚面的泥沙越来越多,情况紧急。负责安保后勤的老李前两天回家吊丧,水建三那个家伙不接电话。还能找谁通知孩子们撤离?对了!王向东!这位负责财务的老哥平日里总是笑呵呵,每天过来过去的,也常跟保安们聊上几句,是个热心人。

老张一只手撑住滴答漏雨的伞,一只手摸索着把手机举到眼前。手机没有动静,多按了几次后,那屏幕似乎闪了闪,就再也没了声息,看来进水了。顾不得心疼手机,老张快步奔回宿舍楼靠近外墙转角的值班室,那有座机和久久不用的电话簿。

咒骂着水建三的老张拖着灌满了泥水的雨鞋,以最快的速度冲进值班室,扑到值班台前,随手抓起桌边的抽纸,胡乱地在脸上擦拭几下,用力地眨眨眼,俯下身,拉过电话簿。很快找到了水建三的名字,往上数,都是老总。往下数,第一个是副主任任文,她是个女的,如果是个男的,也要打给他!下一个就是老财务王向东。

王向东立刻就接了电话,意识到事情重大。他告诉老张:继续打!把办公室的人的电话都打一遍,老总的也要打!自己马上通知新员工撤离,今天早些时候他刚帮新员工办理了餐补,有他们的电话。

水建三的电话再次响了起来,又是老婆推醒了他。齐亚茹还没睡,一直抱着手机敲字,不知道跟谁聊得起劲。被电话吵了两次,脸上原本含羞的笑就变成了愠色。

"快接一下吧！这种鬼天气，指不定出了什么事。你这个办公室主任可长点心吧，我看早晚撸了你！"

水主任不耐烦地哼了一声，接通了王向东的电话。

"宿舍楼要出事了，赶紧回单位！"王向东来不及细说，直接发出了命令。

他刚刚通知了新员工撤离，听他们说家具开始倾斜歪倒，烦躁得很。这种事情居然让自己一个老财务冲在前头？负责安保后勤的老李工作 30 年来一向忠于职守，偏偏就在这几天告假回家。水建三那个不争气的居然不接保安电话！自己本想着再舒舒服服混几年就申请提前退休，怎么就要当英雄呢。王向东又烦，又焦虑，又担心。这栋破楼，明眼人都知道是豆腐渣工程，可是谁能想到这才不到 6 年，地基就坏掉啦！万一那几个新员工不能安全撤离……

今天必须把这个废物水建三抓起来！他一个办公室主任不往前站，谁往前站！这么想着，王向东憋住火气，又添了三五句话，水主任才勉强听明白了。

一脚踹不出个屁来的水建三淡定得很："关我屁事？我都要被撤职了。"

"撤了吗？自己瞎琢磨什么？一天不发撤职文件，你都得给南浦站好这个岗！"

水主任却根本没有要从床上爬起来的意思。王向东气急了，继续训斥他："赶紧给我过来大院！你不是上个月才拿回来检测报告说宿舍楼没事吗？我刚刚通知新员工撤离的时候，他们说楼梯已经开始歪了。"

"质量是没事啊。该我办的我都办了，塌了是领导的责任！"水建三顿了顿，又说，"这种时候不要往前冲啊，东哥……"

"你放屁！我先回单位了，你看着办！"王向东穿好了衣服，抢时间出门。

水建三又缩回到被窝里。齐亚茹已经收了手机，正满脸嘲讽地俯视他，又恨不得一脚给他踢下床去。

"水建三，你们那个破宿舍楼当年还不是托你二舅的福盖的？摆明了是个豆腐渣工程。你能睡安心？"

"哎呀，你到底跟谁一心？关我屁事，关我二舅屁事，你不懂！睡觉！"他困极了。算起来，从那封举报信寄出开始，他已经连续3天没有睡踏实了。现在是周末，就算是查到他头上，也要等两天后了。那么，这个周末哪怕大水淹没了全世界，他都不打算眨一下眼。

"你……"齐亚茹又气又无语，"我去跟女儿睡，你就自己死在床上吧！"

齐亚茹在一家大型公司负责宣传工作，无论是觉悟还是敏锐度都不输这个靠关系上位的办公室主任。如果不是看他家里主动帮自己安排工作，她才不愿意嫁给这个大她5岁的秃头！不，当年结婚时他还不是秃头——无数次相亲失败后，水建三植了发。

许久以后，齐亚茹从老照片里发现她男人居然高中就是"地中海"，着实崩溃了一阵。那段时间，她下了班就跟同事们蹦迪泡吧，经常喝得醉醺醺，足足有一个月除了睡觉根本就不着家。婆家实在没办法，提出再买一套房作为对当时隐瞒情况的补偿。齐亚茹也觉得自己为了头发这种事情确实做得过分了些，也就不再纠结。

很快，有了孩子，齐亚茹也掌握了如何拿捏这个男人、管住这个家，也就这么着了。可是，这么多年过去了，他居然越来越没出息！她还是嫌弃他。

2016年8月6日凌晨约莫12点半到1点钟，几个年轻人在南浦分公司宿舍楼里经历了一场生死劫难。

就在老张趴在值班室的座机上挨个打电话时，住在高层的5名新员工已觉出不妥，自发地商量是否赶紧下楼。他们迅速穿起衣服，拣好了最要紧的东西，接到王向东的紧急撤退指令后，以最快的速度集中到楼梯间。

这栋楼只有8层，正常情况下一个年轻人不出30秒就可以跑下来。可眼下却不容易，危险肉眼可见——楼梯间一侧的墙壁在地基歪斜的牵引下，已有大块墙皮剥落，楼梯上一片狼藉。声控灯的线路似乎也损坏了，忽明忽暗，几个人只能借着安全应急灯和手机灯选择落脚点。

从觉察出家具倾斜开始，还不到5分钟，楼梯间的倾斜已经很明显了。踏在窄窄的台阶上时，人会不自觉地往一边滑。5个人快速商量后，结成两组，互相搀扶着、摸索着往下走。张涵和王浩（张涵的男朋友）走在最前面，打着灯、控制着脚下的平衡、提醒所有人躲避随时掉落的墙皮……

楼体在晃动，雷电和大雨声中夹杂着轰隆轰隆的坠落声，像恐怖电影的音效从头顶和脚下断断续续传来。

最开始的紧张慢慢被恐惧取代，越来越失控的平衡感逼退了尖叫，迫使他们闭气凝神。挪到2楼时，已经用了十几分钟。

2楼到1楼的转角位本来有一个大窗户，现在，窗户已经完全脱落，扣在了楼梯上，碎玻璃到处都是。钢化玻璃虽说不易伤人，踩到了却很滑。除此之外，巨大的铝合金窗框也卡在了楼梯栏杆和歪斜的墙体之间，挡住了路。

雨水穿过窗户留下的大洞灌了进来，在他们面前形成了一个瀑布。

"我们得赶紧下去！不然水灌进来太多，安全门就拉不开了。"王浩大声喊道。

安全门前的空位上堆着剥落的墙皮和碎砖块，"瀑布"已经淹没了第一级台阶，正以肉眼可见的速度漫上第二级。

如果再不去开门，可能真打不开了。

可是，如何跨过这个扭曲变形的铝合金窗框？

从下面钻？完全没有空间。那就从上面爬？可唯一的着力点在瀑布底下的窗台上……

5名刚从大学校园出来的年轻人互相鼓励着，迅速做出了决定：把人托举过去。以减少在"瀑布"里停留的时间，也减少与那个随时可能被冲垮的窗台的接触。

"我殿后！"王浩对另一个男生说。在仅有的两个男生里，他是身材较为高大壮实的那个。

02

任文穿着雨衣,又打了把雨伞,从家里出来就开始呼叫滴滴。接到莫青的电话时,她终于打到了一辆。

"你别去!一个女的还不够添麻烦的。"莫青喊着。他正在暴雨里开车赶往单位,这辆黑色的林肯冒险家SUV,底盘够高,跑得飞快。

"保安说水哥的电话打不通。他不去,我得去啊,办公室……"

"这么大的雨,真出事一定是大事。他都不来,你是不是傻?赶紧回去!有情况我会通知你……"

"我已经快到了。"任文撒谎。

莫青只得挂断电话,骂骂咧咧地飙车。

办公室副主任任文今年32岁,单身,这是她参加工作的第6年。南投集团是个总部位于北京的大型企业,工资不算高,但福利优厚,未婚的员工每个月只需200块的租金就可以住单位提供的宿舍。刚入职时,任文也住过。不过,这栋年岁不大的楼实在让人难以忍受:卫浴设施动辄出问题,空调、抽油烟机噪声巨大,装修也简陋得不像话——只是给毛坯墙刷层腻子就完事。

她是个讲究生活品质的人,没过半年便自己在单位附近一个小区租了个全新的二居室。南浦新区成立后的那几年起了很多楼,独立成市级行政单位后,楼价飞涨,很多人来此炒底,房源充足、租金也不贵。这个小窝被她布置得温馨舒适,完全满足一个单身女青年对"家"的期许,也就长租了下来。

也因此,当晚除了消防救援人员,她是第一个到达现场的。

现场一片狼藉。宿舍楼向着单位大院方向呈现明显歪斜,楼下散落着几堆建筑结构,"轰隆""噼啪"声不断。消防车停在不远处,消防员正尝试用各种辅助工具进入楼内……

任文下了车,被这景象吓得不轻。她撑着伞在雨中看了好一会儿,都不知道自己该做些什么,直到被大院深处传来的哭声吸引。那里是办公楼,4名撤退出来的新员工在一楼大厅里惊魂未定。他们浑身湿透了，滴答着水，其中一个女生崴了脚，瘫坐在地上。任文鼻子一酸，差点哭出来。

刚刚还在对着漫天大雨咒骂水建三的老张跑过来，任文深深吸了一口气，强迫自己冷静下来，喊道："张哥，救护车叫了吗？"

"水建三，你个小瘪三！不接电话！不来救人！……"

他把嘴里的话骂完，刚好收住了脚，才回答："叫了两辆。东哥说怕这么大的雨，救护车路上有什么耽搁，多叫了一辆……"

说话间，第一辆救护车就到了，跟着停稳的是王向东的车。

看到任文已在安抚新员工，他有点惊讶。简短地沟通情况后，马上冲进暴雨里，打着可有可无的雨伞跑向现场。他要配合消防队员救出王浩。

宿舍楼此时倾斜得更严重了——像被拦腰砍了一刀，折向一边，随时可能整体垮塌下来。

救护车停在办公楼前避雨的位置。医护人员抬着担架下来，发现只有3个伤员，便问起要不要安排他们先上车。张涵呢？不是说楼里只剩王浩？任文紧张起来，那可是老板的亲外甥女！

说话间，张涵被消防员从雨中拖进来，塞到她和一个女护士手里："看好这个孩子，别让她去现场！"

张涵已经哭得上气不接下气了，一直在喊叫："救救王浩啊！你们赶紧救救王浩……"

任文的心一沉。她让4名年轻人先跟这辆救护车去医院，让第二辆救护车等王浩。张涵却不愿意上车。她仍旧哭喊着，发疯了一般死命挣扎，胳膊不知道哪里划破了，血水混着雨水流下来，直往地上滴，触目惊心。任文把自己出门时临时披在身上的针织衫脱下来，裹住她，再跟两名护士一起把她拖到救护车上安排包扎。

这时，莫青的车跟第二辆救护车也一起到了。

他来不及拿伞，下了车后一路小跑，跨过几级台阶，跳进大厅。了解到情况后，跑到第一辆救护车前，查看了张涵的情况，对几名年轻人做了简短的安抚。等这辆车拉响警笛,驰往市第二人民医院,莫青拉过一直跟在他身后碎碎念的任文,小声说:"你现在就上去办公室一趟,把那份文件拿出来……"

凌晨1点27分,因砸到头而陷入昏迷的王浩终于被救了出来。他的腿也受了重伤:左腿在长时间的挤压下已经乌青,右腿已有些变形,小腿处血肉模糊。莫青让任文跟着救护车去医院,嘱咐王向东务必对接好过一会儿就到的省公司安保组,也跳上了车。王浩醒过来之前,南浦分公司必须有人在医院,越多越好。

水建三还没有出现。企业里出了任何事情都是一把手的事情,跟别人无关。王向东的脑海里又闪过水建三的话,他还说过另一句"名言":多干多错,少干不错!

看来,这小子是要把"不作为"的作风贯彻到底了。王向东看不惯他,但又知道这废物有些背景,又是办公室主任,因此仍处处给足他面子,并没有当着副总莫青和任文的面批评他没有来。

第二副总苏恒,也没来。这是个"叫不醒的人",保安老张说他倒是没挂电话——人家压根儿就不接。苏恒也是个有背景的人,据说南浦分公司第一任老总、现任东南省公司副总经理(之一)的曾劲松是他姐夫。这个"官油子"深知自己的"铁饭碗"好端——打不烂、捏不碎,除非自己杀人放火、违规违纪,没有人可以把他从副总的位置上拖下来。他负责的是大客户业务,日常工作就是谈谈业务、吃吃喝喝,单位不给他报销,他就找水建三,以某些"把柄"要求他必须执行。实际上,这些都得王向东来干,他对王向东倒是讨好的,常说"自己将来'继承大统'后一定关照你"之类的话。

王向东52岁了,家里一套花园别墅、两套商品房,家具只用红木的。他不需要任何人关照。不需要被关照的王向东被迫做着"擦边儿"的事,觉着自己的党性和职业操守被侮辱,因此很烦苏恒,私底下管他叫"胖仔",但明面儿上还是要给足胖仔面子。

苏恒说自己来南浦这种鸟不拉屎的地方就是为了过两年升一把手。30年的工作经验,什么奇葩事没见过?王向东宁愿信其真。今天这事情想来他也说不了什么好话,不来就不来吧。

南浦分公司一把手梁兵,这晚也没有出现,甚至没有接到电话。老张没按王向东的要求打给他,在这个作风严厉的大领导面前,他胆怯。

莫青和王向东商量了一下,仍决定先不通知梁兵。一来,梁兵是按集团要求去汇报工作的,凌晨打扰他休息实在不妥;二来,现已应急完毕,其他事情等天亮再说不迟。最重要的是王浩现在昏迷不醒,这一定会让梁兵担心。梁兵一担心,大家都不好过,倒不如等王浩情况明确了再报。

当晚,梁兵也没睡踏实。下午到达集团安排的住处后,原本打算好好休息一下,逛逛街,给留在南浦的老婆儿子买点礼物。可是5点多接到集团办公室的电话,要他周末"加个班"。领导秘书说:"……周一会议太多,大老板们时间不够,谈话时间提前……"

梁兵觉得提前谈话虽然合理,但是哪里又不对。他是集团公司一把手亲自点将参加IPO筹备工作的,虽说只是5位副组长之一,但怎么说也算关键人员,不太可能在报到时间这种事情上被临时调整。是不是哪里出了问题?打扰上级询问这种小事又不好。他初来乍到,还是不要多事、低调为好。让怎么着就怎么着吧!

但是他越想越觉得心里不安。

南投集团在全国有26个省级子公司,百余家市级分公司,他这个级别的领导也有百余个,比他级别高的领导不在少数。再说他负责的南浦分公司,2009年南浦新区成市级行政单位时才成立。原来只有一个办事处,人事权上虽归省公司直管,但规模上跟区县级差不多。自己能得到这个机会可以说完全不在预料之内,跟买彩票中了二等奖的可能性差不多。

调他进IPO筹备组的通知是集团直接下达的,并没有经过省公司。因为还没有执行调动谈话,调令也就没有发布明文。上面说过要照顾属地省公司的意见——毕竟抽走的是一员大将,那就得等省公司安排好继任者才能公布。

也就是说，这些天他还要兼职好原来的工作。离任审计原定周一开始，那也不会是审计出了南浦有什么问题。那么，是集团变卦了？

说起来，对于这次被抽调，自己并没有想象中那么惊喜。根据副组长配套待遇，梁兵的老婆、孩子在这半年还得留在南浦，主要是留京户口一时半会儿解决不了，而孩子又在读书。单这一条就让梁兵头疼。虽说平日里忙起来也几天见不着老婆孩子，但再晚他都坚持回家睡觉，那种牵绊是在的。

再有，IPO筹备组副组长这份工作他不太喜欢。倒也不是怕工作有多难，而是不喜欢新环境，他心虚。这心虚一方面来自地位弱化——自己在南浦是封疆大吏，在这里算什么？打工仔一个！也来自掌控感的虚化。作为封疆大吏，两年来自己在南浦这块热土上挥洒笔墨、描绘江山，借着沿海经济开发新区的政策红利、人口红利，让南浦分公司的业绩一路高歌猛进、蓬勃日上。这都是自己的功劳！都是自己的作品！而筹备IPO算个什么功劳？不过是各自做分内的事情，当个螺丝钉。别说功劳，连成就感都是可以预算出来的。他不喜欢。从小到大，他都是典型的成就驱动型人，现在他也这样教育儿子：要做就做好，否则就别干！

梁兵回忆着、推演着，心里打着鼓。他平时说一不二，从不摇摆、从不打鼓。今天这么一打，就睡不踏实，翻来覆去直到凌晨2点许，疲乏极了，才睡了过去。

被电话吵醒的时候，已经是8月6日早上8点半。是任文。

"梁总早上好！打扰您了，有个要紧事情汇报。"任文的声音透着"大事不好"的急躁，让梁兵很不高兴。

"我在北京出差，你不知道？"梁兵不耐烦地说。虽然自己调动的事没公布，但集团呼叫他来北京担当大任的事还是私下里告诉了几个"该告诉的人"，任文是其中之一。

任文还没来得及往下说话，另一个电话就进来了，是梁兵的亲姐姐梁芳。

姐姐可能是问孩子刚参加工作适应不适应？梁兵快速地想了想，这个小姑娘还得再锻炼锻炼才能委以重任，决定先冷一冷任文，便说："有个电话进来，等下我回给你。"

然后切换到梁芳的线路上："姐，我在北京。有什么事？一大早打电话。"

"阿兵啊！你安排的这个工作，可是害了涵涵了啊！……"梁芳在电话那头又哭又喊，情绪失控。

梁兵很生气，说："怎么这样说话呢？到底出了什么事？"心里已经开始抱怨起来：让张涵跟着自己实习可是你的意思，还说张涵一定要跟男朋友在一起，而只有跟着自己，才能确保两个人分到同一个分公司。张涵刚大学毕业，不说好好工作，倒先考虑儿女情长，这孩子……欠管！

"你们宿舍楼塌了你不知道？你还有心思在北京？赶紧回来啊！那个王浩被砸晕了，现在还在抢救，如果有个三长两短，我们涵涵说她就不活了……呜呜呜，我可怎么办啊！……"

梁兵想起来刚刚任文的电话，立刻一阵冷意袭来，赶紧劝姐姐："姐，你别着急！涵涵呢？涵涵没事吧？轻伤？好！好！好好照顾她。我马上了解情况。"

莫青的车停在医院露天停车场的树荫下。任文坐在副驾驶位，抱着一瓶纯净水，盯着手机发呆。莫青调低了驾驶座的靠背，正闭目养神。

他们到医院之后又是安抚伤员，又是填单缴费，楼上楼下跑了几乎一夜。早上7点钟又接待了轻伤员工的几位家属，说了一通好话，也挨了几顿骂，这才得了点时间躲车里喘息。

梁兵的电话打回来了。任文抖擞起精神，把昨天晚上的情况详细汇报了一遍。电话开着免提，莫青也坐起来了，留心听着对话。

"王浩家人来了吗？"梁兵的第一句。

"正从外地赶来，预计今天下午晚些时候到。其他伤员家属都到了。目前除张涵、王浩外，其他人都已被接回家，家属情绪正常。"

"省公司有人来吗？"梁兵问第二句。

"有。省公司有人来。有一批人是凌晨2点左右到的大院，半个小时后就回去了，王向东接待的。另外一批是早上6点半直接到医院看望伤员，8点左右也回去了。"

"怎么是你和王向东在处理？水建三呢？莫青呢？苏恒呢？"梁兵暴躁起来。

"我在！我在！梁总。我一直在。"莫青赶紧接话，声音沙哑。

梁兵"嗯"了一声，没有继续说话。

任文看了看莫青，继续回答："水主任电话一夜没打通，不过刚刚已经赶到了。现在留他在医院守着，我和莫总出来了，换换班。苏总还没接电话……"

水建三是被王向东的电话轰炸来的。他抹着额头上的汗水惊慌失措地冲进病房时，一屋子的人都愣住了。那拙劣的演技着实让人尴尬。考虑到现在正是舆论的风口，对外的每句话都要慎之又慎，而水建三显然准备发表一通感人肺腑的废话，莫青赶紧建议他去抢救室外候着，代表组织等王浩出来。这边的张涵只是胳膊划伤，其他人则已经回家了，不需要他的演讲。

"宿舍楼到底怎么个问题还没有研究完，代表组织发言不是你该干的。这个时候，你等王浩出手术室才最能代表组织行为！"莫青坚定地说。

水建三感激地点点头，一路小跑而去。他还不知道梁兵调动的事情，此时心里盘算的不仅仅是代表组织露露脸，更想借此保住自己的职位。毕竟，今天自己来得巧，换了最重要的一班岗，眼看就要立功了，就有可能保住职位，从而不必借从苏恒跟别人通话里偷听来的只言片语去举报梁兵，何况举报未必有结果……

寄出举报信前"不是你死就是我活"的豪言壮语早已消散在九天之外。于是，漫长无聊的等待里，他在心里悄悄准备起了新的演讲词：对王浩的慰问词、对家属的安抚词、向梁兵的邀功词……有那么几个瞬间，他祈祷着那封举报信半路丢了。

显然梁兵并没有接受任何邀功的准备。他火冒三丈，似有所指地骂着："这些混账！我这还没调走呢，刚刚出门，就给我搞这些事情！"

"梁总，莫总和我刚刚分析了情况，向您提供一些信息：一个月前对宿舍楼的房屋质量鉴定确实是区政府下属的房屋工程检测公司出具的，并且盖章齐全——不是危房。这份文件我做了复印件，原件要不要寄给你？"等梁兵骂完，任文拿着莫青手机上提前敲好的一段话，念了起来。

梁兵沉默。任文能感觉到梁兵的思路被拉回来了——昨晚的事件最关键的不是谁来现场谁躲家里，而是那栋楼！

终于，梁兵稍显缓和地说话了："安抚好家属，照工伤该赔就赔，该报（销）就报！全部走最快的流程。市委那边如果有新闻报道，要让省公司宣传部帮忙按住。这个……这个我亲自来处理。你们只要管好我们单位这几百口子人的舆论，都不能乱讲话！还有，周一我应该会回来。宿舍楼等需要决策的事全部等我回来处理……"

任文听着，不时地回答"好的""知道""明白"。莫青则在手指如飞地敲字，把关键点一一记下来。

跟着又是一阵沉默。

片刻之后，梁兵接着说："我这两天要见很多集团的人，如果漏了电话，你就微信留言，该汇报的一定要及时跟我汇报。好了，辛苦你们顶住这两天，一起站好岗……"

通完电话，莫青把记录好的文字传到任文的手机上。

"你跟他汇报吧！你是第一副总啊！"任文皱了皱眉头说。

莫青伸了个懒腰，揉着眼睛，有气无力地说："你困得傻了吧？谁接他的位置还没定，调令也没公开。他在北京能遥控指挥的，就不必托付我。我啊，还是个苦逼的副手，不……扶手。"

"哈！扶手同志，您觉不觉着：这样的事情让我出头恐怕……"任文说。

"恐怕什么？你只是个小小的副主任，这摊子事情处理不好，对你不会有任何影响；处理得好，你就沾光。这是梁总在锻炼你啊！好事，好事。接下来，请发挥你女性的特长，充满爱心和耐心地去工作吧！"说完，莫青调皮地做了个奥特曼的手势。

"甚好，甚好啊！那咱得好好干，准备上位！"任文开心地喊，也握拳比了个加油的姿势。

跟着，又叹起气来："老梁在南浦两年，忍了这货两年，这回终于要把他撸了吧——自己又调走了……哎！你可得好好地帮我抓住最后这次机会，咱得毕其功于一役啊！"

莫青假装生气，抬手给了她脑袋一巴掌："又想绑架我是不是？说了多少遍了，我没有话语权。帮是一定要帮，可最终还是要靠你自己的努力，自己去博得老板认可！"他沙哑的声音里充满了力量，掩盖了疲惫，也掩盖了细微的无力感。

莫青38岁了，在这个企业里，拥有晋升机会的时间还有7年。虽说远比女性到35岁就"封顶"要好太多，可对企业内早已扎堆的年轻领导来说，7年又太短。通常是三年又三年，三年之后又三年。他们卡在某个职级上，熬白了头发，熬坏了身体，熬散了心气儿……莫青不同，莫青的心气儿永远不会散。任文懂他。

可眼下，这个男人的压力很大。梁兵的调走给他创造了晋升的机会，自然也是另一个副手苏恒的机会，还是全省数不过来的、排着队等"上位"的人的机会。他不知道能排到哪个顺位上。或许，组织上对这个南浦土生土长的年轻人根本不了解。他还记得自己在3年前竞聘副总时，去集团领导面前陈述竞聘思路。结束后，几个评委当着他的面议论："南浦竟有这样优秀的年轻人。"并鼓励他好好干。好好干是必须的，不过，除了那次面试和偶尔去开会，他从没有在组织面前直接"露过脸"。他负责市场口的业务，南投在南浦的市场份额这两年几乎年年翻番，从市场占有率20%到40%，今年已经达到55%……

组织虽然看不完那么多人，但看得清业绩。那么唯一的问题是，这业绩有多少算在他莫青头上？显然不足55%，甚至只有20%，其他都是梁兵的。也应该是梁兵的。要不然，梁兵不会如此轻易地被集团调走。集团看什么？除了看个人履历，就是看他所负责工作的发展趋势。

毫无疑问，梁兵名字下面的业务发展趋势是一条直插云霄的线，让集团领导在千千万万人中看到了他。

8月6日早上9点来钟，肆虐了60个小时的暴雨终于停了。太阳从厚厚的云缝里探出半个头，一束束光芒洒在大地上，在树叶上、草尖儿上泛着悦动的光，世界清晰地摊开在眼前，怡然如初。

莫青看看时间，要任文确认一下还有没有他们必须留在医院处理的事情。任文思索了一阵，摇摇头。

省公司的人了解完情况后回去了；3名轻伤新员工被父母接回家了；张涵包扎完胳膊，硬要留下来住院——她要等王浩；王浩在两个小时前脱离了生命危险，但腿骨碎裂严重，医生说这台手术少说要6个小时，水建三候在手术室外。

大院那边，省公司的那批人了解情况后也回去了，今天早上应该会形成一份初步汇报文件，等相关领导批示后再传达过来，或者，原因未明，暂时不会有任何意见下达给他们。这部分事情归王向东对口。凌晨3点王向东回家时，打过电话同步了信息。

王向东回到家后倒头就睡，睡到早上8点，简单吃过东西就开始研究工伤理赔的事情。这摊子事情按归口应该在人力主管那里，也就是任文负责。他却主动揽了过来。

王向东是个老财务。南浦分公司成立之初，他从南浦营销点的财务晋级为分公司财务主管。当时员工不多、岗位不够细分，他是财务薪酬一起抓，所有员工的五险一金都揽在一起办了。南浦分公司几乎没出过什么工伤事故，任文更是没经手过。她在电话里安慰王浩父母的说辞还是现请教他的，谈及医疗费用时承诺全部都能理赔、都能报，实际上有些费用比较难办。但王向东让她全都答应下来。他是专业的，她听他的。

现在他揽下来5个人的医疗费和工伤理赔，明面儿上说是自己熟悉、效率高，实际上也是私心为公。他很清楚，塌楼事件可不是简单赔付就能完事儿，接下来难保还有什么乱子。梁总又不在家，水建三靠不住，眼瞅着任文已然熬了个通宵，顶住了事，她的压力可不会小。这是压力，也是机遇，总的说起来，这可是个出头的机会。让年轻人抓住机会吧。

不知不觉已站到"C"位上的任文，又把方方面面都捋了一遍，确认她和莫青至少有6个小时的休息时间。如果苏恒那个二傻子没有突然跳出来的话。

现在得抓紧时间吃点东西。

黑色的林肯冒险家缓缓驶离医院的停车场。

路上不免谈起宿舍楼的质量问题，任文坚信那就是一栋不合格建筑，塌是早晚的事。至于上个月新鲜出炉的鉴定报告，就是个形式主义产物，毫无意义！

莫青不置可否，只提醒她："……搁在昨天呢，你这么骂骂咧咧的，我还挺爱听。不过，现在你的身份不同了，你是梁总钦定的'大管家'啊，是发言人！现在你的任何言论都可能影响南浦400多号人对这件事的看法，会影响外界舆论对南投的看法，明白？"

任文心里生出些骄傲和窃喜，乖乖地收了声。

03

他们在任文家附近找了个粥粉面齐全的小饭馆。落座的瞬间，疲惫感席卷而来，紧绷了一夜的神经在不算浓郁的香味进攻下毫无防备地瘫软下来。任文觉得眼皮在打架，试图把这个世界在她眼前关掉。

"哈，原来眼皮真的会打架！"任文说着，抽出纸巾快速把桌子擦了两遍，再抽了几张在面前铺开，嘟囔着："老哥，你点吧，我随便喝点粥就行，先，先眯一会儿。"然后双臂一抱，埋头趴在桌子上睡了起来。

莫青刚刚在车里眯了会儿，眼下还顶得住。他吃完了自己那碗云吞，伸手摸摸粥碗，确认不烫了，才唤醒任文："文文，醒醒！吃完饭回家里再睡。"

任文摇晃着脑袋，勉强把自己支棱起来，抱着那碗粥三两下灌到肚里。糖分给了她能量。

"放这么多姜！我不喜欢吃姜，你又忘了！"她嘟囔着，从牙缝里拔出来一根姜丝。

莫青刚付完账，拉她起来："姜祛寒。你昨天淋了雨，感冒了可是麻烦。走，回家换衣服补觉……"

任文辩解说自己没有淋雨，他才是要吃姜的人。

"你没淋雨，但是受了风寒，也得吃些。"莫青把她塞进车里。

恰在这时，任文的手机响了，来电人是苏恒。

任文皱着眉头接通了电话："苏总早啊！……对，莫总在，东哥也在……能搞定能搞定。现在的情况是……"

三五句话说完，车也进了小区地下停车场。停稳，莫青的车载电话也响了，还是苏恒。

"青哥早上好！辛苦了一晚上吧？哎呀，你说办公室也是，我就是喝醉了，又没有失联，都不叫我。我这就来帮忙啊……"

莫青轻轻咳嗽了一声，隐藏起声音里的疲惫，笑呵呵地说："苏总早上好啊!新员工受伤的事情比较严重,省公司的人去过医院了,水主任现在也在,你不如去医院看看,没个领导不像话啊。我现在得回家换套衣服。对了,还得麻烦你代表组织弄点慰问品。"

苏恒却没有挂电话的意思,又问:"听说那栋楼塌了?"

"倒是没塌下来——歪了。咱也不懂建筑学,不好评价。总之省公司的人来看过,现在已经先围起来了。我们等梁总回来再一起研究吧。"

"啊……也好,也好。那我……过来?"

"我把医院的地址和病房号发给你。"莫青迅速打发了苏恒。

"你还真是帮他。居然还提醒他带慰问品,让他代表组织出风头啊?你脑子坏掉了啊?"任文嘟囔着被莫青拖进电梯。

"嘘!别闹!"莫青正在拨通老婆的电话。

"萍萍。我今天恐怕要晚点回来。刚才跟文文一起吃了饭。吃得很好,不是盒饭,放心啊……回来再跟你说。就是衣服湿透了,你等下送完儿子去补习班,再辛苦辛苦,给我送一套换洗衣服。对,送文文这里,我先借个地方补个觉。你等下到了自己进来啊,不锁门。困死我了。文文啊?没事,淋了点雨……哦,那好,你带点药过来……"

这是莫青第二次到任文家里。说起来,这房子当初还是他让妻子黎萍帮忙租的,租好后跟几个同事来喝过"乔迁酒",那已经是多年前的事了。让妻子帮忙租房倒不是因为他忙,而是一个成熟男人的智慧。对于这个"知易行难"的智慧,他心里清楚,黎萍清楚,任文也清楚。

莫青是任文父亲的得意门生。那年,十几岁的莫青在一场意外中同时失去了父母,原本聪明懂事的少年很快变成了问题学生,连续被两所学校劝退,最后找到了任长青这里。任长青是校长,也是教育学方面的专业人士。他最终"挽救"了那个站在岔路口、随时可能行差踏错、差点儿毁了自己一辈子的孩子。可以说,是任长青再造了莫青。

那时他也不叫莫青,而是叫莫棋。在读大学后他改了名,取了任校长名字里的"青"字，寄寓了深深的感激之情。离家后，任长青成了莫青对故土唯一的牵绊，那是种父子一样的情感。

妻子黎萍是莫青的大学同学，结婚后，两人来南浦工作生活，隔两年总要回去看看。她把任长青一家当作莫青的家人看待，回乡探亲时，规矩、礼节全按儿子媳妇那套来，莫青帮着任长青料理花花草草，她就帮着任太太洗菜做饭。当听说任校长的独生女任文分配来南浦分公司时，还特意叮嘱了莫青务必要关照好。这些年，端午、中秋这样的节日，黎萍都会主动叫任文来家里吃饭，两个人像姐妹一样融洽，有时候还约着一起逛街。

黎萍对莫青"管教"很严。3年前莫青升任副总时，黎萍悄悄地嘱咐任文："帮我看着你哥，可不要让人惦记了去。"这也不是黎萍瞎担心。论起个人形象，莫青在整个南投集团都能排得上号。他生得眉清目秀，身材管理得也好。快40岁的人了，发福倒是有一些，但啤酒肚是完全看不见的。无论穿正装还是休闲装，在人群中总是有很高的辨识度。当了领导后，应酬不断，想保持体形真难，除了自律没有二法。任文认识两个自律"极品"——莫青、梁兵。

两个可怕的男人。无论形象管理也好、工作风格也好，这两个男人都有非常相似的点：高标准要求自己，高标准要求别人。也因此，两年来他们彼此合作愉快，至少看起来如此。梁兵常在各种场合肯定莫青的工作能力和态度，这在任文看来就不仅仅是"合得来"那么简单了，而是莫青的"向上管理"做得好。这可是门大学问。她也跟着学，偶尔也就着某些事情跟他研讨，这两年长进不小。

不过，要让莫青自己说的话，他肯定都归功于黎萍。他总说是黎萍"调教"得好。

任文睡醒的时候已接近正午。手机里有两个未接电话，一个是王向东，一个是市场部经理程伟。

王向东当时没打通电话，便留了言：总的来说，报销、理赔流程方面没有问题，单位都能解决，不过王浩情况不定，等医院有消息后，会继续跟进。

并告诉她,自己也给梁兵和几个副总都发了信息,通报了情况。最后嘱咐她好好休息,还说梁总讲了,要靠她主持大局。

家有一老,如有一宝!任文打心底里叹服。

回复完王向东的信息,任文蹑手蹑脚走到客厅。莫青正抱着靠枕四仰八叉躺在沙发上,打着呼噜,睡得很沉。餐桌上有两包小柴胡,旁边的杯子下压着一张字条,一看就是萍姐的字:一人一包,尽快喝掉。

任文先不理会那药,又蹑手蹑脚走回卧室,轻轻关上门,给程伟回电话。

"程总,您老人家有事?是不是听说了昨晚的情况?"不确定他接电话的环境,任文拿出一副公事公办的态度。

"哦,多少知道些。但刚刚不是要问你这个。"程伟声音倒是不低,但语气沉重。

那是问什么?!周末突然打电话……任文不由得紧张起来,瞥了一眼卧室的门,确定关严实了。接着埋头在被窝里,压低了声音,问他:"那是咋了?啥情况,劳您周末打电话?"

程伟笑了一声,提醒她演戏演过了。接着说:"梁总在北京,你知道吧?我现在也要过去。梁总说有个材料在你那,要我顺便带上。"

是宿舍楼的质量鉴定书!看来昨晚的事情已经惊动了集团。根据严格的层层上报制度,此类危及员工生命安全的事情一旦发生,两小时内必须把详细情况以书面形式报送集团管理层。梁兵这个时候要人亲自送材料过去,恐怕麻烦不小,说不定调动都要受影响。

任文迅速盘算起来:如果梁兵调不走,自己就真有可能抓住这次机会取代水建三。可是,如果梁兵不走,莫青也会错失一次晋级的机会。矛盾,唉!

不过,还是莫青的前途更重要,他那么努力,那么拼……

"老天保佑,让老梁顺利调走吧!"她脱口而出。

"说啥呢?我赶时间。材料在你身上还是办公室?"程伟说。

"在我身上,你来拿!"任文换了个很不正经的语调,说笑。

"你猜我在哪给你打的电话?我老婆在车里等着,拿到材料就送我到机场。我在办公楼大厅等你。还有,这么要紧的事,你严肃点好不好?!"程伟也不客气。

"哼!材料在我家。"

"送过来!"

"我 20 分钟到。"任文刚刚说笑时已经开始挑衣服了。

不承想,刚挂了电话,莫青气呼呼的声音就隔着门传过来了:"任大小姐,我去送,你安心在家待着吧!"

任文心里一惊,想起来自己的手机一到家就会自动连接上蓝牙音箱。

"哥,哥,你听到了……什么?"任文把脑袋探出来,对着正在冲药的莫青,赔着笑脸,小心翼翼地问。

莫青啪的一声,把一杯还没搅匀的小柴胡墩到餐桌上,转过身看着她,压着火气说:"听见什么?恐怕听不见的事情更多吧?你给我把这杯药喝完,老实坐着等我回来!最好想一想该怎么交代!"

程伟站在保安室外翘首以待,不想,等来的却是直属领导。

闸门升起,莫青却不把车开进来,而是横在大门口。他摇下车窗,递出装着鉴定书原件的牛皮纸文件袋,也不说话,就那么刻意地、深深地看了程伟一眼。然后,缓缓地关上车窗,一脚油门,扬长而去。

开车回任文家的路上,莫青飞快地回忆着他们可能是什么时候开始的。最后,想到任文第一次替程伟求情那次说的话,他当时就觉得奇怪,这个向来清高的妹子当时说:"他好歹也是我的校友,你不要这样难为人家……"

这个小妮子,藏得很深啊!什么校友?我看早就不是校友了!今天一定得把这摊子事情搞清楚!

程伟拿着文件袋在原地愣了半天,倒吸了一口凉气。他知道莫青是任文父亲的学生,并不知道两家人感情竟是如此之深。刚刚莫青的眼神让他不得不重新思考他们两家的关系了。那眼里除了鄙夷,还有翻腾的杀气。

妻子陈红把车开过来,喊了他两声,他才回过神儿来。今天没有时间跟莫总解释了，也想不出有任何能为自己开脱的理由。他只希望任文有办法对付过去，而他，得去救老板了。

04

梁兵给程伟打电话之前,已在集团纪委办公室谈了半天话。不过,谈话的缘由并不是宿舍楼坍塌一事。(该消息当时还没有传达到集团,就算到了,在调查结果出来前,也不该由集团纪委先插手。)

摆在梁兵面前的是一封举报信。这封信几乎跟他同一时间到达北京。信是打印件,匿名,统共不足百字:

> 2016年1月15日,农历腊月初六,是个周五。这天晚上,东南省公司南浦分公司总经理梁兵在应酬完之后回家的路上,酒驾被拘。详情不明,建议调取当地警方的记录。
>
> ……

昨天下午,集团高层几个领导紧急研究了这封信。如果举报属实,IPO筹备组定要临阵换将,损失巨大;梁兵的南浦分公司一把手位置也不保,这对整个东南省公司都会有波及。事情重大,考虑到缩小影响范围,集团调取了当日南浦分公司的报账资料,核实到确实有"团年饭"活动。举报信的基本信息准确属实。那么到底有没有酒驾?

集团高层对集团纪委办公室的要求是:该不该查、该查多少,一切以IPO筹备为重!

那么,调查问询也就成了最好的"破案"途径。梁兵正是在这样的情况下,于8月6日9点钟,坐在了访谈室的沙发上。

近年来,基层干部队伍不好带,喝酒吃饭搞团建可以说就是一种"文化"。而年会作为南投集团从上到下整齐划一的文化符号:肯定一年的工作成果、表彰突出贡献的人员,并对来年的工作规划进行决定传达。有些分公司甚至锣鼓喧天、鞭炮齐鸣。在如此热烈的氛围下表达对来年工作的决心，统一思想、统一步调无疑是合适的。那么，也正是在这种气氛的加持下，几乎所有分公司都会安排会后的"团年饭"，只不过有的公司只要求高层参加，有的则推及基层管理人员，这跟一把手的管理理念有关。而按照集团的三令五申及明确要求，"团年饭"都应报批，且有严格的人数和消费限制。梁兵当时报批的资料在人员和费用上都没有问题，那怎么突然多出来一个毫无记录且时间地点又显然明确的酒后驾驶呢？

负责谈话的是两个人：集团纪委办公室的吴副书记和干事小王。开场氛围融洽，简单寒暄之后，吴副书记切入正题。

"梁兵同志，在正式上任 IPO 工作组的副组长之前，有些新的情况集团还要再了解一下，确保咱们这个工作组接下来能更顺利地开展工作，通过国家有关监管部门的审核。"

"明白，领导请讲。"梁兵诚恳地点着头，刚刚吴副书记自我介绍后，他才知道今天要面对的是集团纪委，跟周一的报到谈话完全是两回事。自己是犯了什么事？他心中充满疑惑，在短暂的寒暄里迅速回忆了一番，仍然犯嘀咕：给儿子新买的入门级无人机都上报了，还有啥情况集团不知道？

"……请回忆下去年你们分公司团年会的情况。开会的具体时间，会后团年饭的时间、餐厅及参加人员，以及吃饭吃到几点？"王干事低着头读自己面前文件上的文字。梁兵伸头看了一眼，那张纸字不算多，但也条条框框列满了整页，说不定还有第二页。看来那天的事情集团做过调查了，自己得好好回忆回忆，可别记岔了，给自己挖坑。

好在梁兵对自己的记忆向来有自信。

"梁总交办的事情，就算过上 3 个月，还能想起来问你。你如果答不上来，他还能告诉你当时是什么场合、什么事由问的你，甚至还能提醒你当时的天气，你穿的衣服……"他在入驻南浦的第二周，就让任文"带个话"给全部中层管理人员。"带个话"的效果不错，接下来的工作中，他们日益提升的记忆力和执行力，以及某种不可言说的紧张感，肉眼可见。

梁兵沉吟片刻，回答："去年的年会也是在春节前。我一般都会选择在周五，又因为月初的事情比较多，而后面又接近过年，是……1月15日！"他说着，已翻到了手机记事簿上那天对应的记录，双手递到吴副书记跟前。这条上面还有一条记录，是1月13日那天，写着"今天应完成年会材料定稿。"

吴副书记对王干事点点头，后者记录下来。

年会相关的细节很好讲。虽说在南浦是第二年，但在其他分公司、再早些时候在东南省公司某部门都当过一把手，少说也有8年了。根据他办年会那几条雷打不动的规则：第一条，部门经理及以上人员参加；第二条，严格执行公司规定，控制晚餐人数；第三条，孕期和哺乳期的女同志、年长的同事可以请假；第四条，办公室人员"不上桌"，也就不作数。如此，当天应该是20人参加，另有2—3名负责司机工作的办公室人员，梁兵如实回答。后面的说不说，且得看看集团的反应。

慈眉善目的吴副书记仍在认真聆听中，不觉着就停了。梁兵拧开手边的纯净水，喝了两口，继续说："团年饭散场后，我跟副总们和几个骨干相约着去唱歌，自费。"这就要说到他那两条"暗"规则：其一，大圈子明面上吃饭，小圈子私下里唱歌，梁兵很喜欢俗称"下半场"的唱歌环节。说自愿参加，倒不如说"凭政治觉悟参加"更准确。通常有6—7人。其二，唱歌费用AA制，不能出现在报账单上。

"唱完歌呢？"王干事提醒说。

"司机送我回家。"梁兵随口一答，以为这就算谈完了。

谁知，吴副书记从小王胳膊下不知道什么地方抽出来一个信封，告诉他被匿名举报酒驾，请他务必再回忆回忆，好排除被诬告的可能。

梁兵努力回忆起来，那晚快到家时，他的车好像被警察拦下来，询问了什么事。

他趁着王干事奋笔疾书做记录的空，努力地回忆起来。当时他是醉酒状态，关于警察拦车的事，也是第二天听同行的程伟轻描淡写地说了句"没事，处理好了"，就没太在意。

但举报自己酒驾就离谱了，他可是有司机的，就算偶尔司机告了假，或者自己让他先走，也会有代驾或者下属帮自己开车。酒驾？绝对不可能。

想着想着，梁兵陡然一惊。

程伟住梁兵家隔壁小区，陪同梁兵应酬后，经常同车回家。有时候是蹭梁兵的车，有时候是梁兵坐自己的车，一般不是梁兵的专职司机开，就是请代驾，这点儿觉悟他们都还是有的。程伟不胜酒力，向来喝得少，不过那天确实是喝了的，也确定叫了代驾。只是到了小区门口，那代驾说自己不认识弯弯绕的地下车库，几句争论后，程伟就让代驾先走了，他之前也这么干过。这么看来，警察拦车……

梁兵不敢想下去，下意识地开始挠头。

"当晚唱完歌是几点，你们都是怎么回家的？"王干事连问了两遍，梁兵才听清。

"唱完是凌晨1点多。我记得回到家时老婆还说了我几句，说2点了才回来……都是叫出租车或者代驾吧，我肯定是司机开车或者代驾，不喝酒的时候我上下班也没有自己开过车，工作太忙，省下来的时间看看信息。您应该可以理解。"

他还在努力地回忆第二天程伟讲的话。警察到底有没有处罚他？

吴副书记笑呵呵地站起来，给梁兵递了瓶水，拍拍他的肩头："梁兵同志，不用紧张，咱们没必要弄得跟警察审讯一样嘛。"又扭头对王干事说："小王啊，注意工作方式。"

王干事是个小伙子，听到这话，不好意思地点点头，脸红了起来。

梁兵重新收拾了下精神，做出一副坦坦荡荡的样子，思路也换了一条：这可是单位内部谈话，自己确实没有酒驾，来当副组长的是自己不是程伟，他们应该不会往那孩子身上扯。

王干事看看他，又看看自己已经快写满的记录，语气柔和地问："梁总，你再确认下，唱完歌回家的时候，到底是司机还是代驾开车。我们需要证实您的说法，又不能惊动太多人……"

"叫了代驾。对了,你们可以调系统记录。我们东南省的政策是:副总级及以上干部通过省公司的专门平台叫代驾,费用直接由省公司处理,当然,是从我们的交通补贴里扣除。哦,对了,我手机上应该也有,我查查……"

吴副书记点点头换了个问题:"警察拦车的事确实发生了吗?为什么拦车,你还有印象吗?"

梁兵肯定地摇摇头。

吴副书记也笑着点点头:"如此,就算等会儿代驾记录查到了,也不能证明你的清白啊。集团高层的意思是非必要不要去联系当地警方翻查记录,避免扩散影响,IPO在即嘛。"

梁兵明白了。集团现在只是要确认他这个人能不能胜任IPO项目副组长,避免国家监管部门在审核南投资质的时候发现污点。那么,如果让程伟来佐证,解释清(系统里可能真有记录的)警察拦车查酒驾,也就解决问题了。退一步说,即便程伟确实坐过驾驶座,是酒驾,集团也不会当真联系南浦警方出具证明,处分他。何况,届时自己已经是IPO副组长了,对保住自家兄弟有一定的话语权……

"吴副书记,我实在没有警察拦车的记忆,断片儿了也有可能。您看,我能请当时在场的同事佐证吗?"

吴副书记倒是没想到梁兵会提这个。昨天高层在讨论时,有人就倾向认为是梁兵的同行者写的举报信,翻旧账,又翻得如此明确……他现在反倒要同行者来佐证,看来够坦荡。

"可以可以!"吴副书记愉快地说。他心里几乎已经断定这是别有用心的人在诬告。这就好办喽。梁兵的安排不会变,集团的步调不会因换人而被耽搁,自己也少写一份材料。

梁兵掏出电话,当着二人的面拨了出去。

"程伟,你能回忆下去年年会后,吃完团年饭、唱完歌,你送我回家的事吗?是不是有警察查车?"

程伟愣了一下,一时答不上来。他确实被记了酒驾,因为酒精超标不多,撒谎说是领导的司机，误喝了混入白酒的茶水。警察开了罚单，扣了分、罚了款，让他第二天去派出所填个资料。程伟叫了小区保安帮忙开车，把烂醉的梁兵送到家，才惴惴不安地回去。

根据东南省公司当时对酒驾处罚的规则。在派出所有记录的酒驾人员，由集团纪委办公室安排谈话教育、3年内不予提拔；如果是误喝饮料且得以佐证的，1年内不予提拔。程伟倒是不怎么担心，不提拔就不提拔，自己还不急着升副总，再说了，好像也没有什么机会。

于是，第二天一大早，他老老实实去了派出所填资料，这些资料将被报给东南省公司，不公开。下楼时，刚好遇见了来跟所长谈街道监控项目的苏恒。苏恒这个大嘴巴，三两下就问出了程伟出现在此地的原因，指指走廊那头所长办公室，拍着胸脯说："兄弟帮你压下去！"苏恒就把这件事"压"住了，那份材料没有送到省公司。既然没事了，也不必让忙碌的梁兵操心，也怕挨骂。他只轻描淡写几句话解释了昨天晚上警察在车边晃悠的事，说是看看就走了。

对于苏恒的人情，自然要感谢，不过倒也不必隆重，苏恒的人情不是卖给他的，而是给梁兵的。程伟是梁兵跟前的大红人，苏恒帮了程伟就是帮了梁兵，这种事他可巴不得多点机会。所以，程伟请他吃饭，他居然去抢单，付了账，还拍拍程伟的肩膀："兄弟，我比你大不了几岁，不要那么客气，太见外了……今后你上来了，咱们一起做梁总的左膀右臂！"

程伟陷在回忆里，沉默着。见程伟支吾着不说话，梁兵心里有了数。他要程伟必须来一趟，当面解释，彻底澄清才是明智之举。

"那这样吧，你现在就买机票飞过来，现在还不到11点，我算算……下午3点多能到集团不？可以是吧，那我跟组织汇报一下。对了，你找找任文，我搬家的时候漏了一份材料，你帮我带过来吧。"集团随时会知道宿舍楼的事情，问题的关键是房屋质量到底有没有问题？——那份鉴定书是重要材料，可以说，是最重要的材料，得带过来。但是他在电话里不能声张，而程伟一旦看到那张纸，自然就能明白。

就这样,上半场谈话结束,下半场下午两点开始。梁兵没有按建议回去午休,而是选择在集团饭堂吃饭,吃完饭还回问询室等。他光明磊落,总是迎难而上,他的字典里从来没有"退缩"二字。

05

苏恒赶到医院时已接近中午。他小跑着拐进走廊，远远地就看到正在等候区的水建三正朝自己望过来。办公室主任熟悉每个领导的脚步声。他在出门前也打了电话，主要不是说自己马上过来，而是痛骂其办事不力——半夜叫领导起床很难吗？！

水建三捧着盒饭，嘴里还没有咽下去，筷子支棱在半空中，看到苏恒后扭捏地想要站起来，又没站起来。苏恒比了个"嘘"的手势，示意他不要说话，又压压手，让他坐下。水建三会意地点点头，眼里马上涌出泪花样儿的东西，指了指手术室方向，无奈地摇摇头。

"王浩晚饭前能出来吧？"苏恒也心酸地把脸一拉，叹着气问。

"应该，没问题吧？医生早上说脱离生命危险了，但是腿骨……"

苏恒摆摆手，脸上的表情越发痛苦，水建三也就不再说下去了。

苏恒这才看到水建三斜对面还有两个人，看起来像是张涵和她母亲。此刻，张涵正依偎在她母亲怀里，她母亲在闭目养神，她却怔怔地盯着地板。她们旁边放着两份盒饭，看起来是水建三点的外卖。苏恒能想到水建三怯生生地把盒饭放过去的样子，因为那盒饭离母女二人足足有一米远。

苏恒看看盒饭，又看看自己提来的大果篮，犹豫了一下，用果篮填充了那尴尬的一米空间。包装纸发出的沙沙声惊扰了梁芳，她慌忙地抬起头寻找，发现来人并非医生护士，脸上露出些许失望，顺手把女儿搂得更紧了，又闭上了眼睛。

苏恒轻轻咳嗽了一声，梁芳这才注意到果篮和悬停在其上方的肥胖的手。她抬起头，勉强挂上微笑："领导来了。"这是寒暄，也是讽刺。

苏恒点点头，想先关心自己员工两句，可是张涵始终木讷地盯着地板，并没有回应的意思。苏恒已经到嘴边的慰问词只得憋了回去。

这可是梁兵的亲外甥女！母女俩一看就不好惹，说不定继承了梁氏家风，不仅要对自己批评教育一通，甚至还会骂人，诸如：你们这是什么企业？！宿舍楼都可以塌掉？！现在自己是代表组织的唯一靶子，可得小心行事。

苏恒赔了个笑，话一出口变成了责备水建三："你这个办公室主任也太不合格了，怎么也不买点水，这样的盒饭谁吃得下！"紧跟着又问："莫青呢？任文呢？"

"换，换班。他们昨晚一直在，早上安顿好这边才回去……"水建三放下饭盒，恭恭敬敬地站起来回话。

苏恒淡淡"嗯"了一声，四下瞅瞅，与水建三隔了个位置落座。现在，他几乎正对着母女二人了。他用充满关心的眼神注视着母女俩，发现这种讨好纯属徒劳，只得也闭上眼睛，养起神来。

世界在眼前关上，脑子里的胡思乱想都蹦跶出来了。梁兵要调走了，莫青肯定也有"渠道"知道，那就不奇怪昨晚电话响了两次就没动静了。自己不接，可以让人继续打啊！还不是想独占风头，想在这个节骨眼儿上表现得高自己一头，增加竞争力。他抢了头功跑了，留自己在这里等王浩，王浩家属赶来后必是不依不饶……他这就分明是拈轻怕重，自己躲起来了，竟好意思说让我代表组织来慰问，还得我承他的情！

苏恒这么想着，越发觉得自己又被莫青拿捏了，心里烦得很，找起平衡来。

任文也不亲自打电话，遇到事情躲得挺快。也是，新领导来了会安排新的办公室主任，那可未必轮得到她。说起来，半年前水建三觉得老梁要"动"他时，咨询过自己的意见，自己当时给他出了个高招：架空任文——先干掉竞争对手。所以，这半年来，任文除了给梁兵当好行政秘书，就是做些会议记录，尽是些边边角角的事，这个小妮子居然也没有任何反抗。她那八百个心眼子，在自己面前都不好使。呵呵，现在知道谁厉害了吧？想上位，还得看我同不同意，我让水建三下来，你才有机会……

又想水建三。如此看来，旁边这个老老实实的废物还是有点胜任力的，一天挨五顿骂都能扛这么久，要是换别人早就主动"炒掉"老板了，他却很能忍，死活赖着不动……

跟着又想，如果新老板是自己，那么办公室主任要不要继续用水建三呢？还是换成早晚要投靠自己的任文。那姑娘机灵太多了，跟老梁肚子里的蛔虫似的，是个好苗子。就是跟自己不怎么一心，如果换她，还得好好拉拢拉拢、培养培养。自己救了水建三那么多次，也算仁至义尽了。要不是他那个舅舅跟老曾总的关系，我也不至于屡次把他捞起来，甚至公然对抗老梁。老梁啊，你可别跟我记仇，我也是听话办事啊……

想到老梁，就想到自己的站位。他觉得有件要紧事必须再探探，便把水建三拉到一边儿，背着那母女二人，试探着开了口："这个宿舍楼说也奇怪哈，怎么会塌了呢？上个月不是才鉴定过？"

"是啊！"水建三两手一摊，"6月初鉴定的，带了人来现场勘探过，确实没有问题啊！意外，肯定是意外！下了那么久的雨，南浦不是还有小区淹了两个地下车库吗？这算啥，只要王浩没事，我看就没事！"

"我怎么听说建好的时候就有人说质量有问题，后来除了安顿新员工临时过渡，都不让其他人申请？"

"让他们申请啦，但是他们不住啊！都是看了看就走，说条件简陋，不肯住。这楼是看起来不够豪华，水电是经常坏，他们天天打报告要维修，烦都烦死了，我巴不得他们不住呢……"

看苏恒不接话，又说："我们请市政府那个什么住房质量检测局出具了鉴定书哩。要我说，这就纯属天灾！不都说南浦有一半地是填海填出来的嘛。保不齐这里就是没填好，下几天雨可不就垮了……"

苏恒拧着眉头听完，并不发表什么看法，起身走到偏僻处，给自己的姐夫、曾经的南浦分公司第一任总经理的曾劲松打电话去了。

水建三吃完了午饭去扔垃圾，过了好一会儿抱了几瓶水回来，塞给苏恒一瓶，自己留一瓶，剩下的仍都放在母女俩一米开外的地方。

苏恒笑了笑，不无讥讽地说："水主任，你是学着孙悟空，画个圈儿把她们保护起来了啊？"

水建三不好意思地挠挠头，一副很受用的样子。

两个人再没什么好聊的，苏恒掏出手机，关了声音，开始玩手游。

水建三也闭目养神。不过他可没闲着，把"演讲稿"想好后，就开始琢磨自己那封举报信。这会儿已经坚定了"两手都要抓，两手都要硬"的思路——举报成功，老梁被撸下来，自己获得加分项；举报没成功，被秋后算账，今天的表现则能加回不少分！他越想心里越敞亮，很快就心安理得地睡着了。

他永远跟别人的想法不一样，就算待在手术室的门口，他都不认为宿舍楼坍塌是个大事。或者说，只要不用自己负责的事，都不是大事，随便谁操心去。梁兵说他"格局小"，他是认的，也跟王向东袒露过："我就是格局小，顾好自己就行，这可是国内五百强大企业，大家都是一锅吃饭，谁也丢不了饭碗，怕啥？格局大有什么用呢？替别人操心？为别人作嫁衣裳？那些勤快的蠢货就喜欢装高大上。尤其像任文这样的人，爱表现，什么事情都往前冲。你这么干活，让别人怎么办？"

基于同样的考虑，他训过任文："你没来之前，办公室的人都是喝茶看报。现在你给我们折腾这么多事情！"

任文也不客气："那是我折腾的吗？你也不看看现在领导是谁，企业变了啊大哥，在转型啊，有新工作新要求啊。一天天都在变化，现在不是当年。"

"别拿梁总当挡箭牌！领导要求高，还不是因为要求什么你都去办，把领导惯的……"

这个逻辑让任文觉得水建三简直是无耻，作为办公室主任竟能讲出这种没有政治觉悟的话。她反唇相讥："你的意思是，我们要有选择性地工作，不要让领导提过分要求喽？"

"对啊！领导本来就要结合实际来下任务，我们能办多大的事就办多大。你惯着领导只会让自己越来越辛苦，还要让其他人受你拖累！"

"无耻！"这两个字几乎就要脱口而出，任文被一直在旁边看热闹的王向东拉开了。

　　王向东兜住了水建三的话:"水主任,这些话就过分了,心里抱怨几句没人管你,可不能讲出来。"

06

这个中午任文很不好过。比在暴雨中面对坍塌的宿舍楼时更为难受。

除了难受,还有挣扎。如果她家里的地板上也有条裂缝,她一定会立刻钻进去,躲起来,躲在黑暗中悄悄观察莫青的脸色。

可现在,却动也不敢动。她低着头,抱着膝盖蜷缩在沙发角落里,下巴支在膝盖上,硌得生疼,但只能忍着,继续忍着,盼望头顶上如五指山一般压住她的那股怒气能消一些。她不敢看莫青,不知道他什么表情,什么眼神,只能从一阵阵鼻息中,感觉出他的愤怒。她从未见过莫青如此大的火气。

莫青坐在她对面半米开外,那距离足够抬手给她一巴掌。他是想给她一巴掌,替她父亲好好管教她,但却下不了手。事情就出在自己眼皮子底下,自己却毫无察觉,心中的惭愧压过了火气。

刚刚,8月6日中午12点多,莫青给程伟送完材料回来了。听到推门声,正抱着半杯小柴胡发呆的任文立刻跳到了沙发上,抱成一个球,做出弱者的防御姿态。她知道莫青会批评她,那批评一定够难听,就算好听,苦口婆心、好言相劝,她都不打算听。

"你先说,还是我先说?"莫青瞪了这只刺猬一会儿,起身从冰箱里拿出一瓶水,喝了一口,开始问话。

任文抬眼偷偷搜索一番,在视线范围内没有发现属于自己的水。她知道,莫青这是要"上手段"了。

"你,你先说。"她理直气壮又不失可怜地吐出几个字。

莫青直接说,没有任何讨价还价的余地,就像陌生人似的,说:"我从来没有对谁如此失望过。"

任文怔了一下,抬起头,惊恐地望向他。原本准备了几个版本的应答现在竟然都派不上用场了。她有些急了,大声反驳道:"你,你怎么能这么说话……杀人不能诛心!"

莫青冷笑一声:"你还想听好话?!怎么?给你颁个奖?夸夸你跟已婚男同事关系搞得好?我现在再说一遍:你,让我,很失望!"

任文气得直拍沙发:"你还要不要解决问题?"

莫青说:"这是你的问题,我可以不管,对不对?我要是管,就少不了骂你。你自己说你该不该骂?你爸要知道把你教成这样,该有多担心,多自责?!你给我老老实实交代问题,承认错误。"

"我……别让我爸知道!"突然,任文脖子一梗,准备先来硬的,"这有什么大不了的?公司这种问题可不少,你别以为我不知道。那个曾劲松,他老婆怀孕的时候他还出轨,逼得他老婆跳楼……我,我不一样,我可没有破坏人家家庭!"

"你从哪里听来的?不许这么议论领导。说起破坏家庭,你觉得搞得人家妻离子散才算是破坏家庭?到时候你连后悔都没得后悔,要一辈子背着罪恶感,你脑子清不清楚?说你自己的问题。"

"我跟程伟先认识的!"她是理亏的,不能在道德领域跟他争辩。那就选择讲道理,女人讲起道理来总是亏不到哪里去的。

"学长是吧?"

"嗯!"

"我怎么记得你大学的男朋友不叫程伟,莫非这个渣男是打着师兄的幌子在关心小师妹?"莫青用调侃的语气直接人身攻击。他是不会跟女人讲道理的,不会陷到她的逻辑里。结婚十几年来,精明强干的妻子已经把他调教得百毒不侵,不会轻易失了阵脚。对女下属、女客户如此,对眼前这个看作亲妹妹的任文,也是如此。

任文从没见过他如此不留情面,又羞又气,哭起来:"不许你这么说他。明明就是我先认识的他。我们闹别扭的时候,他老婆才出现的,他老婆才是插足别人感情的坏人!不信,你去问程伟。我们在大学时候感情可好了。是他毕业后来南投,我读了研究生,才,才,没能在一起。"

"回答我的问题:我为什么不知道你有个叫程伟的男朋友。我和黎萍去学校看过你，也见过你的男朋友，那个人不是程伟。"

"后来，后来就是程伟！他，他救过我。"任文又把头埋进膝盖，重新蜷作一团，声音哽咽起来。

听到这个"救"字，莫青愣住了。任文不像在撒谎。当年跟妻子去看她的原因，正是因为她生病住院，记得当时还跟送她来医院的男同学说过几句感谢的话，那个人的模样，好像……

任文从小身体就不好，虽然个子很高，但总比别人瘦弱。她在大二那年参加运动会时因低血糖晕倒，医生检查出她的心脏有些先天发育不良，不算严重，无须特殊治疗，只需留院观察，于是休息了一段时间。任文的学校就在东南省隔壁的某师范大学，离家几百公里。任校长得知女儿突然晕倒且查出心脏病时，面前的日历上写着"高考倒计时六天"，只能请任文母亲独自去照顾。他又着实放心不下，便委托离得近的莫青抽空去看看，莫青第二天就带着黎萍去了。

当时守在病床前的是任文的男朋友韩宇。得知小伙子是独生子，且家里有间效益不错的工厂后，莫青特意询问了他父母是否知道任文的心脏病问题。那小伙子回答说知道，并表示这不会影响他们的关系，毕业后他会跟她结婚。

莫青是担心这样的家庭会对儿媳妇挑三拣四，尤其是身体健康方面。不过，他并没有什么当家长的经验，看到男孩拍着胸脯说没问题，两个年轻人感情又很融洽，他也就把心放下来了，没再多问。

跟男孩儿聊完回到病房，发现又多了个年轻人。他来送任文落在操场的手机，说是打听了两天才找回来的。年轻人就是当时背着任文以百冲刺的速度到校医院急诊科的程伟。莫青只记得他很礼貌，说话声音不大，作为救人者居然道起歉来，说是自己当时跑得太急，弄掉了手机，如果坏了就赔她。

程伟两年前被梁兵调来南浦任市场部经理，直属领导正是副总莫青。见到他，莫青就觉得眼熟，还跟梁兵说："您这个大弟子很合我眼缘哪！我们一定能好好合作……"

快速回忆了一遍往事，莫青的眼圈泛了红。任文的脑袋还是埋在膝盖上，他伸出手挠了挠这只小刺猬，温和地询问："你原来那个男朋友是家里独子，家业又不小，后来是介意你的身体状况，担心不能生孩子，才分了手吗？"

任文用更大的啜泣声做出肯定的答复。

"没事，没事。我听你爸爸说，你这点问题不要紧的，现在的医学又发达，以后一定能有自己的孩子。你每天都有喝黄芪茶是不是？回头我让你萍姐再给你弄点高档的。咱不要去想那些伤心事，啊？"

"我就是担心不能生孩子，怕不能给他完整的家庭，怕我们的感情在今后会破碎掉，我就选择了逃避。他毕业前，我们终于谈到了未来，我答应他明年就来找他。实际上，我心里是矛盾的，当时就打定了主意从此分开，让他去找该有的幸福。后来我考了研究生。我真后悔，真后悔，我怎么那么蠢！呜呜呜……他也很生我的气，赌气跟高中同学结了婚。再后来，我没有办法喜欢其他人，只想要他！……我以为这辈子再也见不到他了，再也没有一个喜欢的人了，呜呜呜……"任文哭着，断断续续地说着，直到哭得再也说不下去。

莫青鼻子发酸，久久没说话。他起身拿了包纸巾，塞到任文手里，自己挪到沙发上，跟她并排坐下。等任文的哭声小了，才重新开始探讨这个再难都得解决的问题："文文，那你是不是觉得，在你俩失而复得的相遇面前，其他什么都不重要呢？"

"是！不，不是。我没有破坏别人的家庭……"任文先是点点头，又匆忙地摇头。

沉默。

"那么，你们今后打算怎么办？总不能一直这么下去吧。你想过吗？"

"我，我不知道。萍姐介绍的相亲对象都很好，但是我没办法喜欢。我只想要程伟，我们的缘分是被我硬生生掐断的，我们本该在一起……"

在无数个后悔莫及的日子里，这话她跟自己讲过千千万万遍。

莫青听着、看着、想着，共情着她的痛苦，却久久地沉默。在他的印象里，任文是个被幸福包围的孩子，从见她第一面起，他就羡慕她。她可以肆意地笑，可以任性哭闹，可以窝在父亲怀里撒娇，率真开朗、无忧无虑……可他呢？也是从见到她的那天起，他就再也没有放肆过。他那么自律地要求自己、那么上进，才有今天来之不易的生活。他多珍惜啊！而她，一路顺风顺水，考上了好大学、读了研究生、找到了好工作，还有他这个哥哥关照，但她却让自己陷入这种不堪的情感旋涡里，平白找来痛苦，她是多么的不知足啊！

被惯坏了的孩子。或许在20年前的那一天，他就该知道，这孩子长大后会有苦头吃。

那是学期末的某天，任文的父亲任长青校长在大操场对毕业班做高考动员讲话，任文在父亲办公室里待腻了，偷偷跑到人群里听父亲演讲。结束时她才发现糟了！上千个学生搬着各自的凳子向四面八方散场，操场上瞬间乱作一团。她才十岁，很瘦弱，很快就被人群冲得站不稳脚，轻而易举就被绊倒了。挣扎着想站起来时，又被板凳磕了一下，无助的她跌坐在人群里哇哇大哭起来。莫青跟着叔叔婶婶由一位老师带着去找任校长，他们已在会场外等了许久，穿越人群去办公楼的时候发现了这个可怜的小家伙。老师一看是校长的女儿，赶紧让莫青去拉她，低声说："任校长可疼这孩子了，等下好给自己争取加分！"任文含着眼泪抬起头，看到一个眼神儿犀利的少年，他留着乱七八糟的长发，还凶巴巴地瞪了她一眼，似乎在责怪她自作自受。于是她又哇哇大哭起来。那老师赶紧俯下身，把她扶了起来，帮她拍拍身上的尘土，把那小手塞到莫青手里。然后，从身边抓过一个学生去给校长报信儿，又叫住了另一个学生去保安室打电话。

当时的莫青叫莫棋，高一换了两次学校，都是被劝退的。那位老师告诉莫棋的叔叔婶婶，没有任校长教不了的孩子，于是叔叔婶婶带着这个叛逆的少年来求任校长，请他给这可怜的孩子继续读书的机会。

去校长室的路上，任文还是哭哭啼啼，莫棋烦了，撒开了她的小手。这小姑娘竟要踢他，踢不着，便又伸出手来，赌气似的拉紧他的衣角，甩都甩不掉。莫棋的婶婶看到还没见到校长两个小孩子竟要打起来，便劝莫棋分一点自己正在吃的糖给任文，莫棋坏笑着，掏出一只包装残缺的奇怪糖果，任文气呼呼地拒绝了："我爸不让我吃坏人的东西。"莫棋轻笑着说："看吧，小屁孩儿都说我是坏人，你们还是不要让我上学了……"大人们叹着气，仍旧拉扯着他去办公楼，上楼的时候，任文还卖力地在他身后推了几下，喊着："坏学生，让我爸好好教育你！"

等到了校长室，父亲要跟来客谈事情，但基于刚刚女儿受到惊吓的考量，并没有让她照例躲进旁边休息室，而是把自己的办公椅让给她，自己则拉了把椅子坐在旁边说话。谁都看得出，任校长刚刚紧张得不轻。

任文不老实，刚刚磕到的地方也不疼了，一会儿就活蹦乱跳起来，跑到旁边橱柜前，翻出来一些小零食，抱到父亲的办公桌上，哗啦啦撕开就吃起来。任校长伸手拿过一袋递给莫棋："你吃不吃？"任文尖叫道："他不吃，他口袋里有很多，也不给我吃！"莫棋又瞪了她一眼。校长笑呵呵地哄女儿去看书，仍旧把那包零食放在莫棋面前，继续和颜悦色地说起话来。任文假装在看书，其实正躲在书后面吃零食，小腿儿也在宽大的椅子上荡着晃来晃去，吸引莫棋看过来，一旦他真的瞥一眼过来，她就放下书，冲他做个鬼脸……

正所谓不打不相识。

在聊天中，任校长从莫棋身上看到自己当年的影子：勤勉、机敏、心细。只因前些年双亲离世带来的打击太重，这个青春期的孩子缺失了原该由父母提供的支持。他是可以改变的。考虑到他寄宿叔叔婶婶家会被之前"坏孩子"的定义困扰，任长青安排他住在了自己的宿舍，隔周跟他单独做面对面的交流，监督他的学习和课外生活，用包容和认可把他从一个叛逆放纵的孩子变成了一个自律上进的少年。很快，莫棋完全变了一个人——话多起来了，眼睛里也有了光彩，跟同学相处也越来越和谐，最后以优异的成绩考上了东南省的一所211大学。

比起教好了莫青，任文更是任校长最得意的"作品"。他总是说，现在也仍在说，她开开心心的就好。小的时候，如果她功课多，任校长会帮她写；如果天气差，任校长就帮她写迟到说明；如果生病了，任校长就去请假……她看过很多书，莫青记得那天她在椅子上荡着腿的时候，挡住脸的是一部《古文观止》。总之，她喜欢什么就干什么，仿佛这个世界上从来没有人能拦住她，从来没有人能让她不开心。

现在，程伟居然做到了。可见，再好的教育，也不能左右人的情感，该遇到的人总会遇到，该犯的错还是会犯。莫青从回忆里抽身，发现自己对程伟生气的背后还有些羡慕。

现在，他得先分辨出这么多年过去了，现在的她还那般喜欢程伟，还是在耍小性子，只因放不下自己错过的青春。

莫青在开口的瞬间就后悔了——这个问题显然多余，她自己清楚得很。这个被惯坏的孩子，也是聪明的。抛开感情上的越界，在工作中她是个相当有分寸感、懂进退的人。怎会遇到程伟就犯了错误呢。

"如果你们没有再遇见，你这辈子打算怎么过？32岁了还不结婚，一辈子都要孤独地在回忆和悔恨里度过吗？"

"才没有！"任文说，"我知道他要调来的时候，心里已经做好了准备，比如一笑而过。我知道过去的事情无法挽回，不该勉强……心理学中有个概念叫未完成事件，就是说，一件未完的事，你会一直心心念念放不下，而一旦完成了，马上就会忘掉。我对程伟的到来就是这个预判——一旦见到他，我就能释怀。可是那天，我在楼下看到他，他从车里下来，站在树荫下……我喊他，他回过头来的时候，我一下子就回到了分别那天。那天，我在身后看着他离开，我想喊住他，告诉他我是开玩笑的，我爱他……但是，我没有，那天我什么也没做，就那样眼睁睁地看着他离开……"

任文又哭了起来。

莫青没有打断她，她哭了几声，憋回了眼泪，继续说下去："所以，他来那天，我喊他，他回过头来……说，说'好久不见'……我也说'好久不见'。我想过去拉他的手，我想扑过去，想问他能不能原谅我……我看到了他手上的戒指……"

莫青抽了两张纸巾递给任文。

"我早知道他结了婚，竟然一时忘记了。我的潜意识根本不相信他结婚了！那天晚上，我又做了那个梦，我就知道，我没办法只跟他好好地做同事……"

"什么梦？"莫青关切地问。

"就是，就是我之前总是梦到找不到家。有时候是走错路，有时候是误了火车，总是要靠他的帮助才能回到家……如果你了解精神分析学，就……我不说专业的解释。总之，那天我又梦见自己找不到家，半夜里哭醒了。我真的需要他……"

"后来你们就私下里来往？你情我愿？"莫青有些不可思议，他也经历过热烈的感情，却不至于如此"玄学"。

"差不多吧，反正就……最开始只是讨论工作，我给他讲南浦的人和事，帮他融入进来。都是吃午饭时谈的。后来，也吃晚饭……"任文声音低了下来，明显带着羞涩。

莫青呵呵一笑，说："还算老实。吃了多久晚饭吃到家里的？我去厨房看过，常用的碗筷有两套！"

"去年年底才……"任文小声地嘟囔着。

莫青长叹一口气，拍拍胸口，说："我要被你们气死了。"

任文撇撇嘴，表示自己也没办法。

都听明白了，莫青宣判："我非常理解你们读书时的感情，青春时代的感情都是很纯粹、很干净的，值得珍惜，值得尊重。不过，你们现在都30多岁了，是成年人，他有家有室的，你们的感情跟当年不一样，明白吗？说得难听点，这么拖着你，他又不吃亏，他未必跟你的出发点一样。什么海誓山盟、海枯石烂，成年人的世界里根本没有这种东西！你们必须断了关系！"

"我，我不想断。你让他离婚！"任文鼓足了勇气，吐出一句。

莫青一巴掌拍了过去，不重，但足以让任文又大哭起来。

这一巴掌也惊到了莫青自己，不顾任文夸张地哇哇哭叫，他厉声道："别犯傻！现在是一个已婚渣男喜欢你，真相就是这样，你还没有搞清楚？！"

任文不说话，继续哭。

"你不过是想弥补自己做过的错误决定！你以为，他离了婚、娶了你，你们就能幸福愉快了？就能一起回忆青春了？这种抛家弃子的男人你会放心？再说了，一个在梁兵面前唯唯诺诺的人，平时表现得恭顺听话，背后却是这样一个人，你不觉得他很有问题吗？给我冷静地想一想！"

如果这是亲妹妹，莫青很想再给她一巴掌。

莫青说得很对，这些话任文也跟自己讲过。是她割舍不了失而复得的温暖。她的父母工作很忙，她小时候常常独自在父亲办公室写作业，太晚了，就自己爬到沙发上睡觉，父亲忙完工作再抱她回家，得空照顾她的时候，都是有求必应、百般宠溺。莫青熟悉她跟父亲的相处模式，也曾经断言她有"恋父情结"，现在看来，这或许是症结。

莫青调整了情绪，试图换个角度说服她："你有个好父亲，就会对未来的丈夫要求过高，当你得不到的时候，便会转而只渴求被关心爱护带来的温暖，而不管不顾道德和规则。所以你并不是真的喜欢程伟，并不是真的想让他离婚，更不想去做第三者，对吗？"

沉默许久，任文讷讷地点点头："我也知道不对，也想跟他分开。可是，可是他就像让我上瘾的毒药，我，我戒不掉……"哭声里满是无助。

莫青松了口气。他把手放在她的头发上，掌心的热度传递过去，像是给她注入某种力量，坚定且温和地说："我来帮你戒'毒'。前提是你要配合，不许跟他再谈工作以外的事情。你俩再有任何私人接触都不许瞒着我。我会给你时间，我们慢慢调整、慢慢适应，回到正常的生活。"

"好，那好吧。"任文抬起头望向莫青的眼睛，委屈地答应下来。

莫青伸出手，做了个拉钩的动作，任文回应。跟着，两人不约而同地望向墙上的时钟，已是下午两点多了。莫青把她从沙发上拉起来，说："走吧，吃午饭去，吃完去医院换班！"

再看看任文惨不忍睹的脸，摇起头来："算了，你别出去了，我等下给你带回来。下午我自己去医院，你就坐镇家中，听我汇报，然后复制粘贴给梁总。"

任文从冰箱里拿出一瓶水，用纸巾裹了几层，敷在脸上，说："我没事，看到那栋楼，我也跟着他们几个哭了，大家会理解我这副样子的。"

"行！那走吧！"

临出门，莫青想起了什么事，又探身进屋，把刚刚穿过的拖鞋拎出来，径直走到电梯口附近的垃圾箱旁，扔了进去。

任文嘟囔着："至于吗？还挺贵！"

莫青讥讽道："第一天认识我？我的执行力向来不打折，希望你接下来能有个心理准备。"

刚进电梯，黎萍的电话就打了过来。她给任文介绍了新的对象，想约着明天见面。

"你们俩是约好的吗？说什么来什么。"任文小声嘟囔。

莫青把手机捂在胸口，压低声音对她说："我们两个要是都看不住你一个，那我可真是对不起老爷子了。"说完，白了她一眼，继续听电话。

"有空，她明天必须去相亲！这边我顶上，给她放假！哎，你可不知道，这孩子麻烦大了，回来跟你说啊……"

任文噘着嘴，狠狠剜了他一眼，说："这种事情能到处说吗？！"

莫青挂了电话，俯视着她，笑道："你说，我是不是一等一的好男人？"

"是啊！"

"一等一的好男人有什么特点来着？"莫青眨着眼睛提示她。

"哦，怕老婆呗。一等男人怕老婆，二等男人爱老婆，三等……你真的信这些啊？"任文心情好转。

"怕老婆，总归是保险的！我得把你'供'出去。"莫青背起手，一副光辉伟大正确的姿态，昂首阔步走出了电梯。

07

飞机就要抵达首都机场了,在空姐几次耐心的提醒下,程伟才回过神儿来。轻轻拉上舷窗,视线也从苍茫的天际收回来,眼前似有些恍惚,他又短暂地闭目片刻,才去看手表。此时是8月6日中午两点半,他还有个把小时可以把捋了一路的纷杂思绪再厘清一遍。

一夜之间,发生了太多事。

宿舍楼塌了,自己正拿着关键材料去救老板,如果救不了,梁兵就不会调去集团。自己原本要提出来跟老板一起去,打打下手,也就不好提了。他想跟去集团主要原因一来是离开南浦一阵,让任文回归原来宁静的生活,这是他早就想着的。今天莫青发现了他们的事,自己也就更有离开的必要了。二来,这是一次非常好的学习机会,也能给自己的履历镀镀金,自己不能一直跟着梁兵当他的左右手,也盼望着可以更进一步。而如果去不了,别的不说,和莫青共事两年,他太了解他了,莫青能有一百种方法让他跟任文断绝关系,到时候他可能连工作都要丢。还有,究竟是谁把早就该从这个世界上抹去的酒驾事件又翻了出来呢?捅到了集团面前,是在利用这件事做梁兵的文章吗?如果只是让自己坦白从宽,他是愿意的,而如果是借他来搞梁兵,那恐怕失业的风险又要添上几分可能……

飞机下降带来的失重让程伟深深地体验到了无力感。

他不想丢掉这份工作,也不能。

他在参加工作的第二年遇到了梁兵,当时他还是个科室经理。在梁兵的严格要求和手把手的指导下,他进步飞快,不到五年的时间就成了南投东南省公司八大分公司里最年轻的市场部经理。也是从第二年起,他就没有在晚上8点前下过班,可以说整个人都扑在工作上,这份工作是他的一切。

家呢?对他来说,家只不过是个吃饭睡觉的地方。妻子陈红尽心尽力,体谅他工作辛苦,容忍他不苟言笑,对公婆也孝敬有加。可他不爱她,没有办法从她那里获得温暖。晚上回到家里，陈红端上来为他单独做的饭菜，他最多说上一句"谢谢"便独自吃起来，惹得陈红一次次默默流泪。泪流多了，也就麻木了，这些年他们也就这么过下来了。

如今和任文又重逢了。刚到南浦报到那天，身后传来一声呼唤，那声音那么熟悉，带着梦里才能重温的记忆。他转过身，看到她站在阳光下，依旧笑靥如花、依旧亭亭玉立，像穿越了时空而来，重现在他新生的人间。时间没有抹去任何东西。他坚硬的心一下子碎裂了，化作柔情，去了这世的情缘。

他爱她，毋庸置疑，一直深爱。重逢的这两年来，他也无数次考虑狠下心离婚，但无论如何也迈不出这一步。再伤害一个女人，他做不到，她也何其无辜。自己已经做了太多的错事了。所以，当听到梁兵要去集团，他便考虑也跟去。跟任文分开一段时间，彼此冷静冷静后，让她先选择——分手或者在一起。如果在一起，那他就离婚，把财产都留给陈红，自己净身出户。是报应，是"该来的"，那就承担下来，绝无怨言。

唉，人生究竟是如何一步步走到今天，进退两难啊！可如果问他后悔吗？他一定会坚决地说："我从来没有后悔过！"

他仍然清晰地记得10年前那天下午。运动会散场时，他和同学结伴在纷乱的人群里穿行，像往常一样说笑打闹，一个女孩儿忽然晕倒在他的脚边……他背着她飞奔去校医院的途中，任文短暂清醒，他听到耳边的呢喃：谢谢你救我。

程伟心头一阵颤抖。"救我"，十几年来，每当这个声音在脑海里响起，他都会不禁落下泪来。那年他才6岁，放学后带着妹妹玩，背着她到河边儿去找在滩地里摘菜的奶奶。那天的油菜花金黄金黄的，覆盖了大半个河滩，他们在油菜花田里戏耍着，不知什么时候，妹妹靠近了河道，失足跌落水里。他大声呼救着，不顾一切地跳进河里，在大人们赶来之前抓住了妹妹……

他们终于被救起来了。他只记得眼前白花花一片，身边是慌乱的人群，哭喊声、尖叫声、脚步声在耳底鼓噪着。只有一个声音是清晰的，仿佛是在他脑袋里呼喊："哥哥救我……"他再也没有见过妹妹，没有见过那个奶香奶香的、柔软温暖的小宝贝……

"谢谢你救我。"躺在急诊室的任文闭着眼睛,虚弱地重复起这句话。校医说这孩子不像是简单的低血糖造成的眩晕,马上联系到系主任,征得家长同意后马上转院。任文的家在外地,母亲最快也得半夜才到,同意马上转院。系主任安排了两个女同学照顾任文转院,让程伟回去休息,他却不肯。刚刚填资料时,他发现任文竟跟妹妹同一天生日时,那一刻只觉得天旋地转。是她吗?是妹妹吗?终于救了她吗?从那一刻起,他开始相信这个世界上有命中注定、有投胎转世,相信自己可以赎罪……

这些,任文却不知。她只知道,从那以后经常偶遇学长,仿佛从他把她背到医院起,两人就被一根红线拴在了两头。男朋友韩宇因为家人反对而提出分手后,程伟与她关系更近了。在图书馆看书累了,往楼下眺望,总能见到他在打篮球;常去的自习室没了座位,只需要寻上几眼,一定能看到他在招手,身旁留好了位置;早上起晚了,背着书包匆匆赶去上课,总会有两块面包或者一袋牛奶塞进怀里,然后,一个少年潇洒的身影从旁边轻巧地闪过。有一天,她发现自己开始梦见他,只要梦到他,第二天准能见到他。再后来,如果两三天没见着,她便开始想他。他从不要求什么,也没有问过她那些问题,却给她了童话一样美好的陪伴。她爱上了他。

那些年对他来说,又何尝不是人生中最美好的时光呢。从6岁那年开始,他就没笑过;从6岁那年开始,他就没主动跟女孩子说过话……直到遇到她,她是他的天使,是他的救赎,是他的命中注定。

可是,她怎么就那么狠心呢?根本不问自己对未来的打算,独自违背了约定。她改了自己的未来,也改了他的一生。他曾经无数次幻想过他们的未来,笑着或哭着。没有孩子不要紧,他只要她。

出租车司机问了第二遍目的地,程伟回过神儿来。他连自己怎么坐进车里的都不知道,搓了搓鼻子,淡淡地答道:"中关村,南投集团总部。"

那司机耸耸肩,发动了车子,也启动了主动陪聊模式。北京的出租车司机是热情的，遇到程伟这样脸色抑郁的乘客，更得把你聊开心了才行，否则钱都不乐意收。

"师傅，您就提个公文包啊，是来出差的吗？您这是要当天去、当天回啊？"年轻的司机满口京味儿普通话。这算打听私事，倒也不招人烦。

这话提醒了程伟。几点回去他可没考虑，那得看跟集团的谈话怎样。说起来，等会儿要面对的谈话规格可是够高的，自己得从眼前这情绪里走出来，带着好的状态去。于是，配合地聊起来："也不好说。看今天的事情顺不顺利吧！"手上也没闲着，先整理了一番衣襟，又检查了公文包的状况，待整个人都放松了一些，又说："不过您倒是提醒我了，回去的机票我得先定了再说。"接着就掏出手机忙活起来。

年轻司机通过镜子看看他，把主动陪聊模式升级为滔滔不绝模式。先把南投集团附近几个商务酒店都点评了一遍，又推荐哪里买换洗衣服最方便；讲解完故宫、景山、八达岭，又接着聊起来北京特色小吃。从闻名天下的烤鸭到许多人避之不及的豆汁儿，细细地将背后有哪些传说、现在有什么变化，像讲评书似的讲了个遍。等程伟订好机票重新抬起头来，师傅已经开始跟他探讨炒肝儿是加辣子酱还是辣子油了。

"跟您说嘿，您要是重口儿呢，就加辣子油，那一口下去，哎哟喂，快别提了……"

"师傅您是唐山人？"程伟笑着打断他。

那年轻师傅一拍大腿："这您都听出来啦？您有亲戚在唐山？"

"是啊，我的……我太太老家就是唐山的。"他想说什么呢？我的任文？我的女朋友？只好改口说是陈红家。他的心隐隐作痛。

"哟，那您可是我们唐山的姑爷。我这刚好反了。我唐山人，在北京读了书，就住下了，倒插门儿。嘿嘿。跟您说了，您可别瞧不起咱，咱男人可是不容易……欸，看您刚刚那模样，该不是遇到什么不顺心的事了吧？您这么着，如果今晚不回去呢，就去南锣鼓巷遛遛，酒吧一条街啊……"

程伟重重地"嗯"了一声,算是赞同他的提议。

年轻师傅的话匣子像哆啦A梦的口袋,随手一拎就能拿出来一个新话题。聊完乘客的心情,就开始关心起工作来。

"您是南投的啊?好单位啊。听说你们要公开发股票了。好事情啊!大企业就该让人民也沾沾光嘛。这年头钱不好赚啊。我们这么辛苦,一天到晚挣个千儿八百在北京完全不够用。回头我得买点你们的股票……"

IPO的社会影响这么大,出租车司机都关注了?程伟微微笑着附和说"好、好",心思跑到梁兵的新工作上来。据说,集团直接从人才库里,以硬性指标层层筛选出来的人才能进IPO筹备组。副组长更是集团技能人才库中的"人中龙凤",是经过了集团高层充分议定的,按理说不会轻易就撤换。

现在宿舍楼塌了,还伤了人,集团恐怕很不愿意看到这个意外。那么,这件事跟梁兵到底有多大关系呢?南浦早有传闻——那楼盖起来的时候,就是个豆腐渣工程。他想起了梁兵让自己带来的材料,拿到后只粗略看了标题,现在得仔细看一看。图片、文字、鉴定过程都列在上面,看起来颇有说服力——不存在质量问题。

那就奇怪了。早在6月份,汛期之前,梁兵就要求办公室的人务必排查完防汛安全隐患,对这个传闻的危楼尤其要一丝不苟地进行勘探鉴定。该修修、该封(楼)封。那么问题就来了:这栋建好不到6年、入住率常年接近10%、经鉴定无质量问题的楼,怎么在暴雨里泡两天就塌了一半儿呢?这鉴定书,真的可信?

他能想到,梁兵不会想不到,莫青和参与这件事的任文也不可能想不到。现在不方便跟梁兵讨论此事,那就找任文"对对口供",到集团领导面前也就可以尽力为梁兵开脱。

想到这里,他拨通了任文的电话。

彼时,任文和莫青正驶往医院。看到程伟的名字弹出来,任文自觉打开了免提。

"任副主任,这份鉴定书写着宿舍楼质量可靠啊,怎么会那样呢?该不会有什么猫腻吧？又是办公室负责办的差，你清楚吗？"程伟开门见山。他几乎可以肯定任文和莫青还在一起，可得拿捏好说话的分寸。

任文看了看莫青，仿佛要他的口谕才说话。莫青则直接腾出一只手，把电话拿到自己跟前，说："程伟，任文在我车上，王浩出手术室了，已经转到ICU观察。对，还没醒，腿伤得有些严重，但医生说康复希望很大。你刚刚问鉴定书，我们跟你的看法一样。从鉴定到出结果的这个过程，估计有猫腻。或者说，鉴定书是真的，盖章也是真的，法律效力也是具备的，只是没有认真鉴定。那么，你到了梁总那里就得把这个情况表明出来，明白吗？引导上面往这个方面调查。特别是要查查中间经手人，搞清楚我们的人和对方的人究竟是怎么对接的？该办谁办谁。我说明白没有？"

莫青条理清晰，语气和缓，从中完全听不到3个小时前的杀气。

"收到。明白。"程伟回答。

"那你重复一遍！"讲完话让人重复要点，这是莫青在工作上的习惯。

程伟清了清嗓子，说："问题的关键在于：有人在鉴定过程中不负责任、走过场、弄虚作假、应付交差。我们要找出这种情况是怎么发生的，让上面核查鉴定过程，目的是把关注点从'任何事都是一把手的事'落到该承担责任的人身上……"

"还有，现在是IPO紧张筹备期，提醒他们考虑这个点。还要说南浦的班子一定会解决问题，绝不会添乱子，让集团放心！"任文插话。

莫青咳嗽了一声，表达了他的不愉快，跟着制止道："大人说话你别插嘴，这种基本的常识，程伟能不知道？！"

又对着电话讲："很好，你办事我放心。快到总部了吧？忙完记得回我个电话，我们在南浦都很牵挂梁兵同志啊！"

程伟笑呵呵地答应着，礼貌地挂了电话。

08

梁兵在集团某个小会谈室里吃完了秘书给他准备的盒饭，又歪在宽大的沙发上眯了一阵。也利用这个空闲前前后后几番思索，对塌楼事件如何应对已有了方案。只是，酒驾到底是谁"捅"出来的呢？明明跟自己无关，却告在自己头上，能往集团递举报信却不考证事实，到底哪个蠢货才会做这种让人哭笑不得的事情？

秘书处的人提醒他程伟到了的时候，他已经打定了主意：就算自己调走了，人在集团，也要抓出这个叛变分子，不，敌对分子，让他哭个痛快！

下午的谈话跟上午是同一间办公室，同一个场面，只不过梁兵的身边多了个程伟。这让他宽心许多。简单寒暄过后，吴副书记直接从警察查车问起。程伟打算说出其中一部分。他不撒谎，但话经常不说完。梁兵说这是他的优点之一。男人嘛，这样可以避免很多不必要的麻烦。梁兵说这话时，程伟总觉得他似有所指，但总也没揣摩出来过，看来自己这蛔虫当得还有进步空间。

程伟说："那天，快回到梁总小区门口的时候，代驾提出接下来需要我指路。当时是半夜，下着小雨，大冬天挺冷的。我跟代驾说先左拐看到标识再右拐，等等。代驾有些不耐烦，我就让他下了车。"

程伟停顿了一下，看看吴副书记，又看看梁总，在得到鼓励的眼神儿后，继续往下说："梁总当时睡着了，他喝得比较多。我跟代驾指路的时候他醒了一下，问我是不是到家了。我说还没有，如果到了就叫他，他就没管我了。"

梁兵的手支在沙发扶手上，托着下巴。听到这里，略微点点头，似乎是想起了同样的画面。

"代驾要从后备厢取出他的单车，当时动作慢了点儿，我远远地看到附近路口有查车的，就催促他。当时我们两个人语气都不太好，就争执了两句。我猜，应该是他对那个交警说我酒后开车。"

这时，梁兵插话说："我家附近路口春节前后经常设岗查车。"

吴副书记不表态，仍是笑呵呵的。程伟只好继续说下去："那个交警是在前面路口执勤的交警，最开始可能是看到我们占道停车，才过来的。代驾是往他那个方向去的，当时我已经坐在了驾驶座，刚开动，交警就追过来了……"

吴副书记点点头，示意小王记录，接着向程伟提出了两个疑问："第一个，交警过来之后会登记驾照和车牌，你是怎么配合的；第二，最终的定性是什么，有无开单据。"

程伟一一回答。首先说明了自己酒量非常小，当天有些感冒，最多喝了20毫升，意识非常清醒。又说："自己跟交警讲是领导司机，本以为交警会信，毕竟，给领导开车的人怎么会喝酒。但那个交警一定要我吹气，我下车的时候，看到那个代驾远远地停在路边看我们，估计是看热闹。我就猜是他举报的我。确认是酒驾后，当场就开了条子，扣了分，罚了两千块。"

吴副书记点点头，示意小王记录，说："我们会调查这个记录，希望你能理解。"

"没问题，我配合。"程伟说。

这个时候，小王咳嗽了一声，说："吴副书记，您看记得对不对。"

梁兵和程伟的心都提到了嗓子眼儿。果然，吴副书记看到了一行单列出来的字：如果酒驾是程伟，应该有公开通报，举报人不可能不知道。

吴副书记借着浏览全文的时间，快速做了决定。他把记录递还给小王，说："记录准确，结案吧。"

吴副书记确实可以追问东南省公司对程伟的处罚，或者发现根本没有处罚后，进而发现更多问题，但在此时并无必要。酒驾的只要不是梁兵，不是IPO项目组关键成员就够了。保险起见，他们会找出记录，确认酒驾的是程伟，此事完满了结。

小王迟疑了一下，明白了领导的意思，带着材料出去打印了。吴副书记让程伟在旁边第二会谈室稍坐，他对梁兵还有几句话讲。

吴副书记换了个位置，坐在了梁兵左手边的沙发上，两个人侧着身说话，这就拉近了距离。

还没开口，梁兵就先表了态："感谢吴副书记对我们的支持和理解，党纪国法不能违啊，我们会时刻牢记于心。程伟是个很不错的年轻人，如果被酒驾毁了，可是咱们企业的一大损失。我会好好批评教育他的。"

吴副书记笑呵呵地点点头，说："那都是你们南浦内部的事情了，你们有分寸，我们不干预。党纪国法不能违，这是我们的底线啊！你说的很对。接下来你到IPO工作组后，也一定要秉持着这样的精神和认识，高标准地完成组织交办的工作。"

梁兵掏出一直放在旁边的笔记本，摊开，准备做记录。吴副书记摆摆手，笑着说："我的话你就不必记了。我们主要是干工作，要把精力放在具体工作上。我跟你谈话就是我的具体工作，而你的具体工作就是尽快胜任新岗位。我先代表集团欢迎你的到来！"

梁兵忙站起身，双手握住吴副书记伸出的手，郑重表了决心。

吴副书记却没有送客的意思，跟着又说："集团领导班子正在开会，张董5点钟在办公室见你，到时候36楼的秘书处会接待。"

看来，原定的周一报到后的班子谈话流程也提前了。

梁兵答应着，送吴副书记出门后，转身来到隔壁房间，见到程伟劈头就是一句："这种事情不能有下次了！酒驾？！你要好好反省反省……"一副恨铁不成钢的样子。

程伟低着头，连声承认错误，跟着解释说，因为苏恒帮他处理了，单位才不知道，还好吴副书记没问。

梁兵有点不敢相信自己的耳朵："苏恒帮的忙？怪不得……这举报信跑不了跟他有关系。这个人你得防着点。"

程伟认同地点点头，话题一转，提起自己想跟他来集团："梁总，您能不能……能不能把我调来集团，跟着您进工作组，打个杂都行。"

让他意外的是，梁兵不假思索地答应了，只问他是否想好了——接下来要离家那么远、那么久。

程伟的答案是肯定的，而且毫不含糊，他进一步说："除了给您当帮手，我也可以获得很多学习机会。项目完成后,我还回南浦,想必到时候可以有更多的上升空间……"

梁兵早想过要带他走,只是自己的事一天不确定,这个想法就得憋一天,现在倒是好时机。他拍拍程伟的肩膀,说:"等会儿就见张董了,我这个副组长应该能带个助理来吧,会为你争取的。"

说罢,梁兵略微迟疑了片刻,又意味深长地问:"你该不会趁这几个月在集团工作就离婚吧?"

程伟惊讶地"啊"了一声,赶紧摇头。这是他没有想到的。

梁兵这才笑了,说:"有些话咱俩之间不必说得太直白。不过我可提醒你,这也是我一直忍着水建三而迟迟没有提拔任文的原因。这种错误不能犯啊,年轻人!"

程伟点头如捣蒜。

梁兵让他赶紧回南浦,马上调查举报信的事,以免这个人举报不成,进而惹出更多问题。

程伟从文件袋里取出宿舍楼鉴定书,简要说明了与莫青和任文统一过的思路。梁兵有些动容地说:"好弟兄啊!这才是好弟兄!"

8月6日下午5点,南投集团二号人物张无忌接见梁兵。

秘书带梁兵进张无忌办公室时,还未散会,梁兵站在落地窗前俯瞰中关村,不由得感慨万千。

基层面临的情况跟集团完全不同。集团肩负更多的是全盘决策。站在这里,感受到的除了忙碌,还有宏大、视野、格局……而在基层,只有一场接一场的硬仗,自己这个封疆大吏更像是赌上身家性命的将军,不胜利就下台,不前进就失败。而那些所谓的"硬仗",不过是搞定一个又一个人,拿下一件又一件事。对手、同僚、上级、下属、合作伙伴,斗争、妥协、谎言、手段……让人眼花缭乱、疲惫不堪。

置身这样一个现代化的办公室里,看着蓝天白云下中国最核心的城市,他觉得自己很渺小，简直要低到尘埃里、藏于脚下的地毯中。那个在他离开时正浸泡在大雨里的南浦显得有些不真实，可他在南浦无疑是成功的，也无疑是拼上了性命的。根根白发记录着每一寸过往，细数起来，让人唏嘘。

张董笑呵呵地推门进来，远远地就对梁兵伸出了手："梁兵同志，欢迎回来啊！"

梁兵受宠若惊，忙小跑过去，紧紧握住领导的手，连声道："董事长好！董事长好！感谢组织的认可！……"

张董示意他在沙发上落座，待秘书端上茶水，便开始按照自己的思路讲话："先不要感谢，等把工作圆满完成了，表彰会上再发表感言嘛。从现在开始，恐怕你要全身心地投入工作喽！你看看，我今天见你并不是特意安排，而是刚好要开IPO筹备组领导小组的会。我们已经进入战斗状态了，未来的工作压力你可要有心理准备啊！说起来，你这个同志从十几年前在集团本部实习开始，就被人事部挂上号喽。都说江山代有才人出，我看南投在这方面还大有空间啊。十几年就出你一个科班出身、有全岗位经验，还经得住考验的年轻人！对你这个职责分工，我们没有第二个人好选——我们是不是得珍惜你、保护你啊！"

梁兵谦虚地笑着，连声说着："请组织放心！"

张董继续说："南浦的工作不好做吧？我看你档案里的照片了，头发可比现在多，也没有这么白嘛！"

梁兵感慨地说："是啊！基层工作很历练人，这两年我成长很多。"

张董爽朗地笑了："你这个年纪，如果还放在南浦，那倒是真没什么可以成长了，还是要回到集团来，集团平台大嘛。"

张无忌花了半个小时跟梁兵谈具体工作和配套的责权利，末了，问梁兵："你有没有需要组织支持的啊？尽管提提看。"

梁兵略微思考后，坚定地说："我想带一个助理。像您刚刚所讲，为集团培养人才……"

"没问题，给你配个助理编制。带谁，怎么个带法，你定。"张董答应得很干脆。

谈话眼看结束了，关于南浦宿舍楼的事却只字未提。梁兵确认集团能如此慎重地选拔人员，也一定对这个与他脱不了干系的安全事故做了研究，他应该主动坦白。

"张董，集团周一对我的审计就要开始了，趁着有机会跟您面对面汇报工作，我想先交代一件事，昨天晚上……"

张董摆摆手，打断了他的话，仍然笑意盈盈："宿舍楼的事吧？大概情况我们已经掌握了，审计组也因为这件事改为集团检查组了。先检查，再审计。我们相信你和你的同事经得起组织考验。"

"如果涉及施工单位或者历史原因……"

"该起诉就起诉，该协商就协商。我们也想看看，在处理这件事的过程中有没有哪个优秀的同志能够脱颖而出，堪当大任。考虑到南浦今后还有更大的发展，说不定会提到集团来直管，那么，培养一名熟悉南浦、能带得了南浦队伍的干部，对集团未来战略目标的实现很重要啊！不妨告诉你，原定接替你工作的齐磊同志得暂缓到岗了。你呀，得两头都顶住一阵，把宿舍楼事件善后好。"

梁兵点点头，一切了然于胸。

电梯快到楼下时，梁兵被点燃的战斗热情才渐渐平缓下来。他正被一种奇怪的感觉吞没着。慢慢品味起来，竟发觉那是恐慌。刚刚让他两头兼顾的话里透出的，不仅仅是对他能力的认可，更有考验的意味，甚至是存疑。想必集团开会讨论用人，跟自己在南浦开会是一样的，有支持有反对——有人看好他，也有人质疑他。宿舍楼的事必须四平八稳处理好。

叹了口气，他决定马上把已经甩了手的南浦队伍再归整起来。他要上调集团的消息必定会很快传播开来，很多人就会趁这个摸鱼的好机会，工作偷懒打折。这是人性，无可避免。那么，就要把换领导对工作的影响降到最低。他必须让大家知道只要他一天不走，他就仍是那个大权在握、主导一切的"南浦王"。

梁兵先打了电话给莫青，说明集团检查组先到，让莫青代为统筹好接待工作。

又打电话给程伟。程伟正在候机，嚼着面包接了他的电话："梁总，一切顺利吧？"

"顺，都顺。刚刚忘了交代你，查举报人的事不可以跟任何人讲，你知道我说的谁吧？"

"莫总、苏恒。"

"还有呢？"

"嗯……水建三，任文？"

"任文知道了，莫青就能知道。这也是我不用任文的第二个原因。"梁兵把话挑明了。

"哦，我知道莫青是她父亲的学生。但是她的位置能帮我拿很多我不方便拿的信息。"

"那就用你的办法让她帮忙拿。还有，灵活性方面，你得跟人家兄妹俩多学学。"

"兄妹俩，哈哈。"一向严肃的梁兵说出来这话，逗笑了程伟。

"莫青可不会瞒着我这些信息，你要是有他一半的政治敏感度，咱爷俩……算了，不多说了。对了，我周一回单位。"

有那么一个瞬间，程伟觉得梁兵对莫青比对他更为重视，这让他略微感到嫉妒。他嫉妒莫青的，还有他可以光明正大地陪着任文的权力。

他原来也觉得为了任文的前程，更为了他自己"干净的羽毛"，莫青会隐瞒。莫青和梁兵一样都是极爱惜羽毛的人，他不会让自己有政治污点。更何况，抛开资源背景不谈，单从能力上讲，莫青是最有能力接班梁兵的。他不会留任何把柄在人家手里。可是，他的确那么做了，像给梁兵递了一个"投名状"。对，就是投名状！回想起来，莫青完全没有表现过野心，在梁兵面前的姿态甚至比他还低，这是怎样一种智慧啊？程伟对他的钦佩又添了几分。

09

8月6日下午4点，莫青和任文来到医院换班。

刚刚在车上，接完程伟的关于鉴定书的电话后，莫青对任文说："梁总调走的事应该没什么悬念了。水建三也得下台了，对你来说是好事啊！"

"唉，算了算了，新老板大概率会带新的办公室主任吧。再说了，梁总那么信任我，也向来认可我的能力，都没见提拔我！"说起来这个，她就生梁兵的气。

"信任？你确定梁兵信任你？别忘了，你可是'副总'的人，按照放之四海而皆准的规则，副总都他妈不安分，都他妈想'篡位'，他真能信你？你好好想想。何况，你又和程伟不清不楚，人品都有问题，还哪里来的信任。"

"喂！你怎么越说越过分！再说了，他怎么会知道，程伟才不会跟他讲。"

"你当老梁傻吗？南浦有他不知道的事？还有你这个老实的程哥哥，对老梁忠心耿耿啊。这事保不齐……说不定你也是他的'投名状'，哈哈……"

莫青把心一横，给程伟添了条莫须有的罪名。他在任文面前挑拨离间还是头一次，声音就发虚了，音调也就高了。

莫青提高了音调，任文就听出了嘲笑意味。

这让她很恼火，她可以接受莫青棒打鸳鸯，但不允许他诋毁她爱的人。

她反驳："咱俩也不是啥好人，何必说人家？"

"呵，有进步！知道在职场不能当好人了！"

"所以，老梁不提拔我，只是因为我是你的人。对不对？"

"对！可这是其一啊，其二还是你的作风有问题……"莫青又提高了音调，用幸灾乐祸的语气说着伤人的话。

"行了，打住！求你再也不要提这件事了。我保证改，明天一定老老实实去相亲。"

"污点，是抹不掉的……"

"哎,莫青,你有完没完?我看如果我没有前途,全都得赖你。新领导如果知道咱俩是一家人,还是不会用我。啊!我终于发现了,你才是我前进道路上的绊脚石!"

他宁愿她怪到自己身上,也不能说实话。关于她不能,或者不适合当办公室主任的真相是她吃不了那份苦,受不了个中委屈。可他不能说,怕反而激将了她。去年跟建工集团某领导的饭局已经是活生生的例子。他能做的只有在自己的能力范围内尽力保护好她,她最好永远都没有机会接近是非之地。

"你看,你看,说着就生气了。我哪里会绊住你嘞?公司到处都是裙带关系、亲子关系、兄弟姐妹关系……相信我,管理好自己、不要有硬伤,领导用人还是首先要看能力的嘛。我挺你!"

说到这里,任文眼前又出现了一条康庄大道,她脱口而出:"莫总,我们把问题简化一点:你,当了一把手,一切不都迎刃而解啦。"

她笑嘻嘻地望着莫青,莫青却连连摆手:"我一没背景二没人脉,这种好事想都不敢想。呵呵,你还想赖上我?……"

他当然想过,一方面自己在这个派系林立的国内五百强大企业中的弱势显而易见,另一方面他也清楚地知道自己的优势。他现在有八分把握能发挥好它们,而另外两分就是"稳"——万万不可做错事说错话,就连在妹妹面前都要严谨——玩笑开不得、许诺做不得、大饼画不得。

王浩所在的特护病房谢绝看望,于是他们先到张涵所在的普通病房碰头。拐进走廊就看到外面坐着两个醒目的胖子——苏恒在投入地玩手游,水主任在抱着垃圾袋啃甘蔗。

"能不能假装不认识他们?"任文鄙夷地瞪了一眼,小声跟莫青吐槽。

莫青面无表情地说:"咱俩现在分工,你去看看张涵,我跟这两位交换下情况。"

任文小跑着溜进病房,路过苏恒身边时,连招呼都没有打。

苏恒用一个夸张的切齿表达了自己的不满,看到莫青笑容可掬地走近,赶忙换上了温和的表情，热情地招呼："青哥你可来了。来，坐，坐。"

莫青看了看他和水建三之间的空位，并没有要坐的意思，苏恒只好把自己肥胖的身子从椅子上拖起来，顺势又揪起水建三，后者正在试图给二位领导分甘蔗。

"情况怎么样啊？"莫青抛出了一个非常不必要的开放性问题。苏恒愣了一下，接住了这个明知故问，捶胸顿足地表达了对伤者的同情，说在他的密切关注下，他们一切稳妥。跟着说王浩的父母过一个小时就到，提醒莫青到时候压力可不会小。

莫青认真地听完，对二人的用心值守狠狠地赞许了一番，让他们回去休息。

苏恒觉得自己刚刚传递给莫青的压力竟然没让他有半点儿反应，至少也该跟自己吐槽下，骂骂那栋破楼，可是都没有。他这么淡定，显得他很没有格局一样，真憋屈，便不肯走。

"青哥，咱们还是一起到病房看看吧，不然他们不知道咱换了班，怕不认识你……"

莫青不经意地笑了一下，心想：黎明前谁在医院忙活，你心里没数？却只是说着："也是，走吧。"

这是间双人病房，另外一个床位刚好没人住，梁芳和任文正坐在那张床沿儿上说话。看到他们，梁芳并没有起身欢迎的意思。

"芳姐，我们领导来换班了。咱们单位每天都有人在这里值守，您放心啊。"任文重复了刚才说过的话，勉强缓解了眼前尴尬的气氛。

水建三耷拉着头，斜着眼睛扫视了一圈，发现最适合自己的位置在外面，于是悄悄溜出去了。苏恒回头看了他一眼，露出了失望的表情，没有阻拦。

梁芳这才说："我弟弟说了，你们工作都忙。我也怕吵着孩子休息，你们不必留这么多人在。我们涵涵一天一夜都没怎么吃东西，一刻也离不开我，我可是没空招呼你们。"

莫青往前一步道："您说的是。我们在外面等着，有情况随时响应，不打扰病人休息。涵涵喜欢吃点儿什么？不吃东西可不行。"又朝任文抬抬眼："你去买。"

任文指指床头柜上的牛奶，询问道："芳姐，刚刚莫总就担心涵涵，专门买了牛奶。你看是她喜欢喝的不，或者还想吃点儿什么，我现在去多买些回来。"

梁芳这才认真地看向那堆慰问品：一箱纯牛奶、一箱酸奶和一大包时兴的零食。倒是很对女儿口味，便给了个台阶下："你们费心了。别出去买了，就喝这个，比那些高级水果要方便许多。"

苏恒看了看门口地上的果篮，包装还没拆过，觉出自己也不应该待在这里，便要溜号："那我就先不打扰了，好好养病，不，养伤，养伤。"

说完，也不等人家回话，转头就出去了。

苏恒在一楼大厅遇到瞎转悠的水建三，水建三心里还想着那封举报信，焦躁和不安控制着他的内心，也主宰着他的表情，于是便忘记了面对领导时10米开外就该堆起的笑脸。苏恒看他那既憨厚又愚蠢的样子，刚刚憋着的委屈一下子就变成了愤怒，冲着他发泄起来。

"你个水建三，甘蔗吃完了吗？别被人家笑话死！"

水建三在大庭广众之下被劈头盖脸一顿骂，瞬时红了脸，脑子里却还没转过弯来。

"苏总，这大半天下来确实也没什么要忙活的。我下次吃点儿方便的，不吃甘蔗了……"

"下次？！这种破事还想有下次？你给我到车上去，好好交代一下问题。我忍了你一天了……"

水建三有点儿气不过，自己好歹也是个办公室主任，现在被骂得跟个小瘪三似的。挨骂他倒是扛得住，自己天天挨骂，只要上班就得挨骂，仿佛每个月20多天的工作时间里，最重要的事就是挨骂。挨骂就挨骂，反正也没什么工作忙，每个月拿万儿八千的工资，倒也划算。自己堵住耳朵就行。如果实在堵不住，梁兵骂一句，他就在心里重复一句，骂回去。但梁兵从不在公开场合骂他,人最多的一次也不过是当着来告状的两个人——现场总共4个人的面骂他。苏恒就不够水平,一路骂骂咧咧的。可就是这样一个烂泥扶不上墙的废柴,却有个位高权重的好姐夫,将来有可能继承南浦"大位"哩,自己只能挨着。

他在心里重复着那些难听话,反弹给苏恒,脸上仍做出人畜无害的憨笑来。苏恒数落完,总结说:"你个水建三就是烂泥扶不上墙!"两个人在彼此互识方面倒是心有灵犀。

这种气氛下,苏恒不想让他去自己车上了。他在停车场的一个树荫下停住脚,隔着一汪还没来得及蒸干的水坑,问了一个让水建三痛苦的问题:"宿舍楼做质量鉴定的时候,你是在场的吧?"

水建三在场,又不在场。因为所谓的鉴定不过是走个过场,围着宿舍楼前前后后上上下下拍了一通照片完事儿。

水建三不敢说实话,他当时就打定了主意:就算这楼真塌了,也碍不着他半点儿事,毕竟,让他办的他都办了嘛。工作不就这样。应付也是难免的,鉴定房屋质量这种事就是需要应付的。再说了,万一不懂事的人真的检出个不合格怎么办?难不成要查到老曾头上?那可是捅了大马蜂窝。梁兵必定不想捅,也就是说,他这个办公室主任懂眼色。话又说回来,质量如果不靠谱,就得申请资金修复,一堆破事,麻烦。这楼的负责施工单位是二舅公司,怎么会有质量问题嘛,别说二舅盖了那么多房子没有出过问题,就是整个南浦市又有谁听说过这种事?这楼必须质量过关。梁兵不过是想彰显一下作为一把手的责任心而已。

水建三对自己深谙办事之道沾沾自喜。他选了个烈日当空的大中午,前前后后统共忙活了5分钟,晒了一身臭汗,回到办公室夸张地宣传了一番自己的尽心竭力。这趟差就算是办妥了。

他没想过,差办妥了,领导却破天荒不看结果,竟要看过程了。

苏恒看他那惊慌失措的神情已猜到多半,冷笑一声,说:"应付交差?你也算是个人才!"

这样一来，他反倒是放心了。楼的检测报告没问题，就算有问题，那楼也塌了，总不能重新鉴定一栋烂楼当年的质量问题。只要那个曾广财不胡咧咧，这件事再糟糕都算不到他姐夫头上。

从曾劲松到梁兵，南浦已经有三任一把手，这楼总该有例行维护吧，而他们眼睁睁地看着地基在每年的雨季被冲刷却无动于衷，现在连质量鉴定都是走过场……梁兵，你就等着被问责吧！还有这个水建三，呵呵，活该被收拾。

他没继续审问水建三，也就不知道这件事居然跟水建三那没底线的二舅曾广财有关系，也就没想到要互相通个气，统一个口径之类。跟梁兵一伙对这件事的未雨绸缪完全是两个档次。要不怎么有话说：团结才能胜利！

眼下，责任"盘"到了梁兵身上，可真是大快人心。他是最盼着梁兵调走的那个。就算自己一时间还没有资格接班，也想换个"大哥"，这位咱伺候不起啊，天天不是压指标就是谈责任，赶紧请走吧。听说上面定了齐磊来当新老板，他就有种难以抑制的、重见天日般的快乐。齐磊也是曾劲松带过的人，是自己人！

想着这些，他便把心里话脱口而出了："梁兵要调走了，你好自为之。"说完，就匆忙地上了车。他得赶着饭点儿去找齐磊大哥，提前搞搞小团队建设。

水建三愣住了。梁兵要调走？是举报信起作用了吗？哈，真快！那么二舅托人办鉴定书的风险也就没了！

他的脑回路虽然奇怪，却也合理。他是办公室主任，应该是第一批知道一把手要调走的人，说不定还会接到默默配合工作交接的指示，但，什么都没有，一切悄无声息。悄无声息，那就是没事发生。所以，现在他毫不怀疑梁兵是在举报信生效后突然被调走的，说不定都被控制起来了、被禁言了。

自己的举报实在英勇且英明，这又强化了他那在错误的方向上越走越远的自信。这份自信究竟是谁给的呢？是这个企业。

当年，他的二舅曾广财为了能拿到项目，把一套位于南浦开发区房价还未飙升起来的两层小别墅和200万现金摆在了曾劲松面前,一边说着咱们500年前是一家,一边大谈建工集团能为国家级新区腾飞做出的贡献。

彼时,曾劲松是和南浦分公司一起诞生的总经理大人,还是第一次见这么大的场面。这让曾劲松心里又惊又喜,首先想到的是:日子还长,这,应该算不得什么。于是,眯起眼看着对面的秃头唾沫星子满天飞,并不为所动。蓝图画完了,工作谈尽了,没用。曾广财也不显得难堪,他弓着腰,小心翼翼地打开那盒子"精品水果"。看在这份沉甸甸诚意的面子上,曾劲松当即决定迈出适应"大场面"的第一步。他把眼睛从诚意上拽出来,和善地看着对方亲切的脸,说:"拿项目就走招投标流程嘛,你们这么大集团没必要跟着我们做集成商。今天就当交个朋友,你也不用跟哥哥客气,有什么我能帮上忙的,尽管开口。"然后郑重地把塞满了百元大钞的精品水果箱塞回了曾广财怀里,钱他是不能收的。

曾广财悬着的心落了地。曾劲松只推了钱,也就是收了房子。那房子少说值五十万,对他们来说不值得啥,就是给自家兄弟一份情。他对劲松哥吐露出心声:如果他能抢先拿到项目,就能干掉对手何文锋,晋升集团副总裁,到时候合作共赢的机会可是两只手都数不过来啊!

曾劲松深知合作伙伴的质量决定了自己的胜率。眼前这个小伙伴背后可是龙头企业建工集团,跟南投的业务相互依托,联起手来必能在南浦这片蓝海市场上瓜分更多蛋糕。于是,打着都是为了组织着想的官腔,曾家两个"官油子"对着一箱精品水果结了义。

跟着,两家企业的合作顺利达成,项目也搞定了。不承想,建工集团的高层不知道曾广财在背后的努力,没把功劳算到他头上。组织上很感谢他多年来兢兢业业,提拔他到南浦办公室当主任,说:"我们就是缺少你这样能跟国内五百强大企业领导打成一片的联络员啊!"然后,把副总裁的职位给了何文锋。对这一安排,组织上也说了,年轻同志要多担当大任,要到总部来练练。建工集团的总部就在省城,车牌号一换,平台就不一样,曾广财恨得牙痒痒。

事已至此，曾劲松却不说退还小别墅。毕竟，兄弟情谊怎么能用物质来衡量呢。曾广财虽没有升官发财，但是不影响两人的合作！曾劲松不嫌弃曾广财职位低，仍能听他诉苦、陪着多喝两杯酒，很是够朋友。不过，曾劲松也怕自己吃相太难看，主动提出来给他办一件眼下就力所能及的事，尽尽大哥的义务。曾广财说："这样吧，你把我那不争气的外甥安排个好岗位。他在你们南浦贴发票呢。"

曾劲松爽快地答应："兄弟你放心，你再有俩外甥，我也能安排！"

很快，曾广财那混吃等死的大外甥居然也当上了办公室主任。他在姐姐眼里也不再是喝酒吹牛不着调的兄弟了，成了他们家的大恩人。为了增进两人情谊，曾广财大手一挥，把曾劲松那见不得光的女朋友苏玲玲安排到了自己手下，搞点报销票据的闲差。苏玲玲正是苏恒的胞姐。

就这样，刚参加工作不久的水建三就在两家大型国内五百强企业高管的利益交换下成了最大受益人。从此，在老板的隐蔽下，水建三的职业生涯便顺风顺水。曾劲松知道他的能力差，给他手下配的人就强，日常办公几乎不用他操心什么，只当好老板的传声筒就行。有时候说错话或者会错意，同事们也不敢多计较，不跟他一般见识，直接找他的人越来越少。他便总结出了第一条混国内五百强大企业的心得：做多错多，不做不错。乐得每天清闲。

日子一天天过去，传声筒开始觉得自己有几分像老板，不仅自信心爆棚，还认定必是跟这个企业八字相合，天意使然——使他优秀。也因此，他对自己办的任何差事、总结来的任何经验都颇为满意，每天乐呵呵地上班，见谁都点头，倒也给人一种人畜无害的印象。只是在旁观者的眼中，这个人再也没有进步过。

10

病房里，任文发现张涵的情况不太对。在过去的十几个小时里除了发呆就是睡觉，不时流眼泪，有人跟她说话，她也不予回应；她妈把她最喜欢的酸奶塞到她手里，她也只是简短地"嗯"了一声。梁芳觉着女儿是在担心王浩，便不好多问，怕刺激她。任文则倾向这是"创伤后应激障碍"，正要就此询问几个症状点时，梁兵的电话到了。

电话是打给莫青的，莫青叫住任文一起听。梁兵先是笼统地说了自己在北京一切安好，感谢了在那件事上他们给予的支持，然后说起集团检查组周一到，自己明天就回来，请他们保持状态，不要松懈。莫青插话说："请梁总放心，全南浦400多员工都不会在这个时候掉链子。"

交代完集团检查组的事后，梁兵问起大外甥女的情况，于是莫青把电话递给了梁芳。任文没有机会说话，就算有，也不会在这个时候说他外甥女精神上受了刺激。她虽然是心理学科班出身，却早已脱离了专业领域，不敢充大；再者，梁兵知道了也没用，或许还会本着一切都要在掌握中的强势作风要求她做些超出能力范围的事情。工作上的事还好说，超纲再多她都能较为妥善地办到，但眼前这个事情不行，她太知道其中的风险了。稍作掂量，她悄悄走到病房外，给在本市的师兄师姐们打起了电话。

梁芳对一把手的难处不甚理解，却非常明白一个道理：这个马上要去北京干大事的弟弟，不仅能光宗耀祖，还能荫庇下一代。她意识到早上对他的责难多少失了些分寸，现在格外和气起来，耐心地听完了电话。梁兵主要是宽慰她，又说了些体谅自己、以大局为重的话，最后，请她这两天有事先找莫青，说他能代表自己。

梁兵可没对莫青有任何额外的指示，但他清楚，有些事不用自己交代莫青都会想到去办，而且能办得让他满意。果然，梁芳挂了电话，换了笑脸面对莫青时，莫青便知道有些话是时候说了。他心里还有些感动，那感动是来自梁总对他的信任，今天这份信任不再受限于工作，而是信他的为人。

说起来，他们之间的默契，在梁兵到任南浦仅仅几天之后就达成了。

那是2014年9月的某天，梁兵到南浦上任的第二周。

这天，新任副总经理苏恒也到了。这次任命与前一周梁兵的相似，又在根本上不同。梁兵是南浦一把手，由省公司人力部老总陪同一把手杨总亲自来宣布任命。流程都是那么个流程，但实际互动中，杨总更像是来考察的。莫青和另一个副总带着一帮骨干加班两个通宵把汇报材料赶了出来，先发给了梁兵，梁兵熟悉后，由他亲自向杨总汇报。说是汇报，其实是即时应对。杨总问起来一些问题时，梁兵能对答如流。这是对一把手的能力要求，也是对"扶手"们的质量检验，梁兵对莫青的第一印象也由此而来。

到了苏恒这里，本该由省公司人力部老总主持的任命大会，却被副总裁曾劲松代为办理了。曾劲松在发言时解释说他是从南浦走出来的，这么多年了，该回来看看了。

台下有人嘀咕："你的小家不就在南浦吗？"

苏恒把台下的笑脸和喧哗当作同志们对老领导的热情，喜不自禁，白净肥胖的脸显得越发和蔼可亲，倒是收获了一波好感。

会后，要陪同领导视察了，即时应答的内容还是几天前那一套，梁兵烂熟于心。但是曾劲松没有要谈工作的意思，反而讲起了情怀。

老领导要好好看看自己一手建起来的南浦分公司，中层经理们都了解他的风格，于是一众人浩浩荡荡、前簇后拥地跟着把南浦分公司楼上楼下、院里院外视察了一遍。走到某间办公室时，员工们在这种气氛的加持下，纷纷自觉地站起来鼓掌，场面一度热闹得像外国元首到访。曾劲松很满意，今天的二号人物苏恒更开心。他当时不过33岁，仅仅3年就升为分公司副总，这样的晋升速度在南投集团东南省公司都找不来第二个。得意的苏恒话多起来，跟在姐夫后面不住地夸赞南浦好：员工素质高、办公环境好、院子周正、饭堂宽敞，就连单车棚旁边墙根下的小池塘都设计得巧夺天工……

小池塘没夸完，就被截住了话头。这个小池塘是上一任领导主持修葺的，并不是曾劲松的"遗产",看上去也不对老曾的口味。只见曾劲松摆摆手,目光在人群中荡了一圈儿,才定在梁兵身上,他用颇为正式的口吻指示:"小梁啊,这个池塘风水不好,我看还是得填了。"

听到这话,梁兵一时语塞,围观的经理们也都面面相觑起来。说起来今天也是颇有档次的团队集会,说点啥不好,说池塘?短暂的沉默之后,大家从领导身边散开,围到小池塘边,看着那几十条无辜的锦鲤在浅浅的、清澈的水里闲游,讨论起它们的归宿来。他们可怜这些鱼,根本不是它们的事,却要拿来说上一番,不仅要说,还得炖了。这鱼是不好吃,但是总不能说实话:领导,这鱼不好吃,咱放它们一条生路。于是,只得讨论口味,有人说清蒸,有人说椒盐,还有人力挺水煮。总之,感谢领导的关怀——填池塘这种小事自不必说,给同志们加餐更是大功一件!

任文当时还只是个宣传员,借着相机的掩护,躲在莫青身后小声抗议:"咱们共产党员不是只有一个信仰?这咋还玩儿起风水了……"

莫青正集中精神搜索着救场的办法,听她这话,来了灵感,三两步跨过人群,站到梁兵身后,也站到了曾劲松面前,恭恭敬敬地汇报:"曾总、梁总,这个情况我清楚。"然后指指院墙外面的一片葱茏的林木,说:"曾总,您往这边看。南浦市儿童公园的新址正在此处,按规划有座小山。您看,这山已经堆起来了,正在养护林木。也正是有这些绿植,好攀爬,让咱这个院墙不够安全了!去年底,梁总就组织挖了这个池塘,非常浅,也就半米深,水不过30厘米,却对防人翻墙很有些用。您走近看看。养的锦鲤个头都不大,游得多好,咱们同事午间休息的时候就喜欢过来走走,歇歇眼。最重要的是,这样一来,领导们在楼上就能面山临水……"

曾劲松听得仔细,在听到"面山临水"时,特意地看了莫青一眼。跟着,他用极为短促的微笑打断了莫青,说:"我看这样吧,小梁啊,你安排人把池塘往东移动几米,不要正对着苏恒的办公室,讲究一点,是不是啊?"

梁兵面无表情地点点头,待曾劲松目光转向别处,才拍了拍莫青的后肩,无声胜有声。

第二天一大早，梁兵刚出电梯就看到走廊里几个人搬着东西在副总门口进进出出，问起来才知道是莫青跟苏恒换办公室。原定分给苏恒的那间在最东头拐角处，虽然宽敞，但有两面外墙长时间晒到太阳，屋子里温度自然就高些，这对胖子来说很不友好。不过，却是莫青主动提出来要换。他说这样一来不光是苏总给单位省电了，自己那台跑步机也总算够空间甩开膀子用了。梁兵欣慰地笑了，拍拍他的肩膀，说："合理，合理"。那小池塘迁移的事当然就无须再提了。

任文请到了老学长覃立业，两人在前两年的同学会上照过面，并不相熟。

覃立业在南浦开了间工作室，手下有七八个心理咨询师，这些年已经打出些名头。他的工作安排得满满当当，起初并不愿意来。

事情重大，任文是非请他不可，只得厚着脸皮软磨硬泡，从职业精神扯到了生活苦难。覃立业听说她独身一人在国内五百强大企业打拼，到现在连正经谈朋友的工夫都没有，便深觉不易。他满是同情地改了主意，说："摊上你这个不学无术的小师妹，我算是赔大发了，这次我就当英雄救美了，不收费。不过，你得答应我：今后你们单位如果有团体辅导需要，可得找我，价格还得给我开高点……"跟着约定了第二天中午前后到医院来做心理援助。让任文管午饭这话到了嘴边又咽回去了。这漂亮的小师妹30岁了还是单身，又是干行政工作的，让人难免不多心。

任文也没告诉他自己午饭时间要去相亲。她的潜意识里对这安排很不情愿。但，还得去，还得带个好态度去。

搞定覃立业后，她竟鬼使神差地给程伟打了电话。美其名曰例行工作沟通，想问问他是不是宿舍楼坍塌惹上的集团检查组。程伟的电话关机，她也就不用明知故问聊些废话。不过也知道了程伟应该在返程的飞机上，于是简短留了言，说自己明天去相亲，请他有空的话帮莫青分担点工作。她不确定程伟的太太会不会去接机，会不会当着面一起读了信息，所以措辞很正式。当然，莫青需不需要支援轮不到她操心。程伟自会获得关键信息——她得去相亲，也就会明白，莫青已经成功地棒打鸳鸯了，他得及时调整两人的相处方式。

任文回到病房时，莫青已经跟梁芳谈了大半，说着梁兵的不容易，正要收尾："芳姐，情况就是这么个情况。别的我们都能处理，就是王浩家属这边，您可得多帮帮梁总。万一孩子将来落下个残疾，咱也会安排个清闲岗位，保证把一切后顾之忧都降到最低……你可要劝劝那边，不要闹事，闹事解决不了问题。梁总在调动的关口上，是不是……"

想必莫青已经把面对王浩父母的种种可能都分析给梁芳了，只见她投入地听着，不断地点着头，身上笼罩着深明大义的光辉。

任文轻轻走到张涵身边，知道她并未睡踏实，帮她掖了掖被角，按照刚刚从覃大夫那临时抱来的佛脚，柔声说："小涵，让你们受了惊吓，组织上很过意不去。你现在很担心王浩，我是知道的。他目前情况稳定，医生说经过康复训练后没什么问题，我们会给他安排个轻松的岗位。王浩是个英勇的年轻人，他救了你们，大家都很感动。我们一定会全力帮助他和他的家人共同度过这段困难时期。你是个懂事的好孩子，能体谅到别人的痛苦，所以你才更难过。这是正常的，想哭就哭出声……单位安排了心理援助，明天有老师来跟你聊聊天，让你尽快振作起来，等你振作起来，就可以去照顾王浩了，是不是？"

张涵的眼泪涌出来，一滴两滴，然后大颗大颗地顺着脸颊流下，她挣扎着坐了起来，感激地看了看任文，埋头大声哭了出来。

在房间那头谈话的莫青和梁芳赶紧跑过来，却被任文摆摆手制止了。大家安静地等张涵哭完，听她哽咽着说："谢谢文文姐。"

王浩的父母抵达医院时约莫下午6点。梁芳刚刚照顾着女儿吃了半碗面，看着护士给她胳膊换了药，又看着她睡下，得了空闲，便和莫青、任文一起到医院门口迎接。

王浩也刚刚醒来，情况稳定，明天转入普通病房后才能探视。王浩的父母很明事理，脸上的泪花还没干，嘴上说的却都是感谢他们照顾。几个人陪着在病房外探望一番，便把二人请到了张涵那边。莫青借口去买点吃食，拉着任文出去了。梁芳宽慰起准亲家,说自己弟弟会给王浩额外的关照,对孩子将来的职业发展大有益处。王浩的父母表示对单位的安排都会理解、配合,却又难免抱怨一通,说"这样的大企业竟然会让宿舍楼都塌了"之类的话,要求查明宿舍楼坍塌的真相,给他们一个交代。梁芳便从宿舍楼盖起时就有些问题,也跟着抱怨一番,对无辜的弟弟不轻不重地数落了几句,两家人又哭了一阵,才算安了。

莫青安顿王浩父母到医院附近的宾馆下榻休息,言明这些天的吃住全部签单,公司报销。临分别时,满眼含泪地握住王浩父亲的手,说着组织上的责任与担当,再三鞠躬道歉。

11

舷窗外晚霞初见颜色，程伟简单用了些飞机餐，继续回忆那天在派出所遇到苏恒的情景，想从中找到些蛛丝马迹。他当时的态度是认真的吗？他身边有没有别的同事？派出所里面有没有熟悉的面孔？……

可一切都那么正常。那么，现在只能用排除法了。

举报信的信息是错的，就可以排除苏恒本人，他也不可能如此拙劣地假别人之手扳倒梁兵。不是直接知情人举报，那这半真半假的信息究竟是怎么做了呈堂证供呢？

8月6日晚上9点钟，程伟出了机场，上了自家的车。太太陈红本来已经把驾驶座让了出来，看他满脸困惑地沉思着什么，自觉地又坐回了驾驶座。她问："北京的事有什么麻烦吗？"

"那倒没有，挺顺利的，是南浦这边的问题。"程伟条件反射似的回答。

排除法给出了几个模糊的画像，此刻正盘旋在他的脑海里，暂时还不能拼到一起。程伟先用第六感锁定几个目标，逐一对比分析。

在南浦两年来，公司上上下下400来号人，他能叫得出名字的不过五六十人，微信添加的好友也不过百人。这五六十人才是重点排查目标。很简单：剩下那些人，跟老板面前这个大红人都没有往来，那么谁是老板对他们都无所谓，也难有恩怨。不过目标还是太多，敌人能如此不负责任地（虚假）举报老板，一定押上了职业生涯。那么这些人里，谁需要挽救自己的职业生涯？谁"混"到头了？谁被梁兵……

前不久梁兵在总经理会议上说他到南浦眼看就两年了，有些同事，该动一动了……

瞬间，那几个模糊的脸清晰起来，他们是梁兵私下里跟他抱怨过的人。梁兵不满他们，有的是不服管理，有的是能力欠缺，有的是不对脾气，有的是思路根本搭不到一起……他仍会给他们时间，千方百计管理好他们，想尽办法或激励或鞭策他们,从而"挽救"一部分人,如果有些人实在无药可救,才会考虑换掉。

程伟得给他们排排队了。这么一排队,就发现了最让梁兵头大的是"前朝遗老"水建三。听说研究撤职他的会开了许多次,就是撤不掉。要么是苏恒反对;要么是曾劲松突然打电话来,说是想念南浦兄弟了,让水主任安排个局;要么就是找不到合适的接班人。

其中最接近成功的是今年年初那次。面对东南省公司全部单位的竞聘公告都发出去了,整整5个工作日,却没有收到一份报名表。梁兵让人一打听才知道,水建三悄摸摸地在朋友圈发了张跟二舅和曾劲松的合影。这就让潜在的竞争对手们恍然大悟:哦,他二舅是曾广财,那曾劲松同志最少也是个表舅吧?

前些天,集团的小伙伴提前送信儿给梁兵,说他被人事考察了,马上就能进IPO工作,要给他提前组织接风宴。梁兵就又把撸掉水建三提上了日程,抓住一个简单的错误,在会上指着水建三的鼻子骂:"有些人就算现在处理不了,我调走前也要想尽一切办法把他撸下来!"

"当一把手真是挺难的!"程伟感慨道。

陈红开着车,听他冷不丁吐出这么一句话,打趣道:"怎么,梁总高升后要你继位啊?看把你愁的。"

程伟忙否认:"不是这回事。我可当不了一把手,太累了。开心活着多好。"

开心活着?呵呵,说得轻巧。他开心过吗?自己又开心过吗?不过都是逢场作戏、强颜欢笑罢了。在双方父母面前装恩爱已经让她委屈到了极限,堵在心里许久的话,就那么自然而然地吐露了出来,陈红非常平静地说:"程伟,等你跟梁总去了集团,我们就离婚吧。"说完,大颗大颗的眼泪无声地滚落,终于哭出来了。可是她不敢痛快地哭一场,眼下,她得把这个从情窦初开时就深爱着的男人平安地送到家。她努力地眨着眼,让泪水不要遮挡视线。

程伟正试图还原水建三拿到酒驾信息的途径,对陈红当下的状况一下子应对不来。一面是极致的理性正在进行推演,一面是真的感性正呼唤他的回应。他要怎么回应呢？他不能说你等我几个月，我去集团，看任文能不能跟我分手，再决定要不要跟你离婚。

他抽了一大把纸巾递给陈红，犹豫后，还是说出了自己要去集团工作半年的事。

逃避。这个男人居然选择逃避！跟他那个小师妹比起来，自己在他心里可曾有过哪怕一丁点儿位置？没有，从来没有，自己甚至不曾走进过他的心里。相伴10年，青春都付之东流。陈红彻底死心了，淡淡地说："离婚吧。"

程伟愣住了，不敢回答。或许，该让她冷静冷静。再次冷静冷静。总之，还有变化，不是吗？

漫长的沉默。程伟不知何时又开始沉浸到推演中，试图还原水建三跟苏恒接触的种种场景，努力分辨到底哪一种情况下，他能获得这个信息，但都不全面。很快，眼前一亮——偷听！只有这一种可能！他是个思维缜密且逻辑能力一流的人。这是梁兵在无数个晚辈里一眼相中并将他收于麾下的最根本原因。

无数信息碎片在脑海中逐渐拼接成图，真相的范围越来越小，突然，一个非常荒唐但却合情合理的推断浮现出来，成为拼完整个事件的最后一块碎片。程伟掏出手机，打给任文："任大主任，明天是星期天，需要你回单位一趟，去查查苏恒的办公室是否有窃听设备。"

他为什么不判断为偷听呢？比如刚巧走到门口时，听到苏恒在跟人谈论此事。这就要说起那些信息碎片里不起眼却又重要的一个。它来源于任文私下里吐槽的事情。她被提拔为办公室副主任后，水建三感到莫大的威胁，最开始是恶言相向，发现梁兵袒护她后，便学会了暗里挖坑。而他挖的坑跟别人的不一样——不仅暗，甚至可以说阴暗。有一次，他抛出一个一线反馈的问题让大家讨论，办公室的人各抒己见，难免有人吐槽组织的不是。任文并未说什么"大逆不道"的话，过了两天，却意外地被梁兵提点了一番，话里话外让她注意言辞，不可狂妄。任文觉得很委屈，想到必是水建三那家伙又给她上眼药了。可这眼药上得奇怪，怎么就移花接木了呢？程伟帮她套了梁兵的话，听到了那段录音。水建三偷偷录下了办公室的聊天内容，掐头去尾，把任文的意见接在了别人的批评言论后面，于是，任文就成了反对派的拥趸……

水建三又一次这么做时，任文也录了音。"卑劣！"梁兵面对证据吐出这么两个字。但他没有批评水建三，而是教导任文不要被这种人拉低了档次！任文保证下次就是冤死也不这么干了。后来，据程伟观察，梁兵是要看水建三继续作，自己作死最好，省得他亲手去撸，脏了手还要得罪曾总。

程伟断定水建三不只在这一件事上搞窃听，说不定还窃听了梁兵。总之，无论他是不是趴在门缝儿里偷听的，这都是一次"安全大排查"的好契机，自然是苏恒一马当先。

"什么？！"任文刚刚洗完热水澡，头发还没完全吹干。她正打算早早钻进被窝好好睡一觉，修复残存不多的体能，听到这话不由得一惊，问他："苏恒被窃听？这都是什么幺蛾子啊！今天南浦捅了马蜂窝了？"

陈红打开了车载蓝牙通道，程伟用眼神表达了抗议，考虑到在车上最好不要起什么争执，也就默许了。

"我刚从梁总那回来，他交代了一些事情……主要跟集团检查组入驻有关系，说是有领导个人信息泄露，我们先内部排查一下。"程伟试图绕开核心事件。

任文瞬间没了兴趣："嘻！我以为什么大案要案呢，苏恒的事我不管！"

程伟叹了口气，想了想，又说："那我说实话吧，这件事梁总让绝对保密的……"他简单快速地把诬告事件说了个明明白白，并嘱咐她，如果她真的要告诉莫青，那就自己负责任，总之，破案之前不能被敌方知道。

听到程伟说自己酒驾被抓，任文紧张地插了一句："你不会被处分吧？"

程伟掐住了话头，说这件事早就过去了，集团问了就完了，不会再翻出来，并强调说现在就是自己查内鬼而已。

任文这才松口气："有集团撑腰就是好，您老人家这是要飞黄腾达了啊！行，抓叛徒这种事交给我就行了嘛。说起来，现在就有非常有价值的信息。

春节前给办公室大扫除,我们就捡到一张 GPS 定位器的说明书,没留意,还以为谁给自己的车装的呢……你说,会不会是某些人用这个东西在单位搞窃听?那个说明书上写着可以用手机远程查看设备信息……"

说完,任文当场就破了案:"绝对是水建三!这货一挨骂就找王向东吐槽,说老梁想置他于死地,早晚要让他滚出南浦。你说说,是不是丧心病狂。现在不就是人家的反击喽,多么显而易见……"

听任文讲了 GPS 说明书的事,程伟让她去网上搜索一下同类设备,看看哪一个跟她记忆里那个说明书对得上,然后还需要确认下是否真有窃听功能。

任文很快发来一个购物链接,附言:同类产品很少,应该就是这个,眼熟。那就劳驾我老人家一大早潜回去搞搞侦查吧。

程伟回复:万一真的找到了,拍照、录像,先不要动设备。

此时,车已到了小区地下车库,陈红的眼泪也干了。她望着程伟,并没有多余的话要说。他也真诚地望着她的眼睛,多少年了,他几乎从来没有像现在这样注视过她。她已不再是那个眼神清澈的少女,时间给那双眸子蒙上了一层暗淡,给眼角雕琢了无数细纹。她才 30 出头,看上去却毫无活力。他想说抱歉,陈红却不给他机会,她读到了他的内心,努力用一个勉强的微笑否定了他的歉意,也终结了对他的感情。

任文躺在床上,把刚刚的事情在脑子里过了一遍,觉得还是告诉莫青比较稳妥。她有任何消息都想同步一份给他,莫青批评过很多次,说他不想听。可她却始终掌握不了同步标准,这次又"失手"了。

她给莫青去电话。

莫青饶有兴味地听完了任文的转述,先问她:"你的程哥哥知道你会给我讲吗?"

任文不理解此话的用意,还以为是对二人关系的例行监督,回答得也就很坦然:"知道啊!这是信任嘛!他信任你不会乱说,我们是一条战线……"

莫青见她还不开窍,便挑明了说:"那你再看我需要知道这件事吗?酒驾要被写进档案哦,我也不能为他做些什么,干吗要讲给我听呢?"

任文愣了一下。是啊，算不算侵犯了程伟的个人隐私……她赶紧改了口，说刚刚是顺便提一嘴，主要是请莫青明天早上一个人去医院"顶住"，自己要回趟单位，然后去相亲，直到下午甚至更晚才能回来换班，还请莫青接待好来做心理援助的覃立业师兄……

"我回单位就是查那个事情，其他的顺嘴就讲了嘛。"她还嘴硬。多年来已经养成了习惯，她把莫青当成大哥多过领导。

莫青毫不留情地反驳："这件事我就算必须知道，也不该由你告诉我，明白吗？！"

这话很熟悉，莫青在不同的问题上说过多次，任文吐了吐舌头，尴尬地收了声。

莫青仍不依不饶："任大小姐，你现在明白了为什么你上不去了吧？不是因为我们的关系，而是因为你自己没有摆正位置。作为一把手的行政秘书，你怎么可以有二心，什么事情都跟我讲呢？你不明白一把手对我们这些副手都有戒心吗？梁兵知道了会怎么看你？哦，对了，他一直都知道，一直都是那么看你的…… 新领导来了，你如果继续这样跟我相处，那么，你还是得不到信任，得不到重用……"

任文把电话拿到了半米开外，似乎那里面有枪林弹雨。

"喂？在听吗？说话！"

任文只得又把手机凑到耳边，如果面前有镜子的话，就能发现里面那个她面目扭曲着，像在喝一杯苦药。毫无疑问，莫青这番话，就是治那顽劣之症的猛药，而且剂量有点大。

莫青滔滔不绝："你调来第一天我就告诉你要有界限感。界限感！你那么聪明，怎么会搞不清楚这个呢？还有，一个程伟就让你丧失了原则，直接越界，你简直越来越放肆！"

"我，我……"任文几乎要哭出来了，她知道莫青是为她好，希望她有个好前途，最好是没有自己的庇护也能一切稳妥。她又让他失望了，今天已经是第二次了。所以她哭，是哭自己不争气，发誓再也不要这般丢脸了。

莫青见疗效出来了，便暂停了批评，估摸着她又完成了一次自我反省后，和声细语起来："你告诉我这件事，我很感谢，尤其感谢你的信任。考虑到我也帮不上忙，所以我就当你没有说过，好吧？"

任文带着哭腔"嗯"了一声。

莫青这才把话题转到明天的安排上，问了心理援助的流程和时间，还有覃立业本人的情况，又走过场似的安抚了几句，满意地挂了电话。

12

齐亚茹带着三岁半的女儿不知道在哪里玩儿了一整天，8点多才回到家，连晚饭也是在外面吃的。如果水建三有心问上几句，就将知道因为交通还没有完全恢复，路上堵车，这母女俩可怜巴巴地在一家麦当劳随便吃了几口，等高峰时段过了才回来。为此，她连女儿嘴角的面包渣都没有擦干净。

进屋时，水建三正哼着小曲儿躺在沙发上玩手机游戏，电视里播着爆米花电影，女儿在家时他不被允许看。听到开门声，水建三一个鲤鱼打挺，从沙发上翻身坐起来，顺手摸过遥控器关了电视，又把桌子上的零食随便收拢成一堆，才唤着女儿的乳名趿拉着拖鞋小跑到门口。

看他如此悠然自得，齐亚茹感到奇怪。问他单位的事严重不，医院的情况如何。水建三只顾抱女儿，并没留心这个话题，随便应付几句："啥事没有，都安排妥当了，任文在那表现邀功呢，我啊，继续当这个大无为的办公室主任就好。"

齐亚茹心里多少有些犯嘀咕，但又疑心是自己多虑了，便岔开话题，问他晚上吃了什么。水建三说从医院出来随便吃了顿快餐，正准备汇报细节，比如还打包回来两个炸鸡翅，却被老婆截了话头："巧了，我们也吃的快餐。"说罢，从他手里硬抱回女儿，说孩子要洗澡睡觉了，便进了房间。

安顿好女儿睡下，齐亚茹也洗了澡，敷着面膜回到客厅，要一起看那部还剩下半个小时的电影。也不是真要看电影，她还是想多问几句。过了一会儿，便借着闲聊让水建三讲讲公司出了那么大的事情，究竟是谁那么神通广大按住了，让他一个办公室主任得以安心在家里看电影打游戏？

"哪有人按住，还不知道要怎么处分呢。反正算不到我头上，该我做的都做了。哈，梁兵要调走了，我运气真好，又一次躲过了风险，职业生涯又将一片坦途……"

齐亚茹却非要问出个子丑寅卯来。她满脸期待地望着他，让他错误地识别出探听八卦故事的那类热情。水建三感到的不仅是热情，还有惊喜。这两年来，老婆对自己越来越冷淡，几乎从不主动聊话题，像今天这样看着电影享受二人世界的时候更少。他便觉得讲好这个故事能让他挽回些男人的尊严，便添油加醋地演绎了起来。

根据水建三的说法，这些天他一直生活在要被撸掉的恐慌里，他想先找曾总再"压一压"，苏恒却推说曾总太忙，没工夫管他这破事，还让他自己反思反思。说到这里，他把那个死胖子苏恒见死不救的无耻行径着重强调了一番。这么一说，自己落到这步田地就是苏恒的责任。

齐亚茹打断了他那副强装出来的可怜兮兮的惨样，所谓的可怜兮兮不过是真有可恨之处，而且着实让人作呕。让他讲讲公司对这栋危楼是怎么做到视而不见的。

"哪里能视而不见。这不，上个月梁兵还让我去搞鉴定，还非得在雨季前给他鉴定了！要不是我托我二舅找他的朋友，现在都还没有排上队哩……我看他是自己搬石头砸自己的脚：不鉴定，楼塌了可能是大雨或者质量问题，算不到他头上；鉴定了——好了，质量没问题，那就只能是大雨的问题，你说，他摊上这天灾是不是倒霉……"

听到这话，齐亚茹瞪大了眼睛："你等等——房子是你二舅盖的，鉴定质量也是他？他不得回避？"

"那当然回避啦，他帮我安排了政府的一个朋友，具体怎么办他才不管。总之鉴定书第二天就交到我手里了。"

"你二舅也完蛋了！"齐亚茹努力地把这句即将脱口而出的话憋了回去，假装被口水呛到了，咳嗽了两声，继续用鼓励的眼神让水建三炫耀。

"不过呢，我搞这个鉴定书确实救了梁兵。天灾，他有什么办法，又不是放着危楼不管不顾。所以，他可不能在这个时候撸了我，那就是不仁不义，他要坏名声的……再跟你说个事。"水建三压低了声音，做神秘状，又往老婆跟前靠了靠，却被一把推开。他看了一眼齐亚茹翻起的白眼，只得缩了回来，讪讪地说："我啊，前几天写了封举报信把梁兵告了。从苏恒那听说他酒驾，我告到了集团，嘿嘿。今天就听说他要被调走了。大周末的，你说能有什么原因。嘿嘿。如果他有一天知道了我举报他，或者他又不调走了，那么宿舍楼鉴定书可以帮我挽回一二，实在不行，到时候让我二舅出个面，要啥送啥……"

"我怎么听你之前的说法，梁兵不是这种收礼办事的人。"齐亚茹对自己老公的未来已经心里有数了，不想继续聊了，于是把话题扯开。

"哪有不收礼的领导！就说那个老不死的曾劲松，现在不管我了，呵！我二舅那些年可是没少打点他。"

齐亚茹耸耸肩，一副无所谓的样子。这些话让她坚定了跟水建三离婚的念头。之前受水建三二舅荫庇，使得自己能在铁路局有个好差事，现在看来这棵大树早晚要倒，用不上了。不单说这一栋楼，看看自己废物老公的做派就能想出个七八分。之前也是怕工作受影响而不敢提离婚，一直委屈着女儿……现在，惧他作甚！齐亚茹回忆起白天带着女儿跟老冯一起在游乐场的快乐时光。老冯大她7岁，早些年离了婚，独自带个儿子，是个很靠谱的男人。他对年轻漂亮的晚辈齐亚茹很关照，没多久，就关照到了床上……

水建三看老婆不再追问，便觉得这件事上他确实占理，老婆是服他的，于是便得意忘形起来："还别说，二舅给的建议就是好用。虽然没抓住什么把柄，但是却听到了苏恒说梁兵酒驾。真不知道他怎么会帮梁兵，曾劲松和梁兵根本不是一条路的人。还好，被我听到了，这不就正好帮了大忙，哈哈哈……"

齐亚茹不敢相信自己的耳朵："怎么听到的？偷听？"

"用不着偷听。我买了个GPS定位仪藏在了他办公室，随时打开手机软件就能听现成的。不过，那小东西要一直接着电源，位置就不是很好，很多听不清楚。我听了几天没啥新鲜的，后来就等苏恒遇到事了才连一连。来，我给你看看……"

齐亚茹强烈拒绝了凑到眼前的手机，坚决不看不听。原本还有些劝说的话，现在则彻底不想说了，真是恨不得这舅甥俩明天就被抓了去，也赶紧把自己从这个蠢货身边解脱了去。

"你二舅指示你的？"

水建三在身后继续说着："二舅让我留意，是我自己想到这个法子。很好用啊，你不觉得？"

齐亚茹并不觉得。她冷笑了一声，站起来，端着水杯进了卧室。

入夜，远在省城家中的曾劲松似乎感觉到了有人在骂他，喷嚏连打个不停。看他辛苦的模样，一直在数落可能的新老板的苏恒很快住了嘴。

趁姐夫去洗手间，苏恒趁机打量起这所房子。他通常都在办公室或者姐姐家见到曾劲松，其实，这里才是曾劲松真正的家。公司给高管们准备的安居所位于省城某老小区，都是花园式洋房，每栋楼之间有高大的灌木隔离，遮蔽了左邻右舍，静谧祥和。屋子里的硬装都是统一的老干部风，以低调沉稳的暗红色木质结构为主，家具软装则各家不同。现在，这屋里除了沙发和另外两件大件家具，其他都已搬净腾空。放眼望去，房子多少显得老旧，甚至有些脏兮兮的。苏玲玲前些天提出来要重新装修，曾劲松不同意，他说等自己调动或者高升了，房子就得换，不值当。她便改了要求——家具软装全部翻新，自己才会住进来。

苏恒的视线在屋子里环视，脑海里姐姐在南浦的家跟着在脑海里闪现，他试图将两者拼合在一起，想象着姐姐住进来的样子，琢磨着送点什么上档次的摆件才衬这所房子。

曾劲松终于离婚了，他的第二任妻子半个月前已经搬了出去。让领导结第三次婚，且成为自己的姐夫，苏恒可是功劳不小。

他已经忘了自己是怎么样把亲姐姐送到曾劲松的身边了，只记得内心也挣扎过、斗争过，在后来的日子里更后悔过。但为了弟弟的前途，也为了自己不再辛苦就能有好日子过，他姐姐很是心甘情愿。

苏玲玲是穷山沟里走出来的大学生，为了读书简直跟父母闹出了仇，上大学后再也没问家里要过一分钱，也没回过一次家。她是个豁得出去的人，小时候为了读书豁得出去，毕业后为了赚钱也豁得出去。后来，她进了建工集团，得了个铁饭碗，还不满足，要为更好的生活继续豁出去。她的眼光总是向上的，天天都羡慕那些含着金钥匙出生的同事。他们一毕业就有家里给买车买房，背着她不敢问价钱的包，拿着最新款的手机，工作明明很轻松却仍要喊累，还得吃个下午茶缓缓。她也因此尝到了许多水果店里削好皮送来的稀罕水果。她觉得自己也该有这样的生活，必须有。向来，想得到什么她都能得到——靠自己。可是那些年，自己的那点工资虽然不愁温饱，偶尔可以享受下品质生活，但买房买车的事想都不要想，何况自己还有个在读书的弟弟，要把工资的一半攒下来留给他娶媳妇……

于是，她在工作之外又做了兼职。起初在南浦市省公司下属的一家服务机构当志愿者，虽说是志愿者，每上一天班也是有几十块补助金的。她倒不是看中这点儿钱，而是早就发现这是个给自己的身份贴金、扩大人脉圈的好机会。她投入社会活动的精力远超过工作，当然，工作也是从不拖后腿的。她聪明，这一点苏恒也不差。很快，她就在一次南浦市多家国内五百强大企业联合举办的省公司活动中，通过弟弟的介绍认识了他的直属领导曾劲松。

这个侃侃而谈的国内五百强大企业南浦分公司的一把手很快成了苏玲玲实现阶层跃迁的踏脚石。曾劲松当时刚刚迎娶了他的第二任妻子赵晨。前些年，原配因无法接受自己怀孕时老公出轨而患了抑郁症，带着肚子里7个月大的孩子跳了楼，曾劲松也迫于舆论和组织压力与第三者分了手。过了几年，他通过朋友介绍认识了第二任妻子，他们没有感情基础。当时，南浦分公司就要成立，他当时已当了多年科长，业绩不错，向上管理做得也好，是最有机会当一把手的。面对这个巨大的机遇，他不能单身，这是国内五百强大企业里对领导任用上不言自明的规则。况且，也不能让组织在讨论人选时，再一次把他那可怜的前妻和未出世的孩子摆上台面。于是，曾劲松匆匆娶了那个"在合适的时候出现的"女人。

他不爱那个女人，或者说，她并不是他最喜欢的那种。但苏玲玲是，她美丽大方，聪慧伶俐，从不给他添任何麻烦，就连发信息都是趁他工作时间。

她不撒娇，也不说小女人的话，除了鼓励和支持似乎没有其他情绪。这样一个女人很快就成了巨大的工作压力下能给他最大安慰的那个人。于是，那快要随着第二次婚姻埋葬的生活热情又燃了起来。他喜欢她，但是再喜欢，也不能如此之快地为让她成为自己的第三任老婆，除了承诺让她等等、再等等，也没有别的办法。

这些年，为了照顾苏玲玲的感受，曾劲松以思念未出世的儿子为由，不同意赵晨生育。作为弥补，供之以丰衣足食。赵晨想要熬走苏玲玲，不同意离婚，同时自己玩儿自己的，不让曾劲松管，并言明如果自己不开心，就要揭发曾劲松作风问题，让他身败名裂。

这一切苏玲玲忍下来了，她甘愿独自住在南浦的小别墅里，隐身在他背后。后来，曾劲松高升去了省公司，这段感情一拖就是5年。

几个月前，苏玲玲发现自己怀孕了。她也是在国内五百强大企业上班，没有结婚证这个孩子是万万生不得的。曾劲松却说现在正是他往政府职位上努力的关键时间，让再缓两个月，实在不行就让她先辞职。苏玲玲着急了，在她的世界里，男人不过是工具，自己才是自己的救世主——男人可以不要，工作不可没有——没有工作，她就只剩下男人，怎么行？她只得找苏恒商量对策，以姐弟俩加在一起足足250的智商，很快找到了个好的解决办法。

苏恒找到曾劲松常去求教的风水先生，以重金收买之。很快，曾劲松得到了一条关系其政治前途的重要占卜。那风水先生说他命里有三次婚姻，第三次婚姻能带给他子孙和官爵……

官爵？官爵就在这几个月啊！自己正活动着呢。子孙？苏玲玲肚子里不就有一个。看来事情要行！问题就这么迎刃而解了。可见，一个男人愿不愿意为了一个女人离婚，或是兑现承诺，最关键的不是感情到没到，也不是儿子来没来，而是自己的"初心"——那个早就定好的目标。一切围绕它来运作，时候到了，也就都实现，称之为利益最大化。曾劲松的初心是政治抱负，通俗地讲，也就是权力和地位。

苏恒姐弟俩在这方面把曾劲松吃得透透的。

曾劲松从洗手间出来时喷嚏已经打完了，整个人又恢复了状态。看到苏恒莫名其妙地笑着，立刻就进入了领导角色，对苏恒进门时抱怨的一大通话展开起批评教育，严厉地说："齐磊的任命不是还没有确定吗？你上赶着跑人家里干什么？让人家以什么姿态接待你？还带了那么多礼物。"

说着，瞥了一眼茶几旁边的那堆东西———一箱五粮液和两条华子。他脸上露出不屑一顾的表情，继续批评："这种档次的东西是初次见面能拿的吗？想让人家明天就去集团纪委喝茶？你这也直接暴露了自己！让齐磊同志怎么看待你？以后真是你的领导了，怎么对待你？是不是要跟你撇清关系？不然在大家眼里就跟你成了一路货色！这些道理还用我讲吗？"

"这，这不都是兄弟嘛。他跟着您那么多年，不收就算了，也不看您的面子，就这么给我轰出来啊。我看他是翅膀硬了，想脱离队伍了。对了，姐夫，听说这次提他是杨总的意思。他什么时候跟杨总走那么近了？"

曾劲松冷冷地笑了一声，说："带的人多了，总要出那么几个白眼狼。"接下来关于痛斥白眼狼的话没有说出来，他看到了挂在前面墙上的东南省区划图。这幅图承载了他的豪情壮志，未来自己必将在这里展翅。那么，关于白眼狼这种小事便不值得一提，也不能提，甚至，在他的职业生涯里一定不能存在。于是，话锋一转，说道："他这是要跟我划清界限，年轻人沉不住气啊！站错队不要紧，来回换队伍，那可是犯忌讳……可我还是要诚实地说，这个同志还是很有能力的，如果他真的能在南浦干出成绩来，我会非常非常欣慰。"

苏恒认同地说："是啊！"话音刚落，就发觉出曾劲松话里似乎有两重意思，赶忙补充道："他也不是怕站错队，站您这边儿哪能错呢。我看他就是有眼无珠。"跟着又讲了许多赞颂领导格调高的话才算罢了。说完，他却困惑起来，不开心。显然，较之于成见，曾劲松对齐磊的期待和寄望更多，或者说，他是爱才的，并不与之计较。早两年苏恒也期待姐夫这么看自己。他明白自己的短处和处境。在南浦当副总担子不轻，也总会有不尽如人意之处，如果姐夫可以理解、包容，那么在南浦"涮"两年后大概率能借着姐夫的力继续往上爬了。但现在看来，这个准姐夫并没有推他上位的意思，甚至他都不在用人名单里。于是，嘴里说着敬佩曾劲松的格局，心里不免泛起酸楚味道来。

曾劲松却不是以组织利益为出发才支持齐磊的。准确地说，他在这件事上根本没有发表意见的机会。南投东南省公司一把手杨磊作风独断，说一不二，是个典型的"大家长"，甚至在集团还没有发出梁兵的调令之前，早早就筹谋规划、拍定了齐磊去接班。

曾劲松站起来，走到客厅尽头落地窗前的大鱼缸前，却不喂鱼，而是注视起鱼缸上方那两幅区划图来。一幅是东南省，一幅是南浦市。

看完地图，曾劲松从桌子边拿起一根塑料杆，逗弄起鱼来，话题也转到了宿舍楼上。苏恒简单讲了事情的过程和员工的伤势，总结说坍塌的原因就是雨大。

曾劲松的大脑袋在鱼缸前晃了下，似乎是在点头，然后交代苏恒："那就咬定这个原因，不该查的不要查。这楼是我在南浦分公司第二年建起来的，虽说限于经费问题装修简单了些，但在当时的条件下也是最好的选择了——在房屋质量可靠的范围内最好的选择。你明白吧？下雨多了，就南浦那种土壤……对吧？"这件事让曾劲松心烦，让他担心。那楼是什么质量他最清楚不过。打地基的300万，实际上只用了200万，那地基能牢靠？但当时施工方也说了，除了6级以上地震扛不住，其他都没问题。那么，连年的雨水冲刷造成的地基破坏，想来跟大地震也差不多吧。总之，不能算自己头上。他本也不想问这件事，扎好了架子——跟自己无关。可在苏恒这个小跟班面前，又是内弟，便问了出来。说着那些话，他觉得自己总还是有些良心在的，他得珍惜，等到了更高处，他便不会要了，碍事。

苏恒连连答应着，仍坐在沙发上，虔诚地凝望着曾劲松的背影，期待他能从鱼缸的倒影里看到自己的忠诚。曾劲松或许看到了，他从鱼缸后方摸出一包鱼食来。喂着鱼，说起苏恒那边的事："水建三这次算是有点眼力见。对了，他就是想保住这个位置是吧？那等齐磊到任了，我看看有没有机会提一句。说起来，要不是他二舅的面子，我怎么可能提拔这种废物，我的脸面还要不要？"

那鱼缸里养着的是苏恒前两年送的红金龙，现在已经长到半米多长了。苏恒本能地觉着这话是在暗示自己不争气，一下子涨红了脸。他屁股一抬，从凹陷的沙发上直起腰来，态度严肃地要跟废物划清界限："是是是，他这种废物……我就觉得太给您丢脸了，平时可没少为他打掩护，唉！"

曾劲松冷笑了一声："打掩护有什么用。一个人是什么水平、什么能力，两三件事就看出来了。他说的好听没用，旁人给他贴金也没用。这种废物啊，我再帮他这一次。如果齐磊决意不用他，那就没办法了。对了，过段时间你帮我约下他二舅，咱们三个……哦，如果齐磊来了，也叫上齐磊，一起喝喝茶。"

苏恒应承下来，看曾劲松的鱼一时半会儿没有要吃饱的意思，便识趣地告了辞。

离开时，他又下意识地瞅了瞅那个肥硕的身躯，发现这个男人像一只动物。在走下门口那象征着权力的台阶时，他短暂地闭上了眼睛，竟看到了一张专横的、利欲熏心的脸。带着复杂且微妙的心情，苏恒快步离开了。

13

　　8月7日，周日。早上8点刚过，任文就回到了单位。大门口的危楼周围拉着警戒线，楼下的碎石、泥沙已被清理，干燥的水泥暴晒在阳光下，反射出让人烦闷的光。任文先是在楼下跟今天值班的保安老陈重温了一遍昨晚的紧张，又听他对受伤的员工表达了充分的同情，其中还穿插着对水建三的咒骂。这一骂，任文才知道当年水主任按照领导指示给办公楼装摄像头时，竟然给保安室里也装了，搞得他们连摸摸鱼都不成。末了，老陈又说："这下好了，摄像头的线路也断了，他个龟孙子如果还要重新装，我们就不干了，还得好好收拾他一顿再走！"

　　任文问全部监控设备是不是都断了。得到了肯定的回答后，忙说自己得上楼一趟，给受伤员工办点善后的事情，并嘱咐他看到有同事来单位务必通报一声，也好从中抓个帮手。老陈连忙摆手说客气，还夸张地行了个军礼："任主任放心，只要能帮上忙，我们保安队一定义不容辞！"

　　办公楼一共6层，领导办公室就在第6层的一侧，另一侧有一大一小两间会议室和一个接待室，主要供领导班子日常开会或是接待使用。任文在楼道里溜达了一圈儿，先把其中一间会议室的灯都点亮，打开投影仪，预备着万一遇到人就说是明天早上有个重要会议，自己回来调试设备。然后进了苏恒办公室，关了门。一般人除了找领导签字、汇报，平日里也不会到6楼。她防的不过是水建三一个人。

　　苏恒的办公室不算大，只放得下必需的几大件，连沙发都是紧凑型的。他之前还抱怨说自己躺上面午休头和脚都不舒服，要换。当时还在水建三面前演示了糟糕的睡眠姿势。水建三回来马上安排王向东买新沙发，限于空间还得买那么大的，但是两头的扶手是软皮的，这样就成了枕头，脚搁着也舒服。换完沙发，回到办公室，水建三哈哈大笑起来，惹得任文等一众人都竖起了耳朵,只听他上气不接下气地说:"你没看到,苏恒躺在沙发上,活脱脱,活脱脱像个大蛏子,哈哈哈,笑死我了……"当时任文还脑补了一番黑沙发里镶嵌着圆润白净的身子、两头翘的情形,也跟着笑了——确实像。

　　苏恒的办公室紧凑些,也算得上整洁,看上去搜查工作不会复杂。占满整面墙的书柜里,最醒目位置展示着一个奖牌、两个奖杯,其余格子里分散放着十几本畅销书和一些相片,一目了然,先被排除在搜查目标之外。沙发前面的茶几是黑色有机玻璃的,下方的格子上堆着许多茶叶茶杯,如果有别的东西,日常喝茶时随便伸伸手都能发觉,也排除。那么,就剩老板椅和大办公台了。

　　窃听器那玩意儿是要供电的,如果真有,不该在椅子上。不过,任文还是把老板椅放倒在地上,用手机灯照着,细细检查了皮质拼接处。果然,什么也没发现。那么就到了搜查重点:办公台。台面上的东西一目了然,打印机下面、电脑屏幕底座下方等所有犄角旮旯都搜了一遍,还是没有。任文找来几张打印纸,铺在地板上,半趴半跪地钻进桌子底下。这里空间不小,钻进来倒是不会磕着碰着,不过要想仰头把桌子底板都看个清楚,那就费劲了。任文拧着脖子来回瞅了几遍,除了几根电源线,并没有发现什么东西,于是,只得退回来,从电源下手。

　　电源主要在桌子靠墙的一侧地板上安置,有一大一小两个排插,上面插的满,出来的线也复杂。有电脑和打印机的电源线,苏恒的手机充电线,还有路由器的各种接线,连鼠标和键盘线都混在一起。这束线在桌面附近看是各走各路,都没有打标签,只能靠经验排除其中的几根,其余的得靠插拔来判断供电单位,这让任文很是头大。莫青的习惯就完全不同,她还记得帮他换办公室那天,就是靠着每根线上缠着专用标签纸,三下五除二就把那堆电子设备复原了。当时她得意地说:"看吧,我这个文科生也是全面发展的!"莫青还笑话她:"如果不是我做了标记,你那接线水准,恐怕得烧了我的电脑……"

　　没办法。任文抓起苏恒办公桌上仅有的一沓方形便笺纸,当标签用起来。

排除一根线，就裹一张上去，很快就找到了一根本不应该属于这里的细线。那根线的一头连接着 USB 充电器，在庞大的插线板上占了个不起眼的位置，落满了灰，一眼看过去并无特殊。只不过另一头却延伸向了桌面下方的键盘盒。

键盘盒是几乎不用的，放着一些签字笔、党徽等零散物件。这里当然不需要供电。

键盘盒空间狭窄，看不清里面的情况，手也伸不进去。任文尝试着把键盘盒整个取出来，不想，取到一半的时候动不了了，是被那根线绊住了。任文又钻到桌子底下，顺着线的走向，几乎没费什么劲就发现了一个比麻将牌略大的黑色方块，它正贴在桌面正下方、键盘盒的深处。不用说，一定是这个东西了。水建三啊水建三，你胆子可真不小，真敢窃听领导。

找到目标！任文用手机对着那小方块前后左右拍了几张照片，再用摄像功能由近拉远沿着电源线一路拍到插座处，然后快速地转动手机拍了苏恒办公室的大半个场景，把镜头定格在他桌面的石英钟上，停留了几秒，足够看清楚当下的日期和时间，才算完事。

复原好苏恒的办公室，任文回到会议室，把照片做了拼图，又把视频裁剪了一番，发给程伟。发去的视频中裁剪掉了显示日期的镜头。她不想让人家知道自己周末潜进来搞间谍工作，去掉了时间则可能是任何时间拍的。比如，抓到犯人后。完整版的视频她也保留着，妥善收藏在手机相册的重要素材库里。

程伟让她先不要离开单位，等自己跟梁兵汇报后的进一步指示再说。

梁兵正准备趁早上的空闲去给老婆孩子买礼物。他在出租车上看完了照片和视频，又听了程伟对目标嫌疑人作案动机的分析，并没有表现出任何意外，也不生气，只是在电话那头冷笑了一声，说："稳住这货。我今天晚些时候回去，明天早上例行的班子会照开，等开完会再算账。"跟着又交代了一番算账计划。

程伟得令，却不挂电话，支支吾吾道："梁总，我跟任文说了酒驾的事，这样她才好理解……"

梁兵笑了，笑得很有把握："哈哈，你想瞒过她？她可是莫青一手调教的，斗起心眼儿，你可不是对手。对了，你还是要想想我昨天说的话，当断则断……"

程伟"嗯"了一声，匆忙补充说莫青并不知道这件事。

任文接到撤退的信息时，梁兵的电话也到了，先是肯定了她这两天的辛苦付出，又轻描淡写地表扬了她跟程伟配合完美，但语气里流露出的却更多的是对自己远在千里仍能运筹帷幄的自信。这番自信过后，又交代了明天慰问的行程，特别提醒任文："慰问品让水建三全权负责，接下来我安排给他的任何事，你都不要帮忙。"

挂了电话，他就给水建三发出了指令："明天例行班子会，然后到医院慰问，你准备一下慰问品。"

梁兵基本上搞清楚了举报信的事，各个麻烦看似尘埃落定，却对最终的结局没有把握。首先，水建三在苏恒的办公室装窃听器就很不对劲。水建三和苏恒到底是什么样的关系？难道他们背后共同的"老板"曾劲松没能团结好队伍，让二人之间产生了过节？他又回忆起平日里的工作。苏恒虽然对水建三的能力颇为不满，但公开场合总是或多或少要偏袒几分。如果说大大咧咧的苏恒没有发现水建三跟自己并不一条心，也没有主动制造困难，那么会不会是水建三自己"反水"了呢？他有什么理由反水呢？

无心欣赏窗外的省城，也无心听出租车司机热情的介绍，他思索着，很快，一个从没见过但屡屡耳闻的关键人物浮现出来：曾广财。他记起来自己难得夸奖水建三的那次——夸他对宿舍楼鉴定很上心，这么快就办妥了鉴定的时候，水建三带着故作憨厚老实的笑说多亏了他二舅曾广财。曾广财是曾劲松的跨界好友，这栋宿舍楼就是他的团队盖起来的。合作多年，他们总是有利益往来的。曾劲松是个什么人大家心里都有数，那么，会不会是曾广财……

一切都说得通了！梁兵在心里又重复了一遍这条逻辑链，掏出手机，给自己在南浦市政府的朋友打了个电话,拜托他查明一件事。

水建三打完了一局手游才去看老板的信息。那条指示似乎预示着一切如常,他的举报行为既没有露馅儿,那个安全事故也没引起大风大浪。于是,他习惯性地直接截图转给了王向东,附言:"东哥,你看着办哈,挑贵的买……"

王向东正在侍弄他那大别墅院子里的花花草草,看到信息便开始骂娘。他的咒骂主要是针对水建三不上进:"天天截图转发领导指令,除了当个传话筒什么事都不做,什么心都不操,如今出了这么大的安全事故,就知道说个'挑贵的'。什么算贵的?哪些东西合适?地主家的傻儿子。压根儿没过脑子……"

骂完,这个兢兢业业工作了30年的老员工放下手中的活计,回到屋子里坐下,开始给常往来的几个供应商打电话,让他们把自己指定的一些高档营养品做成礼盒,明天一早送到单位值班室。

14

周日早上9点多,时间还早。任文决定回到家换套衣服再去相亲。这时,师兄覃立业的电话到了。他早早就到了医院,刚刚跟莫青同步完意见,准备10点左右正式开始对张涵进行心理干预。趁着投入工作前还有点时间,他对小师妹的缺席充分表达了他的失望,见缝插针地暗示了他此行的另一个重要目的:"任文,你就这样放师兄鸽子是不是?不好好搞接待不说,居然跑去相亲。你这种时候相什么亲啊?我这个单身狗连午饭都没得吃你知道吗?我告诉你,今天我肯定发挥不好,过两天还得来辅导一次,到时候顿顿都要你请……"

任文赔着笑脸答应覃立业一定安排豪华自助餐加南浦新区半天陪游,跟着把话题转移回工作上,强调今天的辅导对象是大老板的亲外甥女,如果他发挥不好,自己可能丢了饭碗,别说请吃饭了,恐怕还得收陪游费。

覃立业却不关注任文的工作是不是真要丢,只满意地说只要陪游陪吃,他一定尽心尽力,并把决心表了又表。

好不容易应付完师兄,莫青的电话也来了,听上去心情不错:"任文啊,我看你这位师兄很有学识嘛,言谈举止很有水平,很不错!今天如果相亲不愉快,也不要勉强,可以跟这位师兄多来往嘛……"

任文又气又好笑:"哥啊,你不妨关注下他那代表学识的头发还有几根。我可是看脸的,尤其是看惯了您这张秀美……"

"滚滚,你才秀美,有这么说男人的吗?"莫青嘴上骂着,心里却挺乐和,不能跟这个厚脸皮扯下去,她耍起流氓来自己可是招架不住,赶紧挂了电话。

黎萍帮双方约定在一家小有名气的火锅店见面。这家店着实火爆,大中午的也排队,好在她考虑周全,提前在线取了号。于是,等任文拿着号码牌走进店里时，一眼就锁定了那位隔着翻滚的热气朝她挥手的孙涛。

嗯，发量倒是够，人也挺面善，衣服嘛——穿制服。落座后，任文也不客气，直接就问："今天是抽空出来的吧？看你还穿着工装。"

孙涛解释说自己是负责大客户金融业务的，周末也有遇到客户的可能，必须保持专业形象。

任文点点头，心想，投入工作的年轻人应该差不到哪里去的。

互相交换了基本信息后，孙涛抢过了主动权，抛出一个敏感话题："任小姐，您这样条件优秀的女生怎么也落单？完全不符合我对行政精英的认知啊。"

任文暗自一惊，本能地以为他从黎萍那知道了自己和程伟的事，想了想又觉得不可能，便猜他此话只是跟自身背景或者经历有关，好奇心就起来了。

她笑呵呵地点点头："是啊，太挑了呗。你工作这么好，比我这个搞行政的条件好多了，怎么也？"

孙涛不接踢回来的球，继续自己的话题："太挑了，还是跟领导打交道多了，见识的优秀男人多了，不好选择？"

他的语气中似乎暗藏着一些情绪，加上问题如此露骨，任文立刻反感起来。不过才见面几分钟他就如此坦白，恐怕有趣的事还没聊到。

顺着这个思路，任文回敬道："干行政的确实跟领导打交道多，其中当然不乏优秀的人，提高自己的择偶标准也是必然的嘛。你既然这么问，我也有些好奇你这个金融部的经理，管着那么多金融精英，平日里有不少追捧者吧？"

孙涛不诚实地笑了，笑中泛出些心不甘情不愿来。他说："如果有，那我今天也不至于坐在这里。"

凭借着读了7年心理学所培养的某种不可言说的能力，任文已然判断出这个人有所谓的"心理创伤"，而且是关于男女关系方面的。那么这个亲就大可不必相了，专心蹭饭吧。于是说话也不客气起来。

"那，该不会你的前女友也是搞行政的吧？怎么，你是被分手了？"

孙涛听了这话并不气恼，又笑了起来："是啊，我对你们这行印象不好。你猜得挺准，看起来对付男人很有一套。"

孙涛的话里透出了轻蔑的意味，任文把不高兴写在了脸上，说："我是学心理学的，对付谁都很有一套。"

"哦……"孙涛撇了撇嘴，不再说话，闷头吃了一会儿。

服务员来给锅底加汤，问两人还要不要加菜，任文摆摆手，说她吃好了。孙涛这会儿心情倒是敞亮了，大方地说："别客气啊！今天就当交个朋友，爱吃啥尽管点。"

又加了几个菜，孙涛打开了话匣子。

"说实话，我也郁闷着呢，没人说去啊！今天遇着你这个搞心理的，得让我说完。对了，如果我问你的建议，你不会收我咨询费吧？"

任文歪着脑袋，面无表情地看着他，简单地吐出两个字"不会"。

名牌大学毕业的孙涛，5 年前被分配到东南省某银行总部工作，一入职就得到了组织的重点培养，很快就在业务上取得了瞩目的成绩。加之良好的人品相貌，很快追求者就排起了长队，其中就有董事长的秘书筱筱。这个小巧的女孩肤白貌美，是个众所周知的冷美人，但唯独对孙涛颇具好感，两人很快发展为男女朋友。很快，董事长就知道了这件事，深感欣慰，并亲自找了孙涛谈话，说很看好他们如此郎才女貌的一对儿，要他好好待筱筱，还隐约承诺他的前途不是问题。当时，孙涛已经感觉到哪里不对。就在他怀疑筱筱的动机不久，就被董事长钦点为金融部的副科长。参加工作的第三年就到了同龄人奋斗 10 年都无法企及的高度，他把疑惑收到了肚子里。加上筱筱体贴懂事，便很快定下了婚期。结婚前，筱筱怀孕了，董事长又给孙涛提了正科长，祝贺小两口双喜临门。筱筱却不领情，她跑到董事长家里大闹了一场，董事长应付不了，只得把孙涛请去，坦白了实情。这个实情孙涛没细说，也不需要细说，天下人都知道了。总之，董事长告诉他，只要搞定筱筱，让她不要闹事，安安稳稳生下孩子，跟着他有个好归宿、好生活，将来他要什么样的前途都有。至于孩子，等长大了就送出国留学，孙涛和筱筱也可以再生一个自己的孩子……孙涛说着自己的故事，却像跟这件事毫无瓜葛，不仅不生气，偶尔还笑一笑，笑得虽然无奈，却也不伤心。

他最后总结说从他们相识开始，一切都是个局，董事长不过是在无数个年轻人里选择了他这个优秀的外乡人而已……

任文听完孙涛用极为平淡的语气讲完这个三流小说里的故事，觉得这是她吃过的最无味的川式火锅，简直难吃极了。

她问："那你们还不算结束，怎么就出来相亲了呢？"

孙涛平静地回答："筱筱后来休了长假，生了个女儿，因为工作原因不能公开。她说愿意跟我好好过日子的，会一直等，等我点头。而那孩子是保障他们小日子的筹码。可是我不愿意——以我现在的社会地位，什么样的女人找不到……"

任文笑道："是啊，什么样的女人找不到，你不还是拖着。你现在的社会地位都是她给你的，你放不下这一切。除非，你下定决心辞职，靠真本事重新开始。下不了决心，不是吗？"

孙涛很认同，叹了口气，举起茶杯，凑过来做了个碰杯的动作，说："是啊！这一切得来的都太容易了。我现在住着那么好的房子，过着小时候想都不敢想的日子。比起来，给人家养孩子的憋屈算什么呢。今天当着你的面都说出来，我心里才清楚或许我是想忍下这口气的。那就行了，就能继续享受别人羡慕的爱情事业双丰收。"

一个问题突然来到嘴边，非问不可，任文说："你真的爱她吗？"

"爱！不过，这份爱更多是出于怜悯。她也挺可怜的。你不知道那个糟老头子……对了，能百度到哦，我给你看看这个人渣……"

任文看到一个道貌岸然的老头子露着颇有涵养的迷人微笑，宣示着自己的成功。"嗯，确实像个衣冠禽兽。"任文心中道。

"说实话，我们搞金融信贷的……勉强也称自己是金融圈里的吧！在这个圈子里时间久了，有些事就见怪不怪了，麻木了……你，你不会鄙视我吧？"

"这话问的……你会不会鄙视自己？"

"有时候会。但看到我得到的,就觉得鄙视不鄙视的也无所谓……"

"你的同事们对这些事也都知道,也都见怪不怪,不是吗?"

"是啊!早就没有秘密了,他们怎么看也不重要……总之,我不亏,对吧?"

不亏?任文在心里掂量起这个词,五味杂陈。

是啊,自己觉得不亏,便妥了。所谓过好自己的人生,不过是在自己的能力范围内做出的最满意选择。有人满意金钱,有人满意道德,有人满意过程……谁也不能超出自己的能力范围去选,那样会办不到,会痛苦。也不能在能力范围内随便选,那样又会不甘心。总之,每一步都像过独木桥,看似很多选择,实际上只有一条路可走。而步子一旦迈出去,就像押了赌注。想要幸福舒坦地过好这辈子多不容易啊!想来,最幸福的人生莫过于最简单的人生,简单的相遇,简单的相伴,简单的工作,简约的生活,平平淡淡地老去,等老得走不动了,就跟相爱的人手牵手坐在清静之处,简单地看看日升日落,便好。

15

　　这场饱含人生苦难的午饭居然吃到了下午3点来钟，两个此生再也不想见到彼此的人最后都无话可聊了，才友好地握手告别。任文匆匆赶回医院，出了电梯，刚好撞见交住院费回来的莫青。他神色悦然地拉住任文，两人到走廊另一头说话。

　　莫青又把覃立业笼统地夸了一顿，才说心理援助很成功——张涵饭也吃了，话也愿意说了，最后还同意回家休养，隔天换药的时候再来看王浩。

　　"挺好啊，我去看看。"任文甩了下头发，做出要逃跑的架势，却被莫青一把拉回来。

　　"别去，我还没说完呢。人家话是多了，可大部分都是在骂舅舅，也不是骂，算是抱怨。总之，咱们现在过去可不讨彩。"莫青说着说着笑起来。

　　任文看看他，又扭头瞅瞅病房，也笑。"哟，光辉伟大正确的梁兵同志也能挨骂？走！快去偷听下，这么重要的时刻怎么可以错过……"说完，不顾莫青的反对，溜着墙根儿踩着夸张的小碎步猫到了病房门口。看到有护士出来，她赶紧掏出手机，假装看信息，边小幅度来回踱步边竖起耳朵来。那护士想说话，张张口没说，笑着走开了。

　　任文发现自己来得不凑巧，晚了一步。抱怨环节刚刚结束，眼下是"话又说回来"的部分，不过，也能据此把错过的信息补起来。

　　梁芳颇有耐心的声音先传了过来："要怪就怪妈妈太溺爱你！大姑娘家的也不知道个矜持，非要跟男朋友分到一个地方。都怪我也没有拦着，唉……"

　　"妈，这个事情咱们不是反复讨论过吗？你咋还提。要不是那个破楼，我跟王浩好着呢，我们都打算转正后就结婚了呢！"张涵的气力恢复有八成，声音比昨天大了许多。

　　"不许这么说你舅舅，他不给你们安排到南浦，难道安排到其他分公司，安排到其他领导手下？还不是想多照顾着你点……"

"照顾着我，就让我住那个楼……"

"哎呀，你这孩子不要钻牛角尖。宿舍楼出了事，你舅舅还不知道麻烦有多大呢，可别因为这个事情耽误前途才好……还有，不是让你周末回家住吗？周五下班你就该回家的。"

"雨太大……"

"行了！我还不知道你啊，就是想着周末跟王浩多待一阵，家都不愿意回了。是不是？"

看起来，这场谈话马上要以母亲的胜利告终。任文觉得是时候进去了，刚收好手机，抬起头，就发现莫青的身影从旁边闪过。他先进去了。原来这家伙也在听墙根儿。

莫青笑呵呵地把出院证明和已缴清费用的单据递给梁芳，话却是对张涵说："涵涵这两天瘦了，回家让妈妈多做点好吃的补补。工作方面先不用操心，胳膊彻底好了再回来。这期间有什么事情就跟你任文姐姐联系啊。"又回头拽过任文，嘱咐道："任副主任，其他几个新同事也是同样，身心都畅快了再回来工作。你抽空挨家送点慰问品过去，多跟他们打成一片。"

任文笑着答应了，眼睛眯缝得都快看不见了。张涵抢先一步说话："是啊！我舅舅，不，梁总也说让我们有事都找你，说你带过几届新同事了。文文姐，你这两天为我们挺费心的，我看你都有黑眼圈了。我没事，你放心哈。其他几个同事我帮你搞定。"

任文觉得心头一阵暖意涌来，走过去给张涵一个大大的拥抱。东西收拾好，4人又去看王浩，王浩上午转入了普通病房，这会儿睡着了。张涵在他旁边坐了会儿，给他的手机传了几首歌。梁芳在门外拉着王浩父母又是一番叮咛嘱咐，等亲家脸上挂了笑容，才放心地拉着女儿离开。

任文提前叫好了车，等母女二人都上了车，赶紧在医院附近找了个奶茶店坐下，把今天心理援助的情况和王浩的状况通过微信发给梁兵。

梁兵回复道："收悉。我正要去机场，今晚回到南浦。谢谢你的用心！你明天可以直接在医院等我们来慰问王浩，班子会就不用管了，会务准备的事让水建三搞。这两天你辛苦了，好好补补觉，明天不用早起。"

莫青原本坐在一边玩手机，不知道什么时候把脑袋凑了过来，看完信息，不由得连连啧啧，感慨道："这么好的领导可惜要调走了，我真替你伤感……"说完，又是摇头又是撇嘴，一副要落泪的表情。

任文的眼眶倒是真的湿润了，喉咙也发紧起来，没有说话。她心里想得更多的是程伟也要跟老板调走了，他没告诉她还会不会回南浦，她也不敢直接问，怕又问出来个诀别。重逢不过两年时间，决定分开不过两天。在早上闲聊中得知他要去集团时，那伪装的释然和洒脱消失得无影无踪。

收拾好情绪，她给水建三发了信息："主任，明天早上帮忙准备一下班子会的投影仪，我有事晚点到。"

水建三秒回："好的。"

合上手机，脑子里关于程伟走后自己又变成一个人的画面挥之不去，她想象着那时的自己就像个游魂，无所依恋、更无归宿，不由得叹了口气。

莫青从她突然低落的神情里猜出了大半，不由分说地把她拽起来，要带她回家吃饭。任文拒绝了，只是说："我不饿，我，我想去看场电影。"

他很了解她，在程伟没有出现的那些年里，如果她心情不好，或者一个人无聊，就会去看电影，什么电影都看，撞上哪场看哪场。莫青是从她的朋友圈里发现这个规律的，此时并不点破。

沉默了片刻，他提议："你查查看，有什么值得看的，我陪你去。"

"不用，你回家吃饭吧。"任文婉拒。

"我也好久没有看电影了。这些天又忙，该充充电了。"

任文看看他脸上写着的真诚，那真诚背后还透着忧虑，知道自己又让他担心了，解释说："我不会想不开的，你不用刻意陪我，真的。"

"去你的，谁想不开你都不会想不开，你这么没心没肺的人，呵呵……快点找电影，最好是旁边有烤肉店的地方，我压力大的时候就想吃肉、吃肉、吃肉，大口吃肉……"

要想在周日下午买到中意场次的电影票不容易。离单位半个小时车程的地方有个新开的购物中心,他们最终在那里的影院订到了票,是5点半开场的《大鱼海棠》。

莫青对动画电影本不感兴趣,听说是国风,就想欣赏欣赏,也就同意了。不承想,在电影院里坐了二三十分钟,他就看不下去了,心想着再也不能说大话,不觉抱怨起来:"世界观很不完整嘛,还得自行脑补。我们还不如去隔壁厅找找看有没有好莱坞爆米花片。"

任文不作声。

莫青又勉强看了一会儿。这时有个镜头触发了记忆,他想起来在朋友圈里看到过任文发的影评,便问:"你好像看过吧?这有什么值得二刷的……"

仍旧没有得到回应。

莫青转过脸瞅她,在忽明忽暗的荧幕映衬下,发现只有两汪闪烁的泪花在回应自己,便又转向大荧幕,去寻找那触动她内心的主谋。他试图让自己沉浸其中,好去共情她的伤感,这不难——在唯美的画面、动情的音乐下,这段台词似乎正把她的心捧出来让他看:"……我告诉你什么是最可悲:你遇见一个人,犯了一些错,你想弥补想还清,到最后才发现你根本无力回天,犯下的错根本无法弥补……"

简直就是在直接跟她对话,犀利,无情。莫青怔怔地听着,眼里也湿润起来。不过接下来的台词又说:"只要你的心是善良的,对错都是别人的事。"

抓到了契机!莫青摸了摸口袋,递过来半包纸巾,在她耳侧低语:"看,人家都说只要你觉得好,对错都是别人的事。咱不哭啊!"

任文简单"嗯"了一声,接过纸巾,低下头的时候反而哭得更凶了,那眼泪扑簌簌地落下来。

莫青吐了口气,说:"你先自己看会儿,控制下情绪。我去买包纸巾,还要打几个电话才回来。有事留言啊……"说罢,猫着腰出去了。买完纸巾,又跟服务生聊起了天,顺便问到了一家不错的餐厅。估摸着电影还有半小时就结束,才回到座位上。

"……从小就没人管我。天不怕地不怕，想干什么干什么。可在世上我最怕的，就是让你受苦。"电影院里很静，视线又狭窄，听力格外敏锐起来。这段台词让莫青感到紧张——程伟是不是说过类似煽情的话？这坏小子……

背景音里，似乎有不少哽咽声。如果刚刚不是看到任文在哭，他一定会鄙夷那些矫情的人，还会同情她们的老公或者男朋友。而眼下，他无暇鄙夷，脑海里有个小人正跺着脚大喊大叫："不好不好，她又要哭了……"

莫青摸到跟前，借落座的瞬间看了看她的情况，还好，不哭了，不过似乎变成了木头人儿。"唉！"他不由得叹口气，"还好我生了个儿子，要是个女儿，将来她长大了还不把我担心死……"

"不用管我，你去隔壁厅看爆米花片吧。我没事。"她说最后几个字的时候，木木地把头转过来，表情看上去问题倒是不大，只是眼泡肿了些，她甚至还努力地挤出了一点微笑。

"我还是陪着你吧。不急，刚才在最近的那家日式烤肉排了座位，少说也要等半个小时。"莫青拆开纸巾的塑封递过去。

任文小声道了谢，带着浓重的鼻音打趣道："我是不是影响你的情绪了？你可别害怕生了女儿，不敢要二胎啊！"

看她的状态好了些，莫青也把心放了下来，不知从哪摸出一瓶饮料喝了一大口，才说："显然是会的。"

"啊！你可别赖我头上！还有，饮料只买一瓶吗？"

"嘘……"莫青把食指竖在嘴边，比了个收声的手势，又把瓶盖拧好，递过来。

"你喝剩下的，不合适吧……"任文条件反射推回去。

"敷眼睛。"

"哦，对哦。冰的。"

任文乖乖地接过来按在脸上。

电影在7点一刻结束。起身时，任文伸了个懒腰，喃喃自语道："真好，看完第二遍倒没那么难受了。"又对莫青讲："谢谢你陪我看电影，晚饭就我请啦！对了，哪一家？"

莫青正趴在栏杆上，越过购物中心宽阔的大厅往对面眺望，把楼上楼下环视了一圈，锁定了目标，指给她看："人最多那家，日本烤肉可不便宜。当然要你请。快走！"话没说完，已经自顾自地走出了几米开外。

烤肉在炭炉上嗞嗞作响，油花渗出来、聚成团，又滴在炭火上，激起一阵伴着焦香的轻烟，让人食欲大振，心情舒展开来。

莫青翻着烤肉，心却不知道跑到了哪里，任文问他要不要多加一份辣椒孜然混合蘸料时，足足过了半分钟，他才恍然大悟似的点头答应。

服务员又问了辣度，任文替他回答："两份不同。他要正常辣，我要重辣。"

莫青说话了，却不说辣椒的事，而是长长吐出一句："斗米恩，升米仇啊！"

任文正在对付一整只腌制的小八爪鱼，含混不清地问："电影里，有这个话题？"

莫青怅然一笑，说："不是电影。我想起来刚刚在医院时张涵说梁兵的话。"

任文明了，胡乱嚼了几下，吞下八爪鱼，说："她还是年纪小，心里虽然懂，也还是要抱怨一番，现在的小孩子都娇气。不过，你放心，我可不是这种人。我知道你想说什么。我先表个态：我任文，绝对能理解你的难处，相信你任何时候都不会坑我害我……"

莫青打断了她的话，带着七分严肃和三分不好意思回应："我当然知道你的格局。但，最怕这个'但'字，对吧。但，我还是要说，趁着这件事给你讲明白：如果遇到组织利益跟你个人利益冲突的时候，我鼓励你优先选择个人利益，但是我会先考虑组织利益。我们都是组织的一部分，长远地看，个人利益只是一时之事，总会有翻本的机会，但组织利益一旦被操纵被破坏，那就要乱套，谁都不会受益……"

任文点点头："我懂。覆巢之下无完卵。你放心。我跟水建三那些蛀虫可不同，我的利益跟组织利益没有冲突嘛。不过，话说回来，曾劲松、水建三的二舅那种人，乱搞统一战线、安排家族近亲，尤其是安排无能的近亲担任要职，这是不是明目张胆地损害组织利益？"

莫青笑了笑算是认同，跟着说："试想，如果没有水建三，这些年是王向东或者任何一个能担当办公室主任职责的人，昨天那楼会不会伤了人？还有，前几个月在大门口拉横幅要工程款的事会不会发生？"

"唉！很多企业都有这样的事，正常、正常……"任文叹着气。

莫青提高了声调反对这一认知："很多企业本可以不必有这样的事！鲁迅先生说过：向来如此，便是对吗？"

服务员端来了两碟混合蘸料，把其中一份往任文跟前放，解释说是重辣。莫青立刻伸手接了过来，说："这份是我的，给她一份微辣。"

任文看看服务员愕然的表情，指着另一份说："那就把那份给我。没问题了，你走吧，谢谢！"

服务员犹豫着放下了那碟"正常辣"的蘸料，鞠了个躬走开了，很快又送了一份八爪鱼来，说："这位女士看起来很喜欢我们这道小菜，多送一份，请慢用……"

莫青满意地点点头，看着服务员笑道："高端的料理，往往都需要（对客户）额外的付出。"

上一秒脸上还挂着愁云的服务员瞬间舒展开了眉头。任文猜她一定是听到了莫青说的那句鲁迅先生的话，并对自己唯唯诺诺地屈从于一个强势的男人而深感同情。服务员不懂莫青，只从刚刚的对话中判断出他的强势和不讲道理。实际上大部分时候莫青并不是这种人。分人，也分事，总体来说，他是复杂的，有着好几个"面"。有些"面"她也无法理解，希望自己永远没有机会见到那些"面"。那么，程伟有几个"面"呢？自己真的完全认识他吗？

送任文回去的路上，莫青才想起问相亲的事。

任文只说不成，不太愿意解释。

莫青看她一副不坦诚的样子，又回忆起刚刚看电影的场面，皱起了眉头。他用审视的眼光定定地注视着她，让那躲闪的眼神无处遁形。有那么一个瞬间，他甚至已经开始想象这家伙要跟程伟私奔。

任文知道，如果领导有问题，最好给出问题的答案，就算编也要编一个。

不然,你一定会躲得过初一躲不过十五。

但是,这件事不好编,人是黎萍介绍的,自己如果抱怨得不对,反倒会挑拨了人家夫妻关系。于是她想了想,先问莫青那人的来路。

莫青说:"是你萍姐同事的校友,在校友群里发征婚启事,辗转来到了咱面前。"

任文这才放心地坦然相告:"他觉得我可能人际关系复杂,就是,就是那个意思。"

莫青笑了:"那个意思?呵呵,眼睛真毒。"

任文不想就这个话题跟他掰扯,便挑了其中最有故事性的内容讲,试图转移他的关注点:"她女朋友是他们银行董事长的情人,那老头子居然想让他把人娶了。对了,那个董事长……来,我百度给你看……"说着,就把那个衣冠禽兽的信息展现到莫青眼前。

莫青趁着等红绿灯的空儿凑上去看了看,不可思议地连连摇头:"这么油腻都有小姑娘喜欢……话说,你俩除了八卦,就没有交流什么有价值的信息?比如性格、生活习惯,这些都合适吗?"

任文睁大了眼睛:"都这样了还聊啊!没有没有。不过,我倒是给了他一个好建议。"

莫青饶有兴趣地听她继续说道:"我建议他……听领导的话。"

莫青又气又觉得好笑,戳着她的脑门儿说:"你可真会坑人啊!"

任文笑起来,笑着笑着,眼里又有泪花闪烁。

莫青发觉气氛有些不对,看到她又撇起了嘴,感到有些挫败,不高兴地说:"好好说着话,又哭。下了几天的雨好不容易停了,怎么着,都下到你眼里了?"

任文仰起头,把快要淌下来的泪水硬生生憋了回去,半晌,缓缓地说:"电影结束的时候有一段话,我刚刚一直在想,想我是不是还可以,还可以争取下。"

"什么话?争取什么?"

"电影最后说：这短短的一生，我们最终都会失去。你不妨大胆一些，爱一个人，攀一座山，追一个梦……"

莫青知道自己也劝不住，想了想，说："这个决定让他做吧。他是有家室的人，你不可以硬往上靠，明白吗？现在后退还不算晚。我不能眼睁睁看着你将来受更多的苦。"

沉默。

莫青又说："电影最后还有句话，完整的我记不住了，但意思是说：遇见对的人，是从来不想离开的……想不想离开是一回事，能不能在一起又是一回事。你看，电影里那两个在一起了吗？电影的世界观不完整，可我们生活的当下是完整的。你要明白：你们两人但凡有一个左右摇摆，都会造成悲剧，还要牵涉到第三个无辜的人。这不是简单的喜欢就可以解决的事。总之，你必须做好心理建设，重新开始生活。"

任文哽咽着点点头。

几天后，莫青替黎萍带回了反馈。关于做个朋友也不错这类话统统省去，只说："他居然非常感谢你的建议。"

"得，那咱也算积善行德，至少那孩子有爹了。"任文笑答。

16

　　8月7日晚上7点左右,曾广财怒气冲冲地给外甥打电话时,后者刚刚准备吃晚饭。

　　"你们的宿舍楼塌啦?"

　　"没塌,歪了,歪了而已。"

　　"你给我好好讲,到底是个什么状况,有没有照片发给我看看!"

　　"按规定不能外传这些照片,何况我也没有……"

　　曾广财的火气从鼻子里喷了出来,继续问:"听说砸伤了几个员工?严重吗?"

　　"一个胳膊断了,一条腿断了,其他人都没事。哦,腿断的那个昏迷了一天,昨天下午醒过来了,也没事。"

　　"腿断了,昏迷了一天,这叫没事?我要是不打这个电话,你还打算瞒着我,是不是?"曾广财气得喊了起来。

　　齐亚茹听到话筒里漏出来的声音,轻声"哼"了一下,端起碗自个儿先吃起来。

　　看到二舅发脾气了,水建三把已经伸到盘子边儿的筷子放了下来,看了看正在学吃饭的女儿,转了个身,侧坐在椅子上,压低声音解释说:"二舅,不关咱的事啊,雨大冲坏了地基嘛。你别着急。你看,我今天都接到两个工作安排,跟平常一样,啥事没有。再说了,有问题也是找曾劲松,找梁兵,这是他们的楼,他们只要不倒台,就算不到你头上。怕啥。"

　　"瞎说什么倒台不倒台的!我们集团纪委的人都找上门来了,让我明天一早去谈话,说是跟你们宿舍楼有关系。"曾广财停下来,喘了口气,又接着说,"你都把我气糊涂了。我打电话是要问你:房屋质量有没有问题,那个鉴定结果靠谱吗?"

　　"二舅,那人不是你的朋友吗?你怎么问我靠不靠谱。"

　　"我的朋友?我找朋友帮你是插队,可没管你们怎么鉴定!"

"那你去找他呗……"

"我要是能联系上他，还用得着问你？！"

"他……二舅，这是啥意思？"水建三这会儿稍微转过来弯了，另一只耳朵听到媳妇在旁边冷笑道："啥意思？就是危楼的意思。"

"二舅啊，那个楼不是你负责盖的吗？你现在说是危楼？"水建三瞅瞅媳妇，眨巴着眼睛说。

"我可没说是危楼。但是，这么多年了，质量有问题也是难免。你弄个假鉴定书、错过了及时维修，才是问题！"

"咋又算回我头上了？我可是带着那个人都拍了照的，正规的鉴定流程。"

"你，你小子……我不跟你讲职业道德。等明天跟集团纪委谈完话我再找你。现在你听我说：任何人问起你，你都说鉴定过程是非常规范的，至于出鉴定书的流程你不懂，人家给你鉴定结果，你就认了。就这了。"

说完，不等水建三说话，便气冲冲地挂了电话。

齐亚茹这时才说话："呵呵，现在知道着急了吧？纪委找上门了，知道问题大了吧？"

水建三一边端起碗开始吃饭，一边说："二舅的意思是，宿舍楼质量确实有问题，但是要我咬死没有问题。那怎么又说鉴定的人有问题？那就是说鉴定书有问题，那，那这楼到底是有问题还是没问题？"

齐亚茹翻了个白眼，用居高临下的口气指点他："质量和鉴定书都有问题。但是你俩都是中间人，现在得装不知情蒙混过关。就这个意思。明白了吗？"

水建三若有所思地点点头，又为老婆压了自己一头而懊恼，便心有不甘地补充道："哦。我这个办差的也还是没责任的嘛，天塌下来梁兵顶着。老头子跟我啰唆这么一堆干吗呢？吓人……"

这话从嘴里说出来，也是给自己洗脑——下了个心理暗示。于是，水建三越发觉得内心坦荡荡。

齐亚茹拿起自己的碗筷，进了厨房，嘟囔了一句："当别人都是傻子？不干人事!"碗筷扔进洗碗池,一阵叮当乱响。

"你说啥?"水建三没听清楚。

"我说,今天还是你洗碗!"

任文回到家已经是晚上9点多了。先用养生壶把黄芪茶煲上,又把眼膜放在冰箱里冻上。这两天眼泪就没消停过,睡前得好好做个深度的眼周保养。

如果得孤单地过一辈子,要这种精致又有什么意思?躺在沙发上敷眼膜时,悲伤的情绪又爬上心头。算起来,自己参加工作还不到6年,怎么就像望穿了此生一样。她努力把思绪拉回到工作上,在这里能对人生多些掌控感,让她感到舒服些。

这两天事情真多,真乱!看似每件事都在有条不紊地推进中,实则还有许多暗藏的问题,那些水面下的事情,她看不清,却能感觉得到暗潮涌动。如此,明天梁兵回来后一定有一番血雨腥风,自己可要打起精神,今晚一定要好好睡,不想了,想多了失眠。

即便是心理学专业的研究生,她也无法斗得过失眠。至高无上的大脑说不睡觉就不睡觉,谁也不能凌驾于它的意志之上。如果有人果真要与自己的大脑过不去,就是要斗争,比如说持有彼此冲突却又势均力敌的两种意志,那么这两种意志最终会各自"霸占"一部分大脑,让你人格分裂;而如果让他们斗争,你就等着吧——痛苦的是你这具肉体,比如连续失眠带来的脑壳炸裂感……

不过,大脑也有弱点,尤其是她这种活泼外向的人的大脑——容易被转移注意力,正琢磨着一件事,突然又关心起另一件事。因此,对付失眠的唯一有效办法——让大脑不再固执地不休不止地工作的办法就是放空自己,不跟意志作斗争,俗称跑神儿。

任文这么胡乱想着,脑子里各种想法开始乱窜,它们四处奔跑,搅动起潜意识。当潜意识和困乏感一起浮现出来时,覃立业的笑脸突然也出来了。

任文被脑海中覃立业笑得一激灵,清醒过来。面部的抖动撕扯着眼睑处,紧绷感和些微刺痛间歇袭来，看看时间，敷眼膜的时间早就超了。小心翼翼地处理好眼膜，又完成最后的几个护肤步骤后，她抱着一大杯黄芪茶重新窝回沙发，琢磨好一会儿，才下定决心给覃立业发感谢信。

"师兄今天辛苦了！这次心理援助非常成功，彰显了师兄的专业水平和职业操守，不仅帮人走出了困境，更为我公司……"

"行了，行了，大半夜的才想起感谢我。我说，你专业能力不咋的，拍马屁倒是很有功夫。你在公司就学了点这些？"覃立业发来语音时，脸上正带着几分钟前在任文脑海中飘过的那种笑。

任文也改发语音，她的声音显得疲惫，这就平添了几分真诚："师兄啊，我们老板不在家，这摊子事情可不就靠我了。关键时候有你这么优秀的人帮忙，可真是救了我了。我拍你马屁，也是夸我自己有福气。是不是？"

"你要是来夸我就不必了啊，账单你们领导也付过了。对了，他说你又去相亲了，欸，我想问一下，这个'又'是几啊？师兄我也是单身啊，我咋就没这么多机会呢？"

"男女有别嘛！你这种精英天天去相亲多掉价。我都不喜欢。你看，今天又失败了。"

"哟，失败啦？是谁看不上谁的？下次用不用师兄帮忙？"覃立业来了劲头，看起来这个大忙人晚上很得闲。

任文敷衍地说："我看不上他，我要求高呗。哎，说正经事，王浩那边要不要也辅导下？"

一听这话，覃立业立马进入了工作状态，认真地说："我今天跟张涵，还有你们的大帅哥领导都聊了王浩，也跟王浩父母了解了情况。这个孩子属于意志比较坚强的那种人，助人后负伤，他的内心充满荣誉感，也是强烈的责任心使然。这种情况通常不需要心理辅导介入。"

说完这番话，又换上调侃的语气："当然，一旦有需要师兄的地方，师兄必能立即响应、义不容辞。只不过，你可别又去相亲了。"

"明白明白，就像上午说的，随便你挑、随便你选，你就是要吃澳大利亚空运回来的大龙虾我都绝对不带眨眼的……"

这一夜，任文睡得很沉，整整睡了10个小时，第二天早上9点钟才睁开眼。可是，她又做了那个梦，已经许久没有出现过的，找不到家的梦。

她站在一条大路的中央，路面很宽阔，向两头无限延伸。一头隐约可见一座大山，山上没有植被，黄秃秃的，在半斜的日头里翻着烟尘；另一头在天地相接处隐去。没有人，也没有声响。四顾茫然，不知道该往哪头走。焦急之下，忽见大路的一侧出现了一座火车站台，远处也响起了汽笛声，定睛望去，那火车正从天地相接处缓缓驶来。任文像抓到救命稻草似的飞奔向站台，撑着手肘一跃而上，站台上仿佛是另一个世界。行人穿梭于热闹的街市上。这里就地摆着瓜果、零食。不远处有一排两三层楼高的店铺，都亮着灯，灯是各色的彩灯，透过门窗闪烁着迷人的光芒，门头上颇有年代感的招牌也一闪一闪，像一部老电影。这不是自己的家乡，完全不一样，她要回家。回头望向缓缓停靠的火车，有个声音告诉她，这列车能带她回家。可是，她的家在哪里，叫什么，却完全想不起来。慌乱中，她抓住一位推着自行车叫卖雪糕的老大爷："大爷大爷，这趟车是去哪里的？"

大爷笑笑说："去哪里也只有这一趟，你只说要不要上车就好。"

这时，火车已经停稳了，有人陆续走下来，更多的人拥挤上去，其中有一个背影像极了程伟。任文跑向他，想喊他，却出不了声。

"我要回家，我要回家……"她挣扎着从梦中醒来，耳边回荡着撕心裂肺的哭喊，心口像堵了一块石头，透不过气来，衣服也汗湿了大半。

真正叫醒她的是闹钟。早上8点45分开始，闹钟响3次。

任文倚在床头好半天才回过神来。冷静下来后，先给莫青发信息，说她因为噩梦的缘故，心脏有些不舒服，要煮点黄芪茶再去医院，恐怕会迟到。

莫青回复得很快："是不是睡得太沉手又压到心脏了？严重的话就请假。慰问的事就是拍照而已，我安排其他人。"

"应该是压到了，没事。我等下随身带着茶。昨晚睡了10个小时，精神状态很好。"

"那好。等会儿搞完慰问的事，就找医生开点药。你这段时间太忙了，黄芪茶可能不顶事。"

煲上茶，莫青又来了个信息，提醒她挂号。说先挂上，到时候不需要就退掉。还说挂好号之后发来时间，好安排她及时脱身。

17

　　8月8日早上9点，集团检查组乘坐的航班从首都机场出发了。与此同时，南浦分公司6楼小会议室里的例行班子会也开始了。与会者5人，分别是：总经理梁兵、副总经理莫青、副总经理苏恒、总经理助理柳琳、市场部经理程伟。程伟是第一次参加班子会，他今天不参与讨论意见，只负责讲材料。

　　一落座，大家就发现今天这个会跟往常不同，不止是严肃、气氛紧张，也没有开投影幕。所有人只好盯着程伟手下那摞打印纸发呆。

　　沉默、期待……在老板下令之前，程伟并不打算提前发放这些材料。那3个人望向他，他则淡定地回视着他们。这种淡定并不是他的，而是梁兵的。一把手总有一种可谓之玄学的能力——他把自己的意志投射到某个人身上，并通过那人的表达让旁人准确地知晓，而自己则像尊蜡像般始终一动不动。程伟今天坐在这里，就是"某个人"。

　　没有了投影机的嗡嗡声，整个会议室显得比往常更肃静，肃静中透着杀气。

　　梁兵终于发话了，语态如常："周末发生了一件非常严重的安全事故，我在南浦任职的两年里，史无前例！"同时，特意地审视了在场的每一个人。

　　"这两天我也不在家，基本上都是靠莫青和任文收拾烂摊子。任文早上先去了医院，那么就由程伟代为讲讲目前的情况。有缺漏的地方请莫总做补充。"

　　毫无疑问，接下来听到的就是老板的看法和态度，所有人都翻开了本子，准备记录。

　　开讲之前，程伟先把装订好的材料一一分发。材料共两页，用A4纸单面打印，小四号仿宋体文字。除了字号小一些，排版、措辞都与红头文件无异。这样既严肃，又不会让人觉得有要盖棺定论的企图。

确保每个领导都简单浏览过一遍材料后,程伟才开始陈述,声音还是一贯的轻,但今天压得足够稳。

"各位领导,现在由我代为通报南浦分公司8月6日宿舍楼部分坍塌事件的相关情况。

"2016年8月6日凌晨0点15分左右,值班保安张松发现南浦分公司宿舍楼下有大量泥沙从地基裂缝流出,遂向办公室主任水建三求助。水建三多次拒绝接听电话后,保安张松又联系财务主管王向东,并在王向东指示下及时拨打119、120等救援电话。随后,又联系副总经理莫青、苏恒,办公室副主任任文3位同志,与此同时,王向东通过微信、电话通知宿舍楼内入住的全部5名同事撤离,撤离开始时间约在凌晨0点25分左右。5名同事在8楼楼梯间会合后,因讨论是否应该返回取重要私人物品等有短暂停留,后因宿舍楼墙皮脱落、楼梯歪斜、楼体震动等情况越发严重而终止讨论,随后5人立即向下撤离;撤离到2楼楼梯转角处时,发现该处的铝合金玻璃窗因墙壁歪斜而整体脱落,断裂的铝合金框架悬空卡在转角处,加之碎玻璃易滑倒、雨水从窗口倾入等情况,5人无法继续前进。此时,张松试图从1楼的楼梯口进入楼内救援,但该处安全门因墙体歪斜而受到挤压变形,无法打开。张松通过电话呼叫家住附近的保安增援,在此过程中并未放弃努力。凌晨0点50分左右,1楼开始积水,水很快漫至第3级台阶处,同时,大量墙皮加速脱落,并砸伤了刘灿、张涵两名同事,引起恐慌。恐慌之中,王浩主动担当,建议通过托举等方式帮助其他4名同事翻越铝合金窗,自己殿后。依次成功抵达1楼安全门的同事是:彭瑞、刘灿、齐微微,3人协助门外的张松合力打开了安全门,成功逃生。张涵在翻越铝合金窗框后,未按张松建议直接逃生,而是选择协助王浩翻越窗框。此时,张松也上来协助,不料,翻越中途2楼往1楼方向墙皮伴有碎砖块大面积掉落,砸中王浩头部、腿部等多个位置并致其晕厥。此时墙面扭曲严重,考虑到有坍塌风险,在听到消防车警笛声后,张松强行将张涵拖到安全位置,暂时中止对王浩的救援。此时消防队已赶到现场,在张松指引、协助下继续开展对王浩的救援工作。因王浩失去意识，且楼梯严重变形，救援困难，直至凌晨1点15分才被成功救出，并立即送往市第二人民医院。当时，其他4名同事已乘坐前一辆救护车抵达市二院，其中张涵因手臂砸伤、擦伤严重住院治疗，其他同事经检查确认无大碍后返家……

"凌晨1点钟前，任文、王向东、莫青先后抵达现场，分别进行了协助救援、安抚伤员、舆情上报等工作。省公司安全管理的相关同事在凌晨2点半左右赶到，由王向东同志负责对接、说明情况。莫青、任文跟随被救人员到市二院跟进救治、与家属沟通，并按组织要求落实好了费用问题，向员工及家属明确公司责任担当及理赔问题，其间伤员及家属均表示理解、配合。省公司工会两名干事在当日早上6点半到市二院了解了情况并简单慰问。我方莫青、任文同志陪同，其间统一了舆论口径，并请省公司在合适的时候对王浩的英勇事迹给予表彰……"

一字不差地念完了材料，程伟抬头看看梁兵，又把其他领导环视了一遍。映入他眼帘的是一张张动容的表情：莫青揉了揉眼睛，仰头看向天花板；苏恒吸了吸鼻子，眼眶红了起来；柳琳掏出纸巾不断在指尖翻折，眼角有晶莹的泪珠闪烁。

半分钟之后，柳琳第一个开了口："听完事情的经过，我很受震撼，也为自己未能第一时间赶到现场而感到惭愧。接下来如果有任何我能帮上忙的事，请大家尽管安排……"

梁兵摆摆手："你刚刚调来不熟悉情况，帮不上忙。保安可能不认识，也没有打你电话，不必自责。还是请其他人也说说吧，莫青有没有什么补充？"

其他人？除了莫青就是自己了。苏恒下意识地挺直了后背。

莫青神色凝重，缓缓说道："我亲临了现场，也大受震撼，可以说是受到了刺激。往常在电视上、电影里见的画面当时就在我面前……"他简单描述了大雨中的救援，但及时收住话题，避免煽情。其间特意地向梁兵看了两次，后者神色如常，隐藏在金丝眼镜后的双眼是眯缝的，既集中着注意力，也避免被人看穿。莫青顿了顿，继续说："让我感动的是员工们在危急关头互相帮助、互相考虑，王向东、张松、任文等同志不顾风雨、尽心尽责，一切为了救人、为了顾全大局，最终……我相信没给老板捅娄子……"

"哪里会捅娄子。"梁兵插话，难得地露出笑意。

莫青点点头，继续说："伤员已安顿好，我们也取得了王浩家属的谅解；省公司及南浦市舆论方面由梁总亲自沟通，目前没有舆情危机。那么，我个人现在非常关注一件事，就是宿舍楼盖起来还不到6年,为什么会塌了一半？这也是今天早上到单位后，听到同事们议论最多的，应该也是在座的每位心里最大的疑问。那么也请组织调查并公开给出结果。"

梁兵点点头，在本子上记了点什么。

苏恒早在心里翻起白眼：莫青这家伙又表现起来了。这两天的事情谁不知道？让你补充几句，你还当回事了。不过，莫青的长篇大论也给了他充分的时间组织语言。现在，他要发表一些不同意见："我不完全同意莫青的看法。宿舍楼坍塌跟盖起来多少年没关系吧？你看，这两年雨水大，咱南浦又是新区，很多地方早就下陷，地基松垮了，这几日连续暴雨，宿舍楼难免受影响。"

"我提醒你一下，苏恒，这不是简单的受影响，而是塌了，还砸伤了人！鉴定结果没有出来之前，我们都不要轻易下结论。"梁兵面露愠色，截住了他的话。

苏恒讪讪地点点头，把刚刚准备好的、惹人眼泪的演讲稿憋回肚子里，不再说话。

梁兵环视了会场一圈，目光在众人关注中逐一停留，然后说："现在我讲几句。宿舍楼坍塌砸伤人这件事，无论最后查明的原因是什么，我都是有责任的。作为安全管理第一责任人，作为南浦分公司一把手，出了任何事我都有责任，都要负责！"

他停顿片刻，然后举起手中的签字笔在空中逐一掠过每个人的脑袋，笼统地画了一圈，说："你们……你们其中任何一个人出了事，我也是有责任的。我们是一个集体，至少在我没有正式调走前，我们还是一个团队，所有人的力气要往一处用！"

众人连忙点头，纷纷在记录本上写了起来。

梁兵留了足足半分钟供大家记录，然后，用力拍了拍桌子，提高了音量："开完会，也请各位反思反思，是不是有不顾组织利益的举动。不仅限于宿舍楼这件事。有，则改之；无，则加勉。"

这一阶段的发言结束。梁兵喝了两口水，继续说。先讲10点半大家一起出发去医院慰问，跟着自然就谈到了具体工作中的责任意识和为职工服务的心态问题，提出了几点自我检查的要求。谈完了要求，又回头谈原因。进而要求每个人都加强风险意识。顺着这个话头，又提出今天下午要以扩大会议的形式开个会，相关人员都要深刻反省，充分进行批评和自我批评，这就不免又提及上个月的大门口拉横幅静坐事件。显然，他希望在下午的扩大会议上听到关于这件事的批评与自我批评。最后传达了集团检查组下午抵达的消息，要求各个副总带好自己的队伍，配合工作。

"梁总，按说您调走应该是审计组来做例行审计啊，怎么是集团检查组来？"苏恒不明就里，试探地问。

梁兵并不看他，起身收拾着自己的文件，简短平静地吐出两个字："你猜。"

旁边的程伟赶紧起身拉开了梁兵的椅子，让他得以大步流星地潇洒离开。椅子划过地板发出沉闷的响动，掩盖了莫青和柳琳轻笑的声音。

8月8日上午10点钟，离出发慰问还有半个小时，几位领导各自回到自己的办公室，程伟则去大门口寻人，执行一个秘密计划。

几名戴着安全帽的技术人员正在修复视频监控线路，程伟过来时，水建三正对着在梯子上忙碌的技术员背诵梁兵的要求："今天务必全部恢复！如果实在有困难，就先保证大院门口和办公楼的。不能给安全生产保障留口子……"

"水主任，10点半去医院慰问，你记得安排好一辆七座车，把慰问品提前放好。"程伟大声说。

水建三点点头，又冲扶梯子的技术员喊了一句："干完活拍照片给我！"便跟上程伟往回走。

走了两步,程伟突然想起了一件要紧事,提醒他:"梁总刚刚说最近要安全大检查,各个角落都不能放过,下午开完集团扩大会议先从领导办公室排查。我估计到时候要拍照片或者视频做宣传。你最好交代任文一声。早上她没来开会,应该还不知道。"

"哦!好的好的,谢谢提醒。任文好像说有事请假了,我等会儿电话她安排一下。"说着说着,一拍大腿:"哎呀!我,我先上楼了,忙了一个上午,耽误处理很多事情……"

望着水建三远去的小碎步,程伟嘴角露出了一丝不易觉察的微笑,他转身回到大门口,找到维修负责人,转达了梁总的最新交办:"6楼是领导办公室,走廊两头各有一个摄像头,先用临时线路恢复起来,现在就测试看看。"

那位负责人非常理解地点点头:"没问题。你们单位我熟,这都是我亲自装的……6楼还有几个会议室对不对?人来人往的也多,有动态画面,确实方便测试。既然领导开了口,不怕被摄像头研究,那我们现在就搭通临时线路。放心,放心!"

苏恒在梁兵那找了不愉快,愤愤地回到自己办公室,连抽了两根烟,又在大沙发上坐了好一会儿才觉得心里舒坦了些。现在脑子也不热了,意识到应该先给姐夫曾劲松通个信儿,说说集团检查组要来的事。他刚当副总两年,虽然还没直接跟集团检查组打过交道,之前最多是配合提供些资料,但多少也算知道些。这集团检查组一来,最少翻5年的"旧案",谁都不得消停。而曾劲松4年半前才调走,那么,于情于理都必须跟他提个醒。

正在编辑微信的时候,门被推开了,水建三傻愣愣地站在门口。他刚刚只想着要在安全大检查前赶紧把那台GPS撤出来。梁兵可是说干就干的人。但显然没想到屋里有人。

两个人四目相对,苏恒的手还在下意识地敲着手机,一时间忘了发问。水建三支支吾吾地先解释起来:"苏总,我……不,是刚刚维修视频监控,看到您办公室没关门,怕丢了东西,我就,就……"苏恒先是点点头,又觉得哪里不对，疑惑道："那你慌什么？叫办公室的人来关不就行了。全南浦就你一个人干活？天天大事靠不上，净操心些什么鸡毛蒜皮……"

水建三擦着脑门上的汗，还想解释，这时程伟过来了，给他解了围。他是来叫苏恒的，说刚刚开会时梁总忘了交代一件事，现在请几位副总去他办公室一趟。苏恒白了水建三一眼，骂骂咧咧地带上门，跟着程伟过去了。

水建三眼瞅着苏恒进了梁兵办公室的门，看了看四下无人，便轻手轻脚地进了苏恒的办公室，关上了门，钻到桌子底下，摸索着把键盘盒子向外推开，看到了紧贴在桌面下的 GPS 小盒子，伸手一拔，顺带着把电源线也一起薅了出来。水建三这才松了口气，一翻身坐在桌子底下，就地销赃。他用电源线把小盒子缠好，掂量掂量分量，又伸手从前面茶几上抽了张纸巾，包好了塞进口袋。正准备爬起来，又想到桌子下面还留着白色的 3M 双面胶，万一被那些心比针尖儿还细的安全检查员发现，是肯定能查出个子丑寅卯来的。于是，他又钻回桌子下，摸索着去抠双面胶。

苏恒刚在梁兵办公室坐定，就发现自己跟大家不同——没带本子！梁兵不耐烦地白了他一眼，说："不着急。"苏恒赶紧起身，连说两句抱歉，匆匆往办公室跑。这次，轮到他愣住了。推开办公室的门，水建三的大屁股撅在他面前，屁股的主人正在他办公桌下忙活。

"敢暗算我？！"苏恒的火气夹带着些许不安腾地蹿了上来。他上前一步扯住水建三的裤腰带，将这个还没来得及转过身子、正连声解释的阴谋家拖了出来，直接推到门口，大声呵斥："你小子又作什么妖？！"

水建三辩解道自己是看到了一只老鼠，在捉老鼠。说着话，两只手还不停忙活。一只努力地捂着口袋，另一只则想悄摸摸地把掉出来的电源头藏起来。程伟闻声而来，身后两步远是梁兵和莫青。程伟上前一步捡起电源头递还给水建三，说："打架可不应该啊，看看东西都掉了。有事情跟苏总说清楚就好，快起来！"

水建三捂住口袋的那只手不敢松，另一只胳膊又被试图搀扶他起来的程伟抓得紧紧的，动弹不得。电源头就被苏恒一把夺了过去。

"呵！什么好东西？从我办公室偷的？偷什么不好，偷个电源？你缺……"苏恒冷嘲热讽地说了一半，在围观者凝重的目光里，开始发觉出事情不对。这个电源头有别于其他电子产品。他定睛看了看，恼怒地把刚刚站稳的水建三扯了过来，伸手去掏那只鼓囊囊的口袋，答案立刻呈现在众人面前。

怒气冲冲的苏恒举着拳头，分分钟都会砸在水建三头上。水建三紧张地抱着头，试图往程伟身后躲，程伟则借拉架的时机后退半步站到墙根儿，没给保护他的空间。

莫青上前一步劝解道："先别动手，先研究清楚这是个什么东西。"然后从苏恒手里抠出来，自己稍微看了看，摇摇头，便递给梁兵。

梁兵看了一眼，也是一副不明所以的表情，又递给程伟："查查。"

程伟打开手机，先拍了个照片，一通搜索后，把屏幕举到众人面前。

大家看到一个类似的商品，左上方用大大的黑体字写着：GPS定位仪（跟踪/窃听）。

水建三的脸早已憋得通红，汗水大颗大颗地滴下来，哆嗦着张了张嘴，却说不出一个字。

"刚刚进我办公室就是装这个吧？！"苏恒推搡了他一下。

"苏总，先别生气。您这个看起来有灰尘，不像刚刚装的。不如先看看里面的内容，这个商品说明页有用法……"程伟说。

梁兵咳嗽了一声，说："差不多要去医院了，慰问的事大。这样吧，程伟你陪着苏总和水主任研究下这个东西，莫青和柳琳跟我去医院慰问吧。"

说完，带着莫青走了。

苏恒死死地盯着水建三，程伟则盯着苏恒——随时准备拉架。对峙了大约半分钟，苏恒喘着粗气回到办公室，程伟跟着进来，喊水建三也进来，水建三却一步也动不了，或者是不敢动。他的假发都已贴在了头皮上，衣服也汗湿明显，脸上的恐惧多过紧张，整个人狼狈不堪。他万万没有想到，周一刚上班就面临着如此困局，进而想起昨天二舅的电话，更是后悔万分。又在门口哆嗦了一会儿,直到程伟出来拉他,才像鹌鹑似的小步挪进了苏恒的办公室,等候发落。

18

水建三表情麻木地瘫在长沙发的中间，苏恒和程伟分别坐在两头的单人位上。他们望着水建三，没说话。苏恒倒是有话说的，但说不出口。太丢人了！斗争了好一会儿，他起身反锁了身后那扇门。今天是周一，大家都知道老板们早上事情多，门是不会被敲开的，也就意味着水建三想找借口溜走都没可能。

程伟拧开一瓶纯净水，放到水建三面前，问："水主任，我刚刚查了，这台设备放在领导办公室只有一个功能——窃听。我看你也不想狡辩。不如让我们看看你手机里的后台软件，如果根本听不清楚，也就没啥事了不是？苏总会酌情原谅你。"

苏恒听到这话，不满意地瞪了他一眼，又侧过脸，恶狠狠地盯着水建三，仿佛要把他那颗心挖出来看个究竟。

水建三头上的汗不停滑落，还是不说话，也不交手机。苏恒失去了耐心，上前一步把他拖起来，骂骂咧咧地准备搜身抢手机。长沙发靠背上留下了一个人形的水印儿，水建三努力地想钻回印子里，但被死死地拉扯着。他想呼救，又发觉是徒劳，差点急哭了。这时，程伟伸了手，把已露出水建三口袋的手机抽了出来。苏恒这才松开手，水建三又瘫回到沙发上，并艰难地给手机解了锁。

手机里果然有个同名 APP。打开之后，一串录音列表赫然映入眼帘。录音是按日期命名的，从去年 12 月份到上个月某天并不连续，也没有什么规律，时长也各有不同。苏恒憋着气，胖手指在屏幕上划拉了几遍，选中了一条他认为当天没啥要紧事的来听。录音不算清晰，勉强可辨别出先有一阵开门关门声，接着是一阵窸窸窣窣声，然后传出来他打电话的声音，忽远忽近。

听了一两句，苏恒果断关闭了这段录音，又挑了一段。这段是看着手机日历挑的，选了某个周一例会后。点开录音又是一阵开门关门声，苏恒气得直喘，脸涨得通红，活像一只熟透的苹果。他把手机凑到耳边独自听完了那段超过两分钟的录音，然后把手机丢回到水建三怀里，冷笑道："你就为了录这些？说说吧，有什么目的？"

程伟插话："苏总，这两段录音都是从您进门开始的，看起来水主任很关心您啊，看到您回办公室，就开始监听了……"

苏恒刚刚也觉出来了，只是被人监视监听太伤自尊，单单想象一下水建三偷听自己时的奸笑都浑身发抖。他无视程伟的提醒，继续集中火力对付水建三："这些年我是怎么对你的？帮过你多少次？要不是我，你早就被撸了十回八回了。吃里爬外的东西！还有你二舅，他跟老曾总什么关系，老曾总跟我什么关系，还用再给你捋一捋吗？你这是给你舅拆台。我们到底哪个得罪你了！"

他这番话颇讲道理，不过又被程伟打断了："苏总，我看不至于。他这么做一定是有人授意，可能还受到了威胁，我们还是先听听他怎么说吧。"

"威胁？授意？"苏恒把脸转向程伟，在颇有暗示意味的眼神中稍作思索，起身抓起水建三的衣领，猛地把他摔到沙发那头。如果不是程伟伸出手拉住，那颗淌着汗的脑袋恐怕就要磕在后墙上了。那将会是另一个结果。

苏恒逼近水建三，撸起袖子要揍他，嘴里说着："快说！是自己干的，还是有人授意？是不是联合你二舅窃取我们企业的机密？说实话！"

另一个耳朵里，程伟和气地提醒水建三："你快说吧。真要是窃取国内五百强大企业机密，可是要坐牢的……"

这话把水建三吓得一激灵，连忙把捂着脑袋的手腾了出来，在空中慌乱地摆着："我说，我说，我都交代……"

看到苏恒把手机放在茶几上调出了录音功能，程伟也借着笔记本的掩饰，悄悄打开了自己的手机。

按照水建三的说法，窃听苏恒并不是二舅的授意，也不是为了什么明确的目的，就是看苏恒看在二舅的分上一次次帮自己，慢慢有些厌倦了，进而怕自己没有后台真会被撸掉，就考虑不如拿住一些把柄。

这话说得很流畅，似乎打过草稿，苏恒不信，程伟也不信。两人对视了一下，一个起身拿了张打印纸，一个掏出了夹在笔记本里的签字笔，一齐递到水建三面前。苏恒阴笑着说：“如果刚刚说的都是实话，那就写下来，签字画押。集团检查组下午就到了，我们也好拿过去请专家鉴定鉴定……”

水建三不肯写。程伟不失时机地提醒他：“我看着 GPS 装了大半年了，原因是不是也记不清了？不如你回忆回忆，挑重点的说，特别是其中被你拿去利用的……还是那个道理。如果事情不大，也就算了嘛，是不是。"

苏恒不同意了，瞪了他一眼，说：“你别说话。无论这里面的东西有没有用，都不能算。窃听我？！老子能让你在南投整个集团都混不下去！”

程伟还是坚持说：“苏总，您别吓唬他，这个事情搞大了对您的名声也不好，是不是……"

苏恒愣了一下，旁边的水建三倒是机灵，贼溜溜的眼睛里突然闪了光。他稍微挪动挪动，坐得端正了些，清了清嗓子，坦白起来：“那我从头说。我是曾总提拔的，非常感谢他，也非常感谢苏总平时对我的帮助。但是后来几任领导跟我二舅就没什么来往了……"

"这点不用解释，你也不知道当时的情况，直接说你自己干的事！"苏恒听到他要讲历史恩怨，马上按断了手机录音。

水建三觉得主动权又往自己这边倾斜了一点，声音大了一度，继续说："所以，我就想着如果多少知道点你和曾总考虑的事情，也好跟得上领导的步伐。"

"是抓住点把柄，也好日后威胁吧！"苏恒冷冷地说，然后又点开手机录音。水建三支支吾吾地肯定了，接着就辩白说实在没听到有用的，而且自己很快就发现这么干意义不大，就没有坚持听。只是在看到苏恒可能会打重要电话或者训斥下属时才听一听，这就是为什么很多录音都是从进屋开始……

苏恒听他坦白的同时，也在回忆自己有没有不能被听到的事。最先回顾的就是跟曾劲松的电话，倒是不会有问题。曾劲松非常反感在电话里讲太多事，向来谨慎。接着又回忆起训斥下属的事，也都没啥大问题。他虽然爱骂人，但最多是脏话多些，并没有什么毁三观的论调，更没有像姐夫那样有任何潜规则女下属的举动。想着想着，心就宽了些，表情也舒缓了。

水建三在强烈的求生欲之下，不失时机地主动要求没收自己的手机或者拷贝走全部录音，以证清白。

苏恒确实怕事情闹大，怎么说他都是最丢人的，几乎就要点头同意了，旁边的程伟却还有意见。他拿过手机录音，翻出来最长的录音，指着8分32秒的数字问他："这是听什么，这么感兴趣？"这是他酒驾后最近的一条长录音。他本可以不提，但毕竟舍不着孩子套不着狼。

苏恒直接把录音点开，凑在了自己耳朵上，听了半分钟就放下了，对程伟说："哦，是春节前帮你处理的那个事情。那把这段删掉就行了。"

程伟恍然大悟似的点点头，转向水建三，竟在他脸上看到了笑，是心术不正的那种邪笑，让人心里发毛。

"你笑什么？"苏恒先问了出来。

水建三此刻已经完全不胆怯了，他笑嘻嘻地坦言："我听到了苏总打电话给交管局，让处理梁总的车违法的事，说是酒驾。你们放心，这件事我就是听听，绝对会保密。只要他不撸掉我……"

"言外之意就是你还想威胁梁总？"苏恒笑道。

"不止。苏总，你想啊，是您帮忙摆平的，他这是威胁梁总和您两个人呢。"程伟又来补刀。

苏恒不笑了，也不说话。他把录音一条条传到自己手机上，又把水建三的手机恢复了出厂设置，然后，提溜着这台功成身退的手机在茶几上转圈，看架势随时要把它砸出窗户。紧张的气氛约莫持续了半分钟，那手机还是逃过一劫，最终砸向了水建三的胖肚子。

随后，苏恒站起来，走到门口，打开门，整个过程脸色阴沉、一言不发。水建三赶紧抱起手机，夺门而去。

水建三被审问时，曾广财也正被建工集团纪委谈话，这舅甥俩倒是有些血脉相连的缘分在的。9 点到的谈话室，曾广财坚持自己是清白的，义正词严地抗争到底。直到 10 点多才弄明白要调查自己的并不是建工集团，而是南浦市地方检察院，瞬间蔫了下去。

其实，建工集团纪委在谈话前就已经掌握了主要情况。

集团纪委的佟主任和书记员小张都是曾广财的老熟人了，在纪检工作上他们与办公室主任属于上下游。此时，曾广财却觉得这两人仿佛被奇怪的力量操控了。和气的笑容不见了，熟悉的声音僵硬了，口吻都死板起来。这让他感到格外陌生，既陌生又难堪。

佟主任缓缓开了口。先说明没有直接送他去检察院是组织上给他一个自我救赎的机会，希望他坦白从宽，组织将在合理范围内尽量给他提供支持；接着，问出了第一个问题："南投集团南浦分公司宿舍楼的事你知道多少？都说说吧。"

知道多少？谁不知道那楼当初是他的团队负责盖的，明知故问！曾广财很不屑。他清了清喉咙，抓起面前的瓶装水喝了一口，准备背诵从昨晚接到谈话通知时就开始准备的说辞。不过，第一次作为被调查人面对集团领导，他仍是紧张的。这紧张多半源自心虚。他的说辞是避重就轻的，组织上万一不买单呢？但对组织的态度，他仍然保持着一定的乐观。南投集团年底前要完成 IPO，以自己多年的职场经验判断，他们会把塌楼的事压下去，建工集团也乐得不必惹火上身。按照这个大方向，自己虽险但必将无忧。

曾广财又喝了口水，用平静如常的语气陈述起来："佟主任好，张主管好，周末发生了雨水冲垮宿舍楼地基导致人员受伤的事我已了解。那栋宿舍楼是 2010 年动土起建的，2011 年 3 月完工，到今天刚好 5 年半，是咱们公司盖的，当时对接人就是我。记得南投集团南浦分公司是 2009 年年底成立的，曾劲松是第一任总经理，是他主动找的我。他说咱们公司信誉好，我跟的项目也多，能给些建议，就带我去看看他们门口那块小空地能盖个什么样的宿舍楼。他们招投标，我们理所当然就……这不难理解，对吧？"

小张噼里啪啦的敲字声暂停了，从笔记本电脑后探出头，问道："刚刚说曾劲松找的你，这栋楼也公开招投标了，那么招投标过程中我们对比其他竞争者的优势是什么？请您回忆并如实说明。"

曾广财倒是没想到纪检的同志这么懂行，居然要问专业的东西。这话得谨慎着应对，否则，一句话不严谨，就可能抖搂出来太多幕后的利益瓜葛。他大大咧咧地挥挥手，继续避重就轻："唉！说起来，那个时候的南浦新区你们没见过——一片荒芜啊！曾劲松可是来开疆拓土的，他们的宿舍楼项目急需上马。他找我这个老朋友，我们还能坑他吗？再说，他们是做信息技术的，当时我就感觉到大家合作空间很大——我们盖房子，他们给房子信息化。对了，智能家居听说过吧？现在炒得那么火，都是要靠他们的业务承载的……所以我们中这个项目毫无意外嘛。"

佟主任咳嗽了一声，示意小张不用再追问，然后提了一个看似绕远了的问题："刚刚你说的我们也会请南投那边帮忙核实。你提到你们二人是老朋友，又说他们是家新公司，你们是之前就认识？你们是否存在宿舍楼项目之外的个人往来？"

"商务往来多，个人来往自然有，这是常情，不然那么多项目都是天上掉下来的吗？还不是靠我们挨个公关……当然，院子里种点树啊，公司饭堂扩建，洗手间改建，等等，他来第一年搞了很多小事情，不用招投标。他们放心咱们公司的质量，项目都给了咱们公司，也是自然。你一定要问个人来往的话，那逢年过节一起喝喝酒吃个饭肯定是有的，我报销的账目都是符合公司规定的。你们可以去查。"

小张接过话："请问您在取得那些小项目后，有无以一定的方式回馈曾劲松？或者，我说得直白些，曾主任不要介意。南投集团南浦分公司刚建成，未来一定有更多合作空间，那你是否为获得持续的合作向曾劲松输送过利益？"

果然直白。曾广财看着小张的脸，仿佛看着"坦白从宽，抗拒从严"的大标语，心里也有些顿悟了：纪委已经了解到他做过这种事。不过，到底知道多少？是只知道他送过一些文玩首饰、购物卡券，还是连那套房都掌握了？

曾广财一时找不到合适的说法。

佟主任看了看无话可说的曾广财，给他指了条路："这个问题你也可以不回答，检察院的同志已经到了，这属于他们的询问范围，我们聊点别的。"

小张挪动着鼠标，应该是在已列定的提纲上往下搜寻问题，很快就抛出了曾广财已打好草稿的第二个话题，他问："宿舍楼鉴定的事也是你帮南投安排的，可是鉴定房屋质量并不在我们业务范围内，也请说说情况。"

曾广财挠挠头，一副无奈的模样："唉，都是我那个不争气的外甥，他们领导一说要在雨季前完成鉴定，他就赶紧去找市政府挂号，谁知道要排到一个月以后了。那肯定不行！刚好我在房屋质量检测部门有熟人，就帮他打了个招呼。算是插了个队，倒说不上是我安排的。"

佟主任点点头，却说："你还不知道吧？检察院找上我们就是因为这件事。如果真是按你说的只是插个队而已，倒是不至于这么兴师动众。你要不要再想想跟你那个朋友沟通的细节，看漏了什么。"

曾广财又愣住了，在心里直骂水建三：昨天不是统一口径了吗？这么快就惹上检察院了？

他只得苦笑着连连摇头："我真的就是发了个微信，让他照顾下这个事情。对了，微信内容还在……"

小张起身，接过曾广财递来的手机，把相关的聊天截图下来，转发到自己的电脑上。佟主任也浏览了几遍，除了看出那人对曾广财唯唯诺诺外，确实没发现其他问题。接下来就不能再问了，因为无论真相是什么，组织都不便于直接面对。一则，避免袒护嫌疑；二则，鉴定中心毕竟是市政府下级单位，得罪不起，得要等他们那边的风向。就让检察院去调查吧。

佟主任笑笑，说："我们相信你能为自己的话负责，等小张打印出来你签个字。然后还得辛苦一下，跟检察院的同志过去再走一遍流程……"

曾广财急了："喂，喂喂。不是说组织要帮我吗？这样算是问完了，就把我扔给检察院了？有点过分吧！"

佟主任已经走到了门口，听到这话便定住了脚，思量了片刻，又走回来，拉了把椅子坐到他面前,先是无能为力地长长叹了口气,才说:"也应该让你知道,检测部那边根本没有鉴定报告的电子记录。他们判断你那个好兄弟自己做了个鉴定结果,寻着机会拿去盖了章,就给南投了……"

千算万算,都没算到有这么一出。曾广财气得直跺脚:"唉!这个蠢货!我就是让他快点,没让他投机取巧啊!唉!现在可怎么好,我怎么说得清啊!"

这时,两位检察官出现在门口。他们看了看曾广财,又彼此商量了两句,确认要拘传的对象后,其中一人摊开手里的文件夹,读了起来:"南浦市地方检察院接到市房屋质量检测中心举报:该中心办事员杨卓涉嫌伪造南投集团南浦分公司宿舍楼鉴定文书……现已立案。根据杨卓的供述,曾广财有怂恿、配合的嫌疑……请跟我们走一趟。"

这样一来,水建三从苏恒办公室逃出来,要找二舅哭诉时,得到的是他二舅已被检察院拘传的消息。

19

10 点半，南浦慰问团队集结完毕。梁兵上了车才发现开车的是王向东，带着些不悦的虚假热情问："今天怎么劳烦东哥开车，你都忙了一个周末了。司机呢？"

王向东从驾驶座扭过头来，带着往常那种简单的笑，礼貌地说："梁总奔波了几天才是辛苦，我当一次司机不算什么，哈哈。"这个时候莫青和柳琳也在后排落了座，莫青插话道："梁总，是我让东哥来开车的。他准备了好些慰问品，早上咱也没时间挑，不如到了现场让东哥介绍介绍规格，您直接定了，我们拿上去……"

梁兵呵呵一笑，算是认同。

南浦慰问团抵达王浩病房时，任文正在被几个年轻人围着聊天，原来省公司也来慰问了。看到带头的是省公司团委书记牛二丫，梁兵脸上掠过一丝不易觉察的愠色，转脸跟王浩父母寒暄起来。王浩已大见好转，他倚靠在床上向领导们轻轻地挥了挥手，脸上挂着率真的笑。

牛二丫带着两个省公司骨干过来，说着真巧之类的话。话是对着梁兵说的，梁兵只笑不答，莫青赶紧接上："哎哟，这不是咱南浦走出来的大美女，不，大才子二丫书记嘛！怎么也不打声招呼，果然是自己娘家不用客气。"

牛二丫大大方方地说："这不一大早刚到单位就被大老板赶出来了，让我们赶紧来慰问伤员。我也是，出发太急了，路上才想起来给水主任个信儿，他也没回复。现在才知道，原来是直接请了梁总来，我差点误会他。哈哈。对了，老板还让我们准备了给王浩的表彰奖励，就是还没做好，过几天我再跑一趟……"

"我们班子定的就是这个时间慰问。任文，水建三不在，你也不提前知会我们一声？"梁兵完全不接牛二丫的话，直接批评起任文来。

任文正在王浩床边儿摆椅子，冷不丁听到梁兵的责问，脱口而出："牛书记刚刚到的时候我才知道，听说通知了水主任，我就没留心了。"

"下不为例。前天就交代你是总管，宿舍楼的事——无论是慰问还是宣传，我们都听你汇报，怎么这么不主动呢。"梁兵声音平和地说着完全不留情面的话，任文感到惊慌，可分明又有些开心，忙不迭地点着头，迎一众人坐下。

在推让之中，梁兵把王浩父母按坐在椅子上，自己并不坐，又叫人把多余的椅子也撤走。他先是跟王浩简单聊了几句，又像想到了什么似的，突然对牛二丫说："省公司的工作你就找任大小姐就行了！"说罢，爽朗地笑了笑。

梁兵从来没有这么称呼过自己，倒是莫青等熟悉的人常常这么叫。任文喜滋滋地说："梁总放心，我跟二丫是一起分到南浦的，实习的时候就经常一起逛街吃喝，可熟了。"梁兵满意地笑笑，撩起西服的下摆，斜坐在床边，细细问起王浩的情况来。

说话间，王向东带着牛二丫手下的两个团员把慰问品也一一陈列好了。莫青搜寻到任文的目光后，用眼神儿告诉她找角度拍照，随即自己也从靠外的位置挪到了梁兵侧后方，认真地听起他的讲话来。任文熟练地举着手机，变换着角度把远景、近景、特写统统拍了一遍。

估摸着该拍的角度都拍完了，莫青把任文叫了出来，督促她去看医生。打发走任文，莫青又把王向东叫出来，交代他顶上任文的空缺。王向东乐呵呵地说："这是自然，我们几个人平常都习惯了互相补位。"

这话给了莫青一个机会。他欣慰地望着这位老同志，连哄带夸地把早上安排车时没来得及说的话都讲了一遍。王向东可不吃他这一套，一直摇头，说这把年纪了，他只求按时上下班、事少电话少，又一次委婉地拒绝了领导画的饼。两个聪明人讲话很简单——点到为止。莫青不再勉强，两人笑呵呵地彼此拱拱手，回到病房里各司其职去了。

医生跟任文很熟了，说她并没有吃药的必要，这些天多注意休养就好。只象征性地开了点补养药。不到20分钟，任文就拿着药回到慰问现场，确保莫青瞄见那些药了，才统统塞到包里。不出意外的话，它们会被丢到离病房最近的那个垃圾桶里。

慰问在11点半结束。梁兵看看时间，说迎检工作繁忙，就不请牛二丫回单位坐坐了，并安排柳琳和任文两位女同志陪她在外面用餐。牛二丫爽快地答应了。不过，柳琳并不想作陪。

她在住院部一楼大厅追上梁兵，解释说自己刚来不久，很多工作不熟悉，为了不给检查工作添不必要的麻烦，得趁中午休息好好补补南浦工作方面的课。梁兵想都没想就同意了她一起回单位。

柳琳工作热情高是一回事，不想跟任文一起作陪才是重点。这还要从春节前那顿要客答谢宴说起。

每年年底办酒宴答谢中小客户，或是单独宴请大客户的关键人物，是南投集团的又一传统，且配套有充足的经费。那天请的是建工集团南浦的关键人物、新到任不久的一把手何文锋，任文记得很清楚，柳琳记得更清楚——那是她老公。

级别越高、规模越小，何文锋带着两个下属来赴的这场酒宴统共6人，双方各3人。南投这边是梁兵带着莫青和任文。实际上，两家公司的合作业务多在苏恒的责任范围，但出于某些不可言传的历史原因，梁兵才是真正的直接负责人。越过了苏恒，这就让后者不需要来，也不能来。为显示对客人的重视、规格高，便带上了莫青。再者，何文锋跟水建三的二舅当年的竞争，江湖上人尽皆知，现在两人成了上下级，也就不好按例安排水建三参与。于是，任文也终于得到了一次参加高规格接待的机会。

酒宴安排在本市郊区一个隐蔽且精致的餐厅，酒店部长跟莫青很熟，三两下就点好了菜。实际上这帮领导都是常客。任文坐在靠门口的位置，主要陪着对方一个女同志，也时刻留着一只眼睛照看全场，随时支应酒水。

莫青跟梁兵打着配合，谈论起过去一年双方的默契合作，好似历历在目。宴会气氛始终热烈，聊得愉快，吃得也开心。双方你来我往，推杯换盏，说笑间就规划好了新一年的合作蓝图。很快，何文锋就喝高了。

喝高了的何文锋眼神儿迷离起来，指着任文道："这么优秀的小姑娘，我注意你很久了，很不错！梁总怎么还不提拔你当办公室主任啊？"

任文酒量可不错，刚刚两轮都是喝白的，喝了约莫二两，却被梁兵劝住了。现在她拿着红酒杯站了起来，装出五分醉意："何总过奖了！我还有很多要跟着梁总学习的地方，今天很高兴认识何总这样的精英人士。敬您一杯。"

说着，端了半杯红酒就走了过来，中间还摇晃了两下。何文锋却不举杯，看任文走近，便一把推过左手边的莫青，腾出半个座位来。他拍拍椅背，要任文坐下来。莫青带着七分醉意识趣儿地又往一旁挪了挪，把他和何文锋之间的空间腾大些。两个人就挤在了同一把椅子上。莫青借着挪自己餐具的时机在她耳边低声说："保持清醒。"

何文锋伸出了手，却不是端杯，而是一把拉过任文空着的那只手，按在自己的膝盖上。任文的耳朵里"嗡"的一声，紧张感席卷全身，一动也不敢动。何文锋盯着她，不断地喷出浓重的酒气，让她连呼吸也不敢，努力地闭着气。何文锋像是看出了她的不安，笑了笑，转脸对另一边的梁兵说："老梁啊，你可不能这么对待人才啊！"

梁兵神色自若地看了一眼任文，说着"既然何总说要提拔，那就一定得提拔"之类的话。何文锋这才端起了酒杯，松开了拉住她的手，却又要拦腰搂上去。任文借口要喝酒，赶紧站起来，却被他按回来。现在，何文锋也不搂腰了，改去捋她的头发。这个举动着实吓到了任文，斜对面的梁兵也不安地睁大了眼睛，后面的莫青更是连呼吸都变了。

现在，只有硬撑过去了。任文努力地挤出一个微笑，抬头望着对方带来的两个人，他们竟是一副见怪不怪的模样，甚至还没停下手中的筷子。梁兵和何文锋又开始聊当领导太难的话题。似乎除了自己，这个酒宴上并没有哪里不对——自己才是唯一不对的那个人。这时，莫青在她身后低声说："等我信号就撤。"

说完，莫青站了起来，伸手把远处的扎壶端过来，递给任文，大声说："快给何总倒酒，这么点酒怎么够意思。"任文心领神会，赶紧去接。她本来就只勉强坐在椅子边儿上，现在没了莫青的平衡，刚动一下就滑落下来，跌倒在地上,手里的红酒也洒了不少。场面突然慌乱起来,梁兵在大声责问她不小心,莫青忙着扶她,对方两个人也围过来问她有没有摔伤,要不要去医院……

很快,任文被簇拥到了门外。她没有任何伤,红酒也只是在袖口留下了一点点印记。莫青打发了其他人,自己留下来,屋子里立刻又传来推杯换盏声。

莫青气呼呼地围着她转了一圈,确认没伤着,接着又责怪她跟来接待。任文心悸未平,生气地低吼道:"我要知道他是什么人才不会来!还不是你们安排的!还有,你刚刚差点没摔死我……"

"我尽力了。你今天如果发脾气,不仅会破坏了大局,梁总也一定会生气。我看你应付不来这种货色,以后小范围应酬你可不要来。"

"我破坏大局?我还成了罪人了?"任文气恼地抱怨。

莫青冷冷地看着她:"你要往上爬是不是?这就是现实!这就是一个办公室主任的日常。你不是号称八面玲珑吗?怎么应付不来呢?好好问问自己能不能,愿不愿意!"

无可否认,无论你是不是那种人,愿不愿意当那种人,一个单身且年轻漂亮的女员工一旦坐上办公室主任的位置,就将自带标签、自带人设。莫青在短短的几分钟里似乎看到了今后无数的危险,从此便对她当办公室主任的想法持了"三不"态度——不支持、不反对、不鼓励。

而当时的任文还未能理解那么深刻。在她看来,那只是个偶然事件。办公室主任还有很多其他职责,不是吗?

面对莫青的提醒,她只是沉默。沉默之后,仍然义无反顾地努力着。她的父亲当了多年高中校长,常与政客要人往来,并不是这样。她相信这个世界终究是正直的人更多、美好的事更多,公平、正义、良善才是主流。

酒桌上的事本也不必当真,但是何文锋当时带来的女下属显然唯恐天下不乱——告诉了何文锋的老婆柳琳。柳琳之前在南投集团东南省公司财务部门,何文锋去年从建工集团副总裁的位置调到南浦兼任一把手后,两个人就成了异地分居，后来还是梁兵打了报告，给自己设了个可有可无的助理岗位，才把柳琳调到南浦。这也是在酒局上谈定的。

多年前，按照集团缩减层级的要求，东南省公司就把总经理助理剔除出了标准组织架构体系。梁兵是拿着跟建工集团1个亿的合作机会——未来一年的宏伟蓝图，打了多次报告，柳琳才得以在2016年4月按正规的选聘流程调任该岗位。总经理助理听起来高级，实际上并无对应的岗位职责，职务上跟程伟一级，但大家都知道她的"后台"，抬了半级，称之为"柳总"。梁兵让她单管客户服务一项，这个工作简单却又烦琐，柳琳算是跨界转行，别的做不来，但是这个可以。而且，正好解脱了他一直要求"该集中精力干大事"的莫青。

柳琳是个正经人，人品端正，平日里待上下级一个样子，在南浦分公司算数得上的亲善又好相处的领导。她对这个新岗位的一切都很满意，除了要跟那个年轻活泼的任文打交道，其他都不是问题。在工作中也非常认真负责，很敬业。她努力地从工作成果中获得一些精神寄托，聊以慰藉生活中悲戚的自我。

对此，任文其实还有一点更深入的看法。柳琳的敌意并非全部来自酒宴上的事，而是针对她的知情。以何文锋如此作风，一定少不了风流债，柳琳不可能不知道。可她却比别人显得更有幸福感，每天都带着笑，穿着举止也都颇为优雅。那么，她显然是说服了自己——选择忍气吞声地跟何文锋度过此生。现在，任文看穿了她伪饰的幸福，不亚于她被脱光了衣服扔到大街上。她是因为害怕面对真相而讨厌任文，后者让她不得不承认自己的不幸。

这就让任文在厌恶何文锋的同时，对他的太太产生了某种微妙的怜悯，即使她对自己冷眼相看，也从不计较。

20

这个周一上午注定不寻常。曾劲松刚上班就接到老同学蒋为民的电话。这个市委某领导的秘书在帮曾劲松活动进市政府系统这件事上没少出力，前不久领导高升去了省里，他也跟去了。曾劲松看到手机上弹出的名字，就像看到了一尊靠山石，眼里放光。

"为民老弟，这个时候找我一定是有什么好消息啊！"曾劲松边整理笔记本边听电话，又下意识地看看表——距每周一例行的总经理办公室工作会还有15分钟。

蒋为民跟往常一样打着官腔，说："老领导听说你那个南浦公司出了安全事故，让我关心一下。听说当时住着刚入职的新员工，没伤着吧？"

"让老领导费心啦！没事，轻微挫伤，有个还在医院，其他都回去了。我正打算找个时间回去看看。领导有什么指示？我一并把领导的关心带去……"

"事情不大就好。老领导也没什么指示，但是一听孩子说起来就急了。你知道吧？领导的亲侄女——他已故哥哥的女儿，前几年就住过那栋楼，昨天在家里说起来后怕得不行。"蒋为民说到这里，刻意停顿了一下，给曾劲松回忆的时间。

曾劲松确实记得他调走那一年有个新来的大学生，说是市里某个领导的女儿，让他看着办。那小姑娘叫牛二丫，名字土气，长得却水灵漂亮。曾劲松当时就动了心思，要把她调到大客户团队，说是个好苗子，要好好培养，以后在商务会谈上能贡献不小。但又打听了一下，发现这姑娘来头可能不小——她到底是哪个领导的女儿根本问不出来。根据多年工作经验，曾劲松决定还是小心供着，便把她安排到公司负责一些抛头露面的工作，想着把这位"爷"伺候好了，自己的仕途或许又多个依傍。

入职不到1年，牛二丫就被省公司里一个调令调走了，直接安排到省公司办公室,现如今已经是南投集团东南省公司的团委书记了。

曾劲松那个时候才知道她的身份背景。可巧,没过两年自己就勾搭上了牛二丫叔叔的秘书,老同学蒋为民。

"哎呀,是二丫!我记着呢,记着呢。前两天还在电梯里遇到过。孩子真优秀啊!"

这话蒋为民倒不认同了,叹了口气:"唉!优秀个啥呀,天天回来找她叔叔哭。说是当了5年省公司干部了,这工作太熟悉了,闭着眼睛都不会出错!孩子想进步,可又不知道自己今后该怎么样发展,迷茫啊!"

这种来头的人会对自己的前途迷茫?曾劲松当然不信。眼下,小姑娘的前途不就在领导嘴里,正要落在自己耳朵里嘛,必定得帮着铺点路搭个桥。我帮她,你帮我——资源互换、互惠互利。出来混是这个道理。

他又下意识地看看表,热情地说:"懂,懂了!我们向来重视对年轻干部的培养,领导就是不提,二丫也该挪一挪,为组织多挑点担子了。"

蒋为民表示很满意。

会议要开始了,曾劲松有点着急挂电话,眼下又不可能自己拍脑袋想出来一个位置把牛二丫塞进去,就打了马虎眼:"为民啊,我现在正要去开总经办会议,这件事我在会上也会提一下。等会后,不,我们研究后,我给你信儿啊!"

蒋为民不同意,不肯挂电话,传达来更大的压力:"老领导今天早上也有会,可是被北京的老爷子追着办这件事,也是没去开会。我看啊,你也别去开了,赶紧给个意见,要不然那孩子真去找她爷爷告状,可不是咱们能顶住的。"

曾劲松一激灵,这话让他悲喜交加。喜的是领导头上还有领导,他似乎已经看到不远处大树荫蔽下的前途;悲的呢——这显然是在威胁自己,他不喜欢被威胁。然而自己已经上了船,只能为一个娇生惯养的小姑娘在这个超大型企业的人力制度上开道口子了。

见曾劲松没说话,蒋为民提醒道:"反正你过两年就不在南投了,多培养点年轻人，留个好口碑嘛。以后跟老领导成了同僚，说话办事也利索不是？再说了，你们国内五百强大企业不就是干这个的——为国家解决就业问题嘛！"

前面那句连暗示带恐吓，拿他以后往政府发展的仕途说事，曾劲松听得明白。最后这句他却不想买账：国内五百强大企业是为国家解决就业问题，也确实"收编"了一些领导干部的家属，但人家都是找个闲差领份工资，并不会给组织添麻烦，跟眼下这回事可不同！但是又转念一想，也许是自己之前没那么大能量，人家不屑于麻烦到自己身上，便又觉得底气不足，不该有不买账的思想。

想明白了这点，曾劲松连忙答应："刚刚分了下心，发了个会议请假的信息过去，见谅，见谅啊！刚刚说到哪了？哦，二丫要提拔。对！那就安排到下面的分公司去当个科长怎么样？管一管生产、补充下履历，将来好发展啊，组织提拔起来也有个说法。"

蒋为民犹豫了一下，没有同意。这个职务不符合老爷子对孙女的疼爱，官级既小，工作又辛苦。不过，他却不直说，而是谈起另一个问题："管生产这个建议确实好啊，年轻人就是要去吃吃苦。可是啊，这孩子读书的时候就没学过你们那些技术的东西，管不好可怎么办呢？"

"管不好？怎么可能管不好？我们会给她配个能干的副手嘛，一个不够配两个，副手干出来的还不都算二丫的！"

蒋为民只得坦言："老爷子最怕孙女儿吃苦，不然就不会给她安排到你们这里了。"

这就超出了曾劲松一人操办的能力范围，稍微思量后，他还是选择了把心一横，提议道："这样吧！集团刚下了干部队伍年轻化的文件，我们东南省在下个月也有几个副总经理的空缺，正准备组织一次竞聘上岗。二丫就参加这个，直接上副总，也能拉低我们干部队伍的年龄，给集团这份文件也好有个答复。"

蒋为民这才笑了，客气道："这就对了嘛，直接上副总，一步到位，省得今后麻烦。老爷子也是这个意思。对了，你们杨总那边……"

"班子的意见我来努力促成统一。老杨这几天也正头疼怎么把我们这帮老家伙的平均年纪压下去几岁,好在集团做个标杆呢。"

蒋为民这差算是办成了,便转了话风,义正词严起来:"老曾,领导也指示万万不可扰乱你们公司正常的章程,不能为了培养二丫而耽误了其他应该给机会的年轻人啊!"

曾劲松在心里冷冷笑着,仍热情不减地说:"领导放心。我们会妥善处理的。现在需要二丫这样的年轻人帮忙完成集团的战略目标。"

蒋为民满意地挂了电话回去复命。曾劲松夹起笔记本飞快地奔向会议室,超重的身躯在走廊上留下一阵"咚咚"声。这个企业真安静,看不见斗争、尔虞我诈的世界真清静,而自己就要远离这里,心甘情愿地迈入那个"是非之地"了。眼下,只能尽力地把手上这些牌打好。人生不过是一场游戏,对于有些人,是休闲游戏;对于有些人,就是德州扑克,一着不慎便会倾家荡产,但回报的不仅仅是金钱……曾劲松想当个中高手。

开完会,曾劲松收到了苏恒的微信,说集团检查组要下来南浦,还善解人意地宽慰他说,马上 IPO 了,万一真查出点啥不是给自己找麻烦嘛!

曾劲松也是在刚刚的会上听到了这件事,便把杨总的讲话直接拿来用,回复说:这就是集团的英明之处。反正要被相关部门层层审核,那就先自查自纠,排除问题。这也说明准备工作很到位啊!

苏恒训练有素地回复了"收到"两个字。

打发了苏恒,曾劲松的心里却生出某种忐忑来。坦白地讲,自己在南浦短短3年里功绩不小,问题也不少。当时自己年轻气盛,脑子里只有一个想法:先把市场搞起来,抢地盘!同时这也是他为南浦分公司制定的战略方针。直到现在还展示在外墙上,向世人昭示着这家企业的热情和决心——一切为了生产。机遇在眼前,沃土在脚下,南投集团在国家新区成立新公司,开疆拓土、大搞生产,可想而知,其所将遇到的困难不亚于刚刚改革开放时第一批下海的人所遭遇的人力不足、成本受限、政策吃不准、吃不透等等。但这种松散局面却是做事的好时机,只要思想跟上。那么就必须解放思想,思想一旦解放，生产立刻就搞上去了。不过，思想一旦解放，问题自然也就多了。可以说当年在曾劲松带领下的南浦是一艘乘风破浪的快艇，这艘快艇潦潦草草就下了水，漏水的地方不是没有，修修补补后的漏洞将来有一天会再次漏水的也可能不少。快艇仍在持续的升级组建中，按照曾劲松的规划，两年之内，这艘快艇要变成一艘气势恢宏的战舰。

多年来，曾劲松坚持"记账"，只不过这个好习惯不能落在纸上，只能记在心里。把每一件要紧事按照"获益""影响面（广深远）"等几个方面打分，正面的就按正面的打，负面的也都按负面的来，分数合起来的结果就是给自己算的总账。可谓极尽客观公正。现在，他又在心里把账本上罗列的功与过细细过了一遍，调整了几个数值，最后得出的结论是功过相抵。

这并不让他紧张，毕竟这是他给自己记的私账，组织上可不知道那么多。在组织眼里，他显然是功大于过，不然怎么一路平步青云当上了东南省公司二把手。真要论能力，可以大胆地说：若不是自己上头（集团）没人，老杨那个位置早晚是自己的，何苦要往政府里面扎。

说起政府，从政的平台更宽更广，对他这种没背景、能干事、会办事的人非常友好。背景，背景……

曾劲松想起早上跟蒋为民的通话，不由得为自己在安排牛二丫工作上的英明决断舒了口气。

集团检查组去南浦可不是开玩笑的，虽说只是企业内部检查，但只要上面授意，他们一定能翻出自己的一些问题来。至于这问题是大是小、是深是浅……无法预判。不过，现在倒是可以安心：应承了帮领导安排好牛二丫职务问题，就拉近了自己与这个靠山的距离，靠山之大，足以让自己不必把那些拿着尚方宝剑的放在眼里。想到这里，他决定尽快把牛二丫推到领导岗位。

安排人对曾劲松不是难事，甚至可以说轻车熟路。这些年经他的操办调动升迁的没有十个也有八个。这次却特殊些——要价太高。按省公司领导要求，牛二丫要提任的岗位是副总经理，跟内弟苏恒同等，苏恒可是用了8年才爬到这个位置啊！对于这个级别的干部任用并不是自己坚持就能达成的，自己甚至都不能明确表态。领导班子共同决策的事，一把手不定调，二把手就发表独立意见——想干吗？这是不言自明的"潜规则"。同样道理，社会上一直有一种颇耐玩味的说法：一把手说一不二，二把手说二不一，三把手说三道四，四把手是是是是，五把手和六把手，光做笔记不张口。

　　自己这个二把手如果想要不动声色地操纵一把手甚至领导班子的决策，恐怕是要好好费一番心思了。思量再三，他给人力部老总关卫拨去了电话。

　　人力部关总是受过曾劲松恩惠的人，这些年在安排人员方面也没少回报他。曾劲松只需问一句集团红头文件要求的降低干部队伍平均年龄出来方案没？关卫就知道领导有想法了。毕竟谁都知道这不是二把手该关心的问题，那么事出异常必有妖啊！

　　关卫手上有方案——主要是把一批高龄干部就不算到干部队伍。这批人待遇不变，工作分工甚至都可以不变，最多是取消集团下发的干部补贴。不过，人力部也是有办法通过各种津贴把缺口补回来的。这样一来你好我好大家好，就是核算之后，平均年龄仍有43岁，只降了1岁半。倒是符合集团"稳中求进，一步步来"的指导思想，但是远远达不到杨总要做集团标杆的期待。

　　那句话怎么说——一把手想干却不能干的，二把手干；一把手想干却干不了的，二把手干……这不，二把手送上门了。

　　关卫热情地表示如果领导有指示，他现在就过来面谈。曾劲松不同意，说事情很简单，通个气就行。当然，他主要是怕在这个节骨眼上有人看到他这个不该和人力部来往密切的人有密谋嫌疑。于是便在电话里说。

　　关卫先送了个台阶，自我批评道："曾总，如果有年轻优秀的干部苗子，倒是可以选选。唉，也怪我这些年没有长这门心思，尤其对基层的优秀年轻人不了解啊！"

　　曾劲松没直接说自己手上就有一个苗子，而是讲起了种树："这些人才战略的事哪里能怪你，要怪就怪我们当领导的没有高瞻远瞩嘛。再说了，干部苗子也不是一眼能看出来的，他们也得经过培养，经过组织考验和筛选嘛。我看这倒是个契机。咱们把林子养起来，让优秀苗子能茁壮成长、脱颖而出……这份干部储备方案如果靠谱，也是给集团贡献标杆，给东南省公司增光啊。"

关卫一手拿着电话，一手去拿笔记本，说："我得记下来，曾总提醒的太是了！"

沉默。

关卫记完，就知道接下来要谈正事了，问道："曾总，那眼下这个压缩程度还是拿不出手啊！哎，您说眼下有没有什么办法，有没有现成的好苗子，先顶住嘛！"

曾劲松呵呵笑了两声，说："有倒是真有，可是就像我说的：好苗子也得经过栽培嘛，现在面对这个天大的机遇，我担心他们连要怎么表现都不知道。"

关卫眼巴巴地等他吐名字，曾劲松却不直说，只提醒他："你们得请各单位领导做好动员，鼓励大家去报。省公司那边更要担起责任，动员好年轻人。省公司的工作一直是我在分管，我看，我要先动员动员这个二丫喽……"

牛二丫的背景他可太清楚了，不是她上，还是谁呢？关卫松了口气：好办了，目标明确，指哪打哪。

他说："曾总放心，她如果不带好这个头，可真是白当了几年省公司团委书记……"

不出 5 分钟，两人就达成了一致意见。

这 5 分钟堪称南投历史上最具历史意义的 5 分钟。不久之后，首个干部队伍年轻化的成果顺利诞生——刚过完 31 岁生日的牛二丫成了南投东南省公司副总，在此之前，这个层级的干部们平均年龄接近 45 岁。

21

在集团检查组抵达前的这个中午,梁兵带着他的左膀右臂趁吃午饭的时间就地讨论起迎检工作。其他就餐的同事纷纷加快了吃饭速度。要知道,平日里这群人从不在一张台上吃饭,他们通常是这么分组:程伟陪着梁兵,柳琳跟着莫青,王向东陪着水建三,任文跟一帮年轻人扎堆。除非梁兵召唤谁,这种格局几乎不变。所以,今天这桌子人齐刷刷往那一坐,大家就知道老板要开餐会,且事情不小。上午晚些时候,他们已经从各自的领导那里得到了消息,现在匆忙吃完饭,三五成群遛弯儿去了。不用说,今天的饭后话题有两个:宿舍楼、集团检查组。

梁兵的午餐暨迎检会从12点半一直开到2点钟,充分统一了思想和目标,主要是统一认识:集团检查组是什么级别,带着什么任务,在座的各位按何等原则在(南浦分公司)集体利益和(南投集团)组织利益间把握平衡。

这个中午,任文陪着牛二丫一行吃了顿口碑极好的本地菜,吃饱喝足后,又陪着聊了半天,礼送上车时已接近2点。车还没开出视线,梁兵的电话就到了。他显然是不耐烦了,问她怎么还不回来,言语间对此番招待规格颇有不满:"几个小孩子,要陪那么久吗?!"

任文慌忙叫了辆车,在路上便开始根据他的要求组织会议。等她赶到会场时,40多与会人员在自己的遥控下已有序落座,水建三正勤快地走来走去,招呼大家签字,大有将功补过的架势。此时离会议正式开始还有10分钟。任文走到后门口的控制室拿了一瓶纯净水,一口气灌下小半瓶,然后定了定神,走到主席台上,拿起话筒。喧哗声逐渐变小,大家的目光聚过来。面对这熟悉的场面,任文熟练地向大家宣布会场纪律。纪律大家都懂,而她要再说一次,可见今天这场会格外重要。

与会者严肃地听着任文宣布会场纪律,心里却静不下来。等听完纪律,又各自续上刚刚未完的话题——宿舍楼、集团检查组、梁兵调走……继续交头接耳。有给领导做政绩诊断的,有分享"苍蝇""老虎"小故事的,有关心房屋质量的,还有人讨论南浦新区置业前景。

任文对此状况习以为常。南浦市场远未饱和,业绩压力小,大家工作就轻松,平日里在办公室称兄道弟、插科打诨都是常态。这么多年也都习惯了借着开会碰头的机会联络感情。或者说,这就是南浦文化的一个侧影。不过,这文化显然与梁兵八字不合。他如果在场,与会者们一个个都像被下了蛊一样,与平日里判若两人。

任文已经退到会场后门,正盯着梁兵即将出现的楼梯转角。如此,等他一现身,就能立刻提醒会场:"兄弟们,老板来了!"会议室会立刻安静下来,所有人都庄重矜持地端坐好。喝水的人迅速把杯子盖拧紧了;系鞋带的人跷着的二郎腿收了;闲聊的人仿佛彼此不曾认识过;连来回走动的人都不知什么时候把笔记本摊开了,煞有介事地写着会议主题。

梁兵先出现了,今天他和几个副手是陪同集团检查组一起来到会场的。任文一拍脑门,赶紧回头向会场低声喊了一句:"同志们,等下看到我手势就起立鼓掌……"

梁兵一脸严肃地带着集团检查组进了会场,环视众人时,得到了一片热烈且有节奏的掌声。梁兵神色一松笑了起来,也跟着鼓起掌来。此时是下午2点半,集团检查组一行5人准时在南浦分公司4楼大会议室落座,与会人员还有各级管理人员、省公司干部和职工代表。

梁兵和5位检查组成员在主席台上落座,集团检查组的张组长一号位,梁兵二号位。两个副总这次在台下坐,倒也不是因为台上坐不下,而是集团检查组的接待规格如此。不仅坐在台下,也没有给他们安排单桌,而是跟其他与会者一样两人用一张。桌子是长条状的,一桌配二椅,虽然简约但不至于拥挤。这是任文在回来的车上通知保洁阿姨帮忙调整的,并强调说:"在集团检查组面前所有人都要低调,个性化的东西全部去掉。"这话像极了梁兵说的,实际上却完全是任文自己的思路。

台上的梁兵又扫视了一遍会场,显然注意到了这一点,目光接触时对两位副总满意地笑了笑，又稍稍转头对会场后面的任文肯定地点了点头，跟着打开了面前的话筒，开始主持会议。

本次对南浦分公司的检查为期1个月。与过往历次巡检针对举报或者突出问题不同的是，对南浦针对的是"发展中出现的问题"。张组长谈道："作为集团最年轻的'孩子'，南浦分公司在过去7年飞速发展，发展就会带来问题，会有这样那样的不适应或者困难，会对企业跃上新台阶'卡脖子'；2015年，南浦收入跃入10个亿门槛，又值集团IPO之际，非常有必要展开一次检查工作；关注民生、强化监督、提升运营能力……"

最后，张组长罗列了检查工作方式，阐明了"听、谈、查、访、议、改"各环节的作用，并鼓励大家积极配合检查工作、如实反馈材料，同时也公布了多渠道举报途径。

这是南浦员工第一次直面集团检查组，从听到这是企业内部检查开始，大家心里的期待就大大地打了折扣。这是国内五百强大企业，其间的每个人都知道自己这碗饭端得稳，也知道轻易换不了。那么，尽量让这碗饭好吃，吃得舒服，才是重点。所以，国内五百强大企业的基本文化通则第一条就是务必和谐相处。真正逼到人去举报的，那一定是舆论的力量不能报仇雪恨的大事，比如某领导潜规则下属的老婆……

所以，散会后，不少人对这些连苍蝇拍都没有的家伙表示敬而远之，并且说："咱们该干吗干吗去。"

略微休息之后，梁兵等人移步到六楼召开扩大会议。集团检查组人员列席，列席会议是检查工作的常规做法。

除了集团成员、集团秘书外，会议扩大到了柳琳、程伟、水建三、任文和王向东等几位同志，共分为三个议程：首先通报宿舍楼事件的最新情况；接着开展批评与自我批评；最后围绕安全生产发表意见，取得共识，完善现有的安全管理办法。

会议开始，梁兵亲自宣读了早上程伟读的那份材料，这次并没有打印材料，而是做了投屏，与会人员通过大屏幕跟着梁兵铿锵有力的声音边听边记录。除了改了诵读人之外，这份材料也多了两部分：其一是"人员伤情报告及善后举措"；其二是"截至8月8日中午12点，宿舍楼相关情况最新进展"。

在"最新进展"里明确点出来：根据市政府房屋质量检测中心反馈的信息，鉴定书系个人伪造。具体是指：仅所盖公章真实，全部鉴定用的图片材料未经过该鉴定中心规定流程上传、审核，缺乏现场专用检测设备检测记录，不代表该房屋的真实质量。说完这段，梁兵环视会场，补充道："这份材料是中午形成的，根据我刚刚收到的信息，涉嫌伪造的人员已被控制了，我们的同事是不是有关联责任还要等通知……"说完，特意地看了水建三一眼。

水建三从进会议室就开始紧张，连座位都是程伟帮他找到的。此刻，他瞥见了梁兵吃人的目光，脑门儿上立刻渗出了汗珠，握着签字笔的手也哆嗦个不停，在笔记本上胡乱画着，想争辩却发现一点声音都发不出来。

坐在梁兵右手的苏恒脸色暗了下来，看着滚动着映入眼帘的小结，心里直骂水建三愚蠢，居然能在这种事情上弄虚作假，搞不好要往姐夫头上查，这可不是闹着玩儿的。好在最后有句话让他暂时松了口气：宿舍楼质量是否存在问题需要进一步评估鉴定，不排除自然灾害原因。

这一部分不需要任何人发表意见，接下来就到了批评与自我批评环节。

正式开始前，集团秘书何大姐先介绍了本议程的特别之处。按原则，每个人都应该发表对其他所有与会人员的批评，但在众所周知的背景下，时间紧、任务重，那么就需要实事求是，每个人只讲最重要的批评意见。

梁兵当仁不让地打头阵。话接刚刚说到的宿舍楼情况，先批评自己在安全管理方面有待加强认识，并表态绝不推脱责任。跟着，自然就谈及在南浦两年来为员工创造的福祉。诸如为饭堂配备微波炉和员工冰箱，翻新网球场，搭建运动房并配备淋浴设施，开展花式多样的运动会丰富员工生活，等等。

在谈这些时，梁兵不是自吹自擂，而是对每件事都做了反思。比如在运动房旁边的洗手间增设的淋浴室目前还没有解决热水问题，这就对女员工很不友好。他也没有笼统地谈忽略了女员工，而是从南浦人员结构陈述了自己对只占 1/10、不足 40 人的"半边天"的关心不够，跟着又列举了几位在各自岗位上有突出表现的女同事。既是自我批评，也谈工作方法，谈个人贡献。坐在对面后排的两位检查组人员虽然面无表情，但显然听得很投入，偶尔还下意识地点点头。

谈到工作不足方面，出乎所有人意料的是，梁兵的批评对象没有水建三，而是只批评他的左右手——莫青和苏恒。

在对莫青的批评里，他说："莫青同志在各项工作中都非常出色，与班子每个人都配合得非常好，大家都是有目共睹的。大家都说这是个没有缺点的同志，但我不这么看。没有缺点，就是最大的缺点。这么说吧：人的精力是有限的，你凡事都考虑周全、办得得当，那么凡事都会来抢夺你的精力，很容易乱了轻重缓急。莫青，你自己回忆回忆，我之前是不是有提醒过你？"莫青认真严肃地回应梁兵的目光，快速且清晰地说了声"有"，又低下眉眼，继续在本子上记录起来。

梁兵的话还没完，继续说："要成长！我们到了三四十岁这个年纪，精力和智力已经很难成长了，能提升的就是工作方法。莫青同志这两年表现非常好，但是在我看来，工作方法上的提升并不多，靠的多是天赋和训练有素。诚然，你的个人素质在起点上比很多人要高，正如我刚刚所说的——成长。你到我这个位置上试试？那可不是把钢琴弹好那么简单。我建议你从今天开始就把做业务的精力分出来一点，用在培养下属上。把下属培养好了，就是给自己减负，更是为组织的未来贡献力量，对不对？"

莫青不断地点头、记录，点头、记录，心里很明白老板是对他和程伟的关系不满意。说他是个优秀的甚至没有缺点的人，其实就是说他只顾自己优秀；说他不培养程伟，他也无话辩驳，确实没有。他是位置敏感的二把手，直接下属程伟又是一把手亲自带起来的，他要怎么培养？培养就难免批评教育，那是嫌弃一把手没带好"孩子"？借机发泄对一把手的不满？

梁兵的话又让莫青感动。鉴于前面的道理，大多数一把手对二把手拉拢自己的亲信都是戒备的，甚至因此连那个亲信都放弃了。下属失去了上司的信任啥都别提。不过，梁兵显然有着更高的格局，他既信任程伟，也信任莫青，愿意让他俩的关系更密切，这也是让自己的"统一战线"更稳固。

批评完莫青，瞅了一眼苏恒，梁兵仿佛要留给对方心理准备的时间，犹豫了一下才说："那第二个就批评苏恒同志。你这个同志比较敏感，对我的批评要有心理准备，要把会上的这种批评看作自己成长的标尺，不要带情绪。我今天要批评的就是你的情绪问题。你到南浦也快两年了，投诉你的人没有一支足球队多也能塞满一辆商务车了，对不对？你心里有数吧？我之前之所以没有正式批评过你，是考虑到你这个年轻人责任心重，一心为了搞业务，难免就会着急上火。我也经历过这个阶段，也很理解。现在两年过去了，你是不是也要成长？我对你提个具体要求：控制自己的情绪，以生产任务为重，切实帮下属解决问题。这，才是我们该做的。"

顿了顿，梁兵又说："你是最年轻的副总了，大有前途。有空的时候就好好回想初心，去想一想什么是工作，该怎么做好工作。你，你们……"梁兵伸出手虚指着听众们，继续说："在上次的党员学习会我们都学了毛主席的教诲：什么叫工作，工作就是斗争。哪些地方有困难、有问题，就需要我们去解决。我们是为着解决困难去工作、去斗争的。越是困难的地方越是要去。这才是好同志。我重复这段话，不只针对苏恒一个人，希望各位都能听到心里去。"

苏恒的手心出汗了，终于坚持到梁兵说完，赶紧从前面的纸巾盒里抽了张纸垫住，继续写刚刚没跟上的部分，以奋笔疾书避免了抬头对视的尴尬。

苏恒的确经常骂人，梁兵当众提出这一点时他感到了窘迫，但更加让他难堪的是居然真有人投诉他，看起来还不少。那些人会不会也投诉到集团检查组呢？到底是哪几个坏蛋！他一时定位不了潜在的敌对分子，不过也不急在这一时。在集团检查组面前，这点问题根本不算事，等过段时间好好查一查，再收拾他们也不迟。可就是被梁兵这么将了一军，心里着实不是滋味。

任文和程伟这两只"蛔虫"旁观者清，偷偷交换了眼神——对莫青的批评是在往上搭台，对苏恒的则是在往地上摩擦。

梁兵的发言足足用了 35 分钟。他讲完，看了看时间，说："又开到了 4 点。今天集团检查组的同志在，咱们不要拖堂太久，接下来发言的人请控制下时间。"又看向何大姐，说："每人 10 分钟的话，不算违规吧？"

何大姐连忙点点头，明确地回答："可以规定时间的，10 分钟的批评与自我批评没问题。"

听见这话，所有人都松了口气。批评与自我批评并不是第一次了，但真正批评到这种程度还是第一次。说白了，梁兵如果没特别要求，之前的会上大家都很默契地走形式。今天不行，就算控制时间，也不可能走形式，每个人都得在这 10 分钟里讲"人话"。

况且，会议主题早在梁兵读完第一个环节的材料后重新回到了大屏幕上。在白得纯粹的 PPT 背景上，除了南投的 LOGO 和"扩大会议"字样，就是醒目得刺眼的大红字：宿舍楼安全事件……

这是议题，是梁兵的"旨意"，也是集团检查组必须听到的，而且务必要听得真切——南浦分公司确实在深刻剖析，绝无提前排练剧本、假开会之意。梁兵作为一把手的自信和坦然，就在接下来每个人发言的 10 分钟里。

莫青第二个发言。在自我批评中，他围绕工会主席这一身份，以宿舍楼事件为切入点，就新员工入职 3 天工会还未能给予及时的关怀进行了深刻反省，并在收尾时承接住梁兵的批评及要求，表示正是在精力分配上不够科学才导致了上述问题。

接着对程伟进行批评。他直言程伟人际沟通能力弱，作为市场部经理，要有全局观，这个全局观既包括业务也包括队伍，建议他跟自己部门同事之外的同僚都能打成一片，真正融入其中。这话是他私下里多次提醒程伟的，也知道他做不到。但如果不说这些，又能说什么呢？上司和下属好似亲兄弟，自己夹在中间难不难？太难了！一句话说不好就可能被梁兵误解为他在集团检查组面前搞事情。批评别人吧也不合适，今天自己就这一个兵在场，总不能不管好自己的队伍还去人家地里踩两脚。

程伟带着温和而谦恭的眼神看着他，聆听着，不时记上几笔。他对"打成一片"有难言之隐——不是自己不愿意,而是人家不愿意。从他到南浦在饭堂吃第一顿饭开始,就感觉到了氛围上的回避,甚至是"隔离"。他这个被老板走哪带哪的人,在大家眼里就是半个老板本人,自带标签。他性格本就有些内向,话少,声音还低,有人试图跟他闲聊,很快便觉着无趣,于是,群众便不给他打成一片的机会了。

梁兵是个严肃、冷傲的领导,带出来的徒弟自然也是。不过,程伟原本就是这性格底子,梁兵却不是。他当年可是学生会的活跃分子,唱歌、跳舞、讲段子无所不能,当了领导后,附加了一层"领导性格",才显得孤傲起来。

领导性格是梁兵跟这届班子头一次搞团建时提出的。当时酒过三巡,话就多起来。听起来是醉话,实际上都有其意义。梁兵讲话的意义就在于让大家明白他是什么人,什么性格,好在今后能不怒自威地驾驭每个下属。他先用一句粗话拉近了3人的距离,并以此为起点展开论述:"'逼是一样的逼,装上见高低。'什么意思呢?就是说该装的时候都得装,但是装的水平就各见高低。比如我,我当年在学校里……但现在当了这个封疆大吏,可是不同喽,必须得装。该跟你们称兄道弟的时候咱就是亲兄弟,该批评问责的时候也不会客气……这个'装'实际上就是'镀',是给自己镀了一层风格。于是,大家看到都会认为这个人就是这个性格。所以,我就发明了一个词,叫领导性格。这么说是不是文明许多?"

在两兄弟无比仰慕的目光里,他对自己的"领导性格"也做了一番剖析,说自己属于最严厉的那类人,对人要求极高,而且不太有人情味儿。这是提醒,也是威胁。两个小兄弟的眼神复杂起来:敬佩、害怕、抵触……互相交织,这一课上得印象深刻。

梁兵对领导力的认识源自对距离感的敬畏。他认为,只有拉开距离,才能保证领导权威,而领导有权威是打胜仗的必要前提。谈到这一点时,梁兵感慨地说:"我之前也爱看成功学。可是,什么能比党的百年历史更能说明成功的呢?大家最该学的就是党史……"接着就提出了自己对南浦的期待和工作思路，其中就包括把党建和思想文化建设再提升一个高度。他说："一个人一定要'正'，一个领导尤其要'正'，思想教育必须要严抓。"

在发表"正"或者"不正"的看法时，他不无感慨地说："职业生涯的前几年跟什么样（水平）的领导，对一个人今后的职业发展至关重要。有的人跟领导不对脾气，很快就给自己换了带路人；大部分人则脑子不往这方面转，按部就班、唯命是从，几年后也就成为基本员工队伍中的一员。而如果领导很'正'，则能帮助下属更顺利地成长，避免上述诸多问题……"

毫无疑问，梁兵跟过一个好领导。也因此，遇到程伟这个颇有几分灵气的年轻人时，他爱惜得不得了。他在其他人面前孤傲，在程伟面前却随和得多，压力大的时候还经常会叫上程伟一起吃饭喝酒。丢开上下级身份，脱掉"镀"的那层壳，边撸串边骂人，是他的减压方式之一。

听完莫青对程伟的批评，梁兵不经意地咧嘴笑了笑。那些话不出乎他意料，莫青是个极稳定的存在，很"正"。对于一把手来说，副手们为人正派才能知分寸，知分寸才能听指挥，听指挥才能齐心协力干好活。梁兵欣慰地对莫青笑完，就把头侧向了苏恒，目光立刻犀利起来。

苏恒吞了吞口水开始发言。不出大家所料，苏恒的批评对象是水建三。慰问团回来之前，他有一个小时的时间听录音，听了两遍，其间摔了两次鼠标，拍了三次桌子。这会儿，他简直想指着水建三的鼻子从头骂到脚。但是不可以，就算集团检查组不在场，他也绝不愿意提及自己被监听的事。于是，就着水建三在工作中轻重不分痛批起来，先给他扣了帽子：考虑问题跟不上领导节奏，关注点经常出现偏差，给组织拖后腿。然后又举了些无关痛痒的例子，才说到重点——他的"过单"，导致某施工队到大门口拉横幅来讨薪。"你是忘了过单，还是有区别地过单？别人的工钱就不是钱？那些工人还是在你的监督下给我们收拾围墙！开春那些天多冷啊，你舒舒服服地窝在办公室，趴窗口上监工还嫌冷，人家可是在风口里从早冻到晚……他们为什么来我们单位拉横幅，为什么不去建工集团拉横幅？你好好想想是不是你那亲爱的二舅指示的，你们的家庭矛盾已经影响到了组织利益！两个组织的利益……"富有戏剧性的陈词在苏恒的唾沫横飞里活灵活现，别管人家甥舅俩有没有矛盾，现在听起来他们不演上一部《哈姆雷特》就无法收场。与会人员听得入了神、入了迷，只有水建三低着头，完全是一副死猪不怕开水烫的架势。集团秘书提醒时间后，苏恒才意犹未尽地收住话，愤慨地总结说："有些同志，成事不足败事有余，不配做党员！"

这话就有些重了，也失了副总的仪态。柳琳看看他，又看看梁兵，迟疑了好一阵才确定接下来到自己发言。

柳琳的批评与自我批评中规中矩，乏善可陈。时间来到4点半，何大姐根据梁兵的意思提议休会15分钟。除了水建三抱着头坐着一动不动，其他人立刻散了。除了去洗手间，他们还得抓紧时间看看手机信息——微信办公，把今天为止卡在手上的审批或者决策解决掉。梁兵是有规矩的：下级当天反馈上来的问题必须当天解决，解决不了的也要准确答复解决办法和预期时间，该加班就加班。

苏恒回到办公室，反锁上门，憋着一肚子委屈给曾劲松打了个电话，把梁兵竟然在集团检查组面前开起批斗大会的事添油加醋地讲了一遍，然后才说起伪造文书的事情，提醒他可能要往房屋质量上查，让他早点"活动活动"，先下手为强。没想到曾劲松很淡定，告诉他自己早就从省里得到了消息，伪造文书的人和授意之人都被检方控制了。迟疑片刻，又说，这件事不会扩大，让他不要担心。苏恒一听说消息从省里来，心就放下了一半，看看时间还够，便把水建三监听他的事也讲了，咬定了他二舅是幕后主使，让曾劲松不要再关照他。这倒是出乎曾劲松意料，按半个小时前蒋为民提供的信息来看，所谓的"事情不要扩大"就是指让伪造人自己担着，在市政府范围内处理，最多连带处分了可有可无的曾广财，并不会挖到草草盖那栋楼的自己。现在看起来曾广财却是有二心的，他那个傻外甥显然不会自己想到悄摸摸地收集证据。那么，老朋友的情分也该尽了，必须做个了断。他让苏恒不要声张，自己心里有数。

交代完苏恒，曾劲松又给梁兵打了个电话。梁兵刚刚处理完工作的事，正要往会议室走,看到手机上的来电显示就拐进了会客室。

像往常一样,曾劲松笑呵呵地讲完兄弟们好南浦好的话才切入主题,提醒梁兵慎重把握在集团检查组面前"暴露"的程度:"真要查到底,于你于我都不好。这栋楼现在都塌了,砸了人,再反过去研究当时的质量又有何益?哪里又能研究出起楼时的质量?现在市政府愿意自己担着,就是自己的人不按规矩办事,我们不能惹火烧身。"

我们?梁兵在心里冷笑一声:这是威胁我,要拖我下水啊!但他语气上仍然恭恭敬敬,问:"如果检察院还是要传唤我们的人呢?"

话没说完就被曾劲松粗暴地打断了:"我刚刚说了啥?省里在插手了。我们本来也是省管企业,市检察院能找我们的碴?往大了说,我们集团要 IPO,这件事集团也会管……有情况你就报给我,不要擅自对接检察院,不要在这种时候自作主张!"梁兵笑着,连声说好,应承下来。

曾劲松挂了电话,心里反而不轻松了。曾广财之所以要拿自己的把柄,应该是心里不平衡。他为什么不平衡呢?这些年两人合作围标搞项目、分回扣相当公平,那就只能是因为小别墅的事。那套小别墅从 50 万逐年飞涨,现如今已经值 300 多万了。去年年底两人在一起叙旧时,曾广财开玩笑说,早知道免费租给他了,现在连个差价都拿不到。曾劲松当他是说笑,没在意。他是个对权力的欲望远大过金钱的人,至于现在是 300 万还是 500 万,都与自己无关。这两天,他已不止一次地思考过要不要退还,不是钱的事,而是需要还了,但是真要下定决心却不容易。房子在苏玲玲名下,坦白地说,那就是他当初许诺的"生活保障金",要让她吐出来,除非两个人结了婚。可是,在这个节骨眼上,如果先结了婚,还没退房产就被查了个底朝天,那可是有嘴也说不清了。想来想去,他决定还是说服苏玲玲比较稳妥,且南浦宿舍楼这件事没完之前,自己还不能跟她登记结婚。

曾劲松立刻联系苏玲玲,让她请个假,把房子的事先处理了。苏玲玲很不情愿,说 300 万的房子,他一个要去市里当官的人居然都搞不定。坚持要先结婚。曾劲松好言好语劝了一阵,许诺说这两天打给她 200 万当彩礼,全归她个人支配，才算得到了安心话。

不过曾广财"失联"了，苏玲玲就算同意，也还得等他出来再说。

麻烦，还是麻烦！麻烦这次可能真的来了。曾广财不会这两天就把当年的事都供出来吧？不，他不能，那样他损失得更多。尤其不会把自己扯出来，他那唯一的外甥还在自己手里呢……翻来覆去地想了许久，曾劲松决定把筹码押在靠山那里，加快推动牛二丫进高管层的工作。上面只要能拦住一件事——不把那写在苏玲玲名下的房子算在自己头上，一切都还有余地。

22

　　扩大会议还在进行中。趁中场休息，任文处理完自己的事情，又给每个人座位上加了一瓶水。路过水建三时，看到他的后背全都汗湿了，便把一旁的纸巾盒往他面前挪了挪。怜悯之余，一个词快速地闪过她的脑海：揠苗助长。把一个没有对应能力的人安排到不适合的岗位上，不仅组织得不到想要的业绩，对他个人也会造成很大的痛苦。如果说水建三有问题，那么任用他的人，想换而总是换不掉他的人都应该有问题。想到这里，她不禁对梁兵也生出一些愤懑来。如果梁兵不那么爱惜羽毛，如果梁兵多少有些英雄豪气，如果早点给南浦分公司换个正常的办公室主任，那么周末的事情或许就不会发生，很多事情都不会发生……

　　下半场开始，水建三第一个发言。他的声音哆哆嗦嗦，所有人都要竖起耳朵听。二舅还是没有接电话，苏恒别说再救他一次，已经开始落井下石了，现在只能靠自己"活下来"。他悲哀地发现，离了二舅和苏恒，自己什么也不是，连发声的权利都没有，就连在党会上做批评与自我批评都要慎之又慎。现在，他的目标已经从不被撸掉下调为不被辞退，只要不被辞退，他愿意接受任何处分。辞退是不可想象的。以自己的能力显然是很难找到一份糊口的工作，在家会更被老婆拿捏，出门会被人看不起……总之，一切都会毁掉。

　　水建三脑子里各种糟糕至极的想法横行，按本子上的笔记机械地读起来。先是结合自己的认识重复了苏恒对他的批评，深刻反省了工作不积极导致的拉横幅等事件给组织带来的影响，又把平日里梁兵骂自己的话也提炼出几个关键词，一一罗列出来。最后说："我个人能力不足导致了在宿舍楼事件发生时未能及时到现场解决问题，没有做好本职工作，导致企业损失……"

　　所有人都注意到了，他竟然绝口不提鉴定房屋的失误。

　　梁兵瞪了他一眼，没有干预。接着，水建三开始批评王向东。这倒不奇怪，整个会场他只有两个下属。之前他都是批评任文，但现在显然不明智，日常挂在嘴边的，诸如"你这样干活别人怎么办？"之类的反面言论更是一个都不能拿出来。只能批评王向东。东哥为人宽和，没有过多的诉求，顶得住他这番若有似无的批评。于是，水建三在大家的讥讽眼神里批评起了王向东处理领导报销款比员工快。确实是事实，抛开员工报销流程复杂不说，如果一定要分出个快慢来，那每个公司的财务恐怕都不会把领导的排在员工的后面。但水建三说的重点却不在快慢上，他带着"英勇就义"的神色说："我举例子吧。苏恒副总经理每周大约要找王向东报3次接待款，虽然不代表他每周5个工作日都有3个在用公款吃饭，但是报账频率确实高，而且他都能在周五下班前拿到报销款，这是没有任何一个员工能做到的……"

"你！"苏恒也顾不得这是开会，顾不得有集团检查组在，直接拍桌子站起来，指着斜对面的水建三大骂："你他妈什么东西！反咬一口是不是？你要是批评我就直说。怎么批评王向东，却说起来都是我！我的报账款都是有凭有据的，你们可以随便查！"

梁兵单手支着桌子，手掌反撑住下巴，带着若有似无的蔑视，看戏一样望着两个人，抽空用另一只手往何大姐的方向轻轻敲了两敲。何大姐领会了意思，马上笑呵呵地站起来，说："请各位同志安静。批评与自我批评是我党提高先进性、互相促进的优良传统，有争执、有不同意见正是说明我们执行得到位，没有走过场、搞形式主义。现在，水建三同志发言时间已到，接下来请任文同志发言。"

任文留意到集团检查组的书记员同志皱着眉头在笔记本电脑上飞快地敲着字，便停顿了几秒钟才说话。键盘发出轻微的噼啪声，在这短暂的寂静里显得格外悦耳。

她先是就这两天面对宿舍楼事件心有余而力不足的方面做了检讨，接着展开对程伟的批评。主要说市场部在宣传工作方面落后严重，贡献的稿件越来越少。并把宣传工作拔高到政治高度——如果不能合理用好宣传渠道，就无法给团队注入活力，甚至让同志们失去拼搏的动力。最后给程伟提了个可以量化的目标——每个月最少上报两篇宣传素材，每个季度推出一个标杆人物。

梁兵插话:"这个提议非常好。你接下来要给其他落后的团队也定个目标，不要太难，让大家慢慢地把氛围感搞起来!"

轮到王向东了。这位老大哥对自己的工作效率低进行了反省，然后环顾会场，不好意思地笑了:"我哪有资格批评人。大家都是身兼多职，而我只干财务一件事，每天下班就我走得最早，我就不批评了吧。"

何大姐适时插话:"虽然是扩大会议，王向东同志也要当作是支部会议上那样，全情参与，不要有顾虑。你可是元老啊。俗话说家有一老如有一宝，我们可都等着听你的金句名言哩。"何大姐是位党龄近30年的老党员，觉悟高、情商一流，只要她在，梁兵和莫青这两个"救场王"都派不上用场。

听了她的话，王向东不好意思地笑了，望着梁兵客气地说:"那我就批评梁总吧，倚老卖老一回。"在梁兵鼓励的目光里，王向东批评梁兵对加班的态度，点名程伟等几个年轻骨干经常很晚下班，并解释说这是跟保安闲聊时听说的。他认为加班并不值得鼓励，年轻人的工作重要，家庭也重要，如果到了他这个年纪，干不动了，回头发现家庭没照顾好出了问题，或者孩子的教育没有跟上，就不值得了。王向东说得很实在，大家纷纷点头表示认同。梁兵及时表达了肯定:"家有一老如有一宝，这话太对了!我们不到王向东同志这个年纪，没有走过那么多的路，就没有回头看的能力，也就发现不了当时当下自己的问题。我一定会认真思考加班的问题，该补人的补人，该优化流程的优化流程，让员工能够真正地开心工作、幸福生活……"

在何大姐简短的发言后，第二环节结束。接下来讨论安全生产规范，依旧是轮流发言，每人3分钟。这次是从王向东开始，倒着转圈。梁兵解释说:"像提建议这种事，我们管理层一定要最后发言，避免一言堂或者带节奏。"

水建三在脑海中一遍遍复读自己刚刚的发言，试图确认没说错话。梁兵跟苏恒站的不是同一个队，站在苏恒的对立面也就是支持了梁兵。他在这个时候居然还能往好的方面想，也是脑子不清楚的另一个表现，倒是符合他的水平。当然，梁兵怎么可能如他所想，又怎么是他所认为的那样。事实无数次地证明，两个水平不同、格局不同、思路不同的人，最好不要共事，总会有一个很辛苦。

梁兵是辛苦的那个。

就在别人发言的时候，他已经开始琢磨马上拿掉水建三了，简直一刻都不能等。丢人！心累！无语……

他还记得第一次动了这个念头时的事，想起来都觉得不可思议，没眼看！

去年年底，例行人事调整的季节，梁兵在南浦一年已充分掌握了中层管理人员的情况，把南浦的人也"动了动"，其中提拔了一名26岁的小伙子吴楠。他确实优秀，提拔为某营销点经理大家心服口服。水建三向来看不上有机灵劲的年轻人，觉得吴楠被提拔一定另有真相，比如是某个领导的关系户，梁兵因受人恩惠而办，总之不是因为个人能力。

若只按这种想法，鄙夷或刁难人家也罢了。水建三竟然凭着一贯的清奇思路，趄摸巴结人家，想着能在梁兵面前加点分。

吴楠刚巧双喜临门——升职、结婚。水建三当然不能放过这个表忠心的好机会，于是拎着个大红包去了吴楠办公室，当着一屋子人的面嚷嚷："恭喜吴副书记双喜临门，老板很高兴，让我送个红包。"

吴楠很疑惑，自己是在老家摆的酒，回来后给同事们散了喜糖，仪式就算过了，便说："我结婚不收红包，你不知道？"

水建三才不管他收不收，只顾完成自己彩排好的表演："这是老板的心意，不是礼金，收下、收下。"

吴楠看看众人八卦的眼神，似乎自己被扒光了衣服，露出了刻在身上的几个大字：我是老板的关系户。他把水钦差请到自己的办公室，关上门，问他究竟怎么回事。

水建三这才说了"实话"。刚刚当着大家的面送红包，是让大家知道老板对他的不同，他是个新领导，多点领导背书的分量也好带人……

吴楠打断他："我怎么带人不用你教，说钱。"伸手抖落开红包，十张百元大钞散落桌面。

水建三看看钱,笑嘻嘻地把脸贴过来说:"钱确实不重要,而且是财务出的。刚刚的便宜你也占了,面子也有了,这个钱你抽空还给老板,再买盒巧克力什么的……"

吴楠愕然。

水建三解释:"如此一来,钱就到了老板那里,谁会跟钱过不去。这件事就算圆满了。"

听明白了。吴楠重重地点点头,热情地握手送客。待水钦差走后,他马上拿着红包去向梁兵道谢,把水建三的公开表演一帧帧还原在老板面前,但没有讲关起门之后的事。那家伙居然想用一千块达到贿赂老板的目的。如果他讲,就相当于认为老板有收钱的可能,这对梁兵来说简直是侮辱,不把他气炸了才怪,自己也干净不了。于是,只说感谢组织,这钱他确实不能收。

梁兵都不用喊水建三过来对峙,心里明镜似的。那个蠢货的歪心思倒也罢了,居然用一千块就……

压制住怒火,说着会办事之类的话打发了吴楠,梁兵立刻召集了班子会,研究水建三胜任力的问题。可是,在执行考核流程时却被苏恒偷了巧——他拉高了平均分,居然让那个家伙测评过关。梁兵不能说撸掉他的具体问题,只罗列日常每天骂三五次的那些小事也不够说服力,也就罢了。

"且用着吧,离了谁天也塌不了。"梁兵安慰自己。然后把水建三手上的全部工作分发下去,让他只负责"过单"一件事,让任文负责管控全部具体工作,直接跟自己汇报。

转眼又是半年过去了,天倒是没塌,宿舍楼塌了!梁兵心里堵着一口恶气,自责为什么允许那个蠢货在这样重要的位置上,让自己犯了这么大的错误。

水建三大约感觉到了会场里气氛的变化,轮到他谈安全生产时,竟不知道要说什么,支支吾吾了半天也没吐出一句连贯的话来。梁兵不耐烦地提醒他:"就说说怎么降低安全风险吧!出了伪造鉴定书这种事,你一定有些见解。"水建三在梁兵不屑的眼神里石化了片刻,磕磕巴巴地讲起来那天的情况。在他的陈述里，鉴定人员对工作很熟练，根本不用管，自己也不懂，管不了，于是带着鉴定人员拍照、取样后就各自散了。梁兵问："你是怎么跟他传达我对宿舍楼鉴定的要求的？"

"我说领导要求要快，雨季就要来了……"

"他就没说快是怎么个快法？"

"他说已经省了我们排队的时间，只要再等一个星期鉴定结果就能出，好像是内部的流程烦琐……"

梁兵不解："流程烦琐的结果就是出了个假鉴定书？"

水建三抹了抹额头的汗，慌乱地答："我，我当时怕一个星期太慢了，您又骂我，就让他尽量快点。他说还没见过才盖了几年的楼有问题，就说看在熟人的分儿上，先帮我出个文书让我交差……"

"熟人？"梁兵回避掉自己会不会骂他的事，笑问。

"我，我二舅。鉴定人员刚好是他的朋友，就是看在我二舅的面子上，我们才不用排队那么久……"

梁兵冷笑一声，看了看表说："风险在哪里想必大家都听明白了，你不用说了。下一位到谁发言……"

本次扩大会议结束时已是17点30分，刚好到下班时间。何大姐负责对接集团检查组的生活安排，按梁兵的意思要陪同吃饭，却被集团检查组以有规矩给婉拒了。何大姐安排专车送集团检查组回酒店后，又回到办公室加班整理今天的会议材料，一一存档。又拟了个非正式的通知，向南浦分公司全体400多名员工传达：明天早上8点半开始，集团检查组会随机选定人员逐一约谈，请大家积极配合，并再次明确检查工作截止时间和举报途径。

23

等大院里的人走得差不多了，任文轻手轻脚溜到市场部门口，踮着脚瞄了瞄，确认整个办公室只剩程伟一人在忙。正要推门进屋，就被一股强大的力量拖了回来。

莫青瞪着她，讥讽地说："能有点儿出息吗？"

任文的脸一下子红了："我今天还没机会跟他说话，但是有必要来同步下信息……"

"什么信息？我看是背着我对口供还差不多。"莫青不肯放手。

程伟被门口的响动吸引过来，看到两个人的架势，走也不是，留也不是。莫青放了手，笑道："我也需要同步下信息，咱们仨一起说完再各自回家。"

程伟对任文翻了个白眼，气呼呼地说："我什么信息都没有！"转身就要走。谁知那兄妹俩不依不饶，都跟了过来，大模大样地在小小的会客区坐下。程伟只得关上门，也坐过来。

莫青也不客气，把茶几底下的零食拿了几样出来，一人手里塞了一把，说："接下来这个茶话会，让我们同步一下老板的信息。"

这是很有必要的，如果不是任文半路插一脚，程伟刚刚就要去跟莫青单独汇报了。当然，这也是梁兵的授意。

"老板调走的可能性很大。只是这几天要把南浦的突发事件处理好，上面才能发文。也就是还要过这最后一关的意思。"

"新老板是谁？"任文插嘴。

莫青瞪了她一眼："我们需要知道这个吗？你急着改换门庭？"

任文夸张地捂住了自己的嘴，头摇得拨浪鼓一样。

"你从老板的态度来看，宿舍楼这件事会是怎么个问责程度？涉及面多大？"莫青接着问。

"梁总也不希望这栋楼真有质量问题。我只能说这么多。"

莫青若有所思地点点头，又说："集团检查组开会说，内部检查是围绕企业经营发展，不是捉苍蝇打老虎。这话就是字面意思吧？真不是为了搞事，不是上头哪一派要难为梁总？"

"我们掌握的信息，就是字面意思，不是为了搞谁。我在北京虽然只有几个小时，但能感受到集团总部上上下下对IPO的重视，周末了好几个部门还是工作日的节奏。这个时候自己不能搞自己吧？梁总的意思是，这次检查行动也是我们企业基层管理过硬的一种证明，不算坏事。"

莫青恍然大悟，说着那就放心了，感慨地拍拍程伟的肩膀，站起来的时候顺势把正在沙发角落里找东西的任文提溜了起来："散会。别忙活了，赶紧回家去！"

"我就是看看有没有窃听器。"

被莫青拖着走到门口时，她借关门的机会对程伟做了个鬼脸，程伟脸上满是宠溺和无奈，让她心疼。下了楼，莫青走到自己那台林肯旁边就站定不动了，目光仿佛被一根线拴在了任文身上一样，一直跟到她不情不愿地出了大门才收回来，安心地上了车。

还是这个下午，检察院审讯室里坐着一只"蚂蚱"。曾广财被按在椅子上那一刻，迅速给自己定了位——他是只拴在绳子上的蚂蚱，那头还有另一只，他叫曾劲松，这条"绳"就是宿舍楼。不过，很快他就发现，宿舍楼并不是他被拘传的主要原因。

实际上，检察院在接到市政府房屋质量鉴定中心举报的同时，也收到了来自建工集团内部的举报信。这举报信是8月6日晚上寄出来的。牛皮纸大信封鼓鼓囊囊，里面塞满了照片、聊天截图打印件和文字材料，署名为"建工集团第二项目部联名举报"。上个月到南浦分公司大门口拉横幅静坐的那帮人，正是这个项目部下属的一个施工队。

这堆举报材料显然已经准备很久了，抓准了眼下曾广财被检察院调查的机会火上浇油。举报内容之翔实，几乎可以肯定是受到了组织默许的。这个组织的大佬就是何文锋。

何文锋显然与梁兵的行事风格不同——没有那份仁心,他要一举歼灭自己的办公室主任,且并不亲自出面。

第二项目部的负责人小宋当年在"何曾之争"中站了何文锋的队,因此一直被曾广财记恨在心,凡是小宋经手的工程款总要被曾广财以各种理由再三拖延。

年初给南投集团南浦分公司搞了个外墙改造项目,工程款催了四五个月,从冰雪初融等到七月流火,还是没下来。结款流程走不动,一次次被退回来。曾广财憋着坏,一次只提一个修改意见,等小宋修改好了重新提交上来,他又发现另一个问题,如此往复。弟兄们催得越来越急,小宋把好话说尽都不管用,只好去找何文锋。不承想,何文锋这次不管了,让他自己搞定,不过也启发说:"你连客户都搞得定,却搞不定自己人?动动脑子,思路扩大点,好好想想解决掉问题或者解决掉一个人,都有哪些办法。急是没有用的,有些事该等要等,就像长了个疮,等它露头破脓的时候才好清理……"

小宋是何文锋的忠实拥趸,很聪明。经这么一提醒,就发现自己还有很大进步空间。于是,找了个时间,搬了两箱茅台进了曾广财家。曾广财斜着眼睛看了看,冷笑道:"我还缺你这点酒钱。"脸虽然早就撕破,但此时倒不妨看在酒的面子上瞎说几句大实话:"你来找我没用,我们的流程昨天已经全部过完了,按理说这两天到款。可是呢,现在审计太严,业主不给验收报告,上面就不能发这个钱。你懂吧?得去找南投。"

小宋说:"南投那办公室主任不是您亲外甥吗?劳驾您打个招呼,帮忙催一催。"

曾广财摆摆手:"自己人不谈工作。"

小宋又恳求了一番,无果,只得叹着气、耷拉着头,抱着酒回去了。面子是给尽了,接下来就别怪自己不客气了,不,是老板不客气了。

出了曾广财的家门,小宋立即给手下人打电话,一筹莫展地说:"曾广财当着面求了南投,但是那个外甥不认亲舅,就是不给这份关键材料。兄弟们再等等，我3天之内一定把钱要回来。"

其实那份材料不用来结算，只做工程备案用。曾广财给外甥通了信儿，让他统一口径，并且稍微拖上三两天，给小宋点颜色看看就行了。没想到外甥遇到擅长领域了——拖了足足两个星期。也不是故意拖这么久，而是小宋压根儿没有找过他。这两周，只等脓疮熬破。

这天，何文锋去省里开为期两天的半年总结大会。小宋找到弟兄们，说自己实在无能为力，要不来材料，也弄不到钱。老板又不在家，没办法跟对方高层交涉……

兄弟们很实在，一个个拍着胸脯让他不要再奔波了："宋头儿，你是建工集团的，你们都尽力了。我们不给你惹麻烦，我们就去那个南投静坐，反正活儿是给他们干的……"

静坐是成功的。在梁兵的震怒下，水建三过了单，给了材料，求着二舅以最快速度放了款。施工队的兄弟们从中午11点半开始拉横幅、静坐，到下午两点半就各自收到了钱。速度快得让人无法理解。开心之余，又对水建三及其代表的南投叫骂了一番才散了去。

水建三以为大家不知道个中缘由，挨完梁兵的骂一点感觉都没有，回到办公室立刻嘚瑟起来，对自己处理危机的能力大加吹嘘。办公室的人像看傻子一样看着这个废物，像往常一样，不戳破、不建议。这么多年了，大家乐意看着这个无药可救的傻子越走越远，王芊芊这种小机灵鬼时不时还要吹捧吹捧、鼓励鼓励他。

这件事作为举报的由头列在第一条，下面用了大半页的篇幅痛斥曾广财丧尽天良，简直不是个东西。第二条罪状是他在当项目经理的时候，惯常通过拉拢关系、腐蚀对方关键人物等不正当竞争手段，以组织利益为掩护实现个人暴富。罪状一共7项，有大有小，但件件举证翔实。检察院调拨了6名同志，分了两班，白天黑夜连轴转，最后在星期一及时控制了曾广财，也把串供的可能性降到了最低。

面对厚厚的检举信，曾广财无话可说，一一招供。只是对于宿舍楼虚假鉴定一事咬死了不知情。检察院的同志换了个角度提醒他："这栋楼当年就是经你的手盖的，质量如何你恐怕心里最清楚。当然，你如果想不起来，可以再想想，今天不行就明天，我们可以等到二次鉴定结果出来再讨论讨论。"

曾广财不为所动，这根绳上拴着两只蚂蚱呢，那一只才是业主，轮不到自己发表意见。冷冷地说："我干过的事我就认，刚刚说的那些钱我退，绝对配合。但是那栋楼可是合规合法盖起来的，你们如果觉得有问题就去调查南投的领导，跟我一个搬砖的纠缠什么！为了别人的楼，我去收买鉴定人员？你们好好想想这个逻辑是不是有问题！这种伤天害理的事我是绝对不会做，我对南投几个受伤的年轻人也深表惋惜。"

检察院的同志说："那我们换个话题。说一说当年为了搭便车抢夺南浦新区落地项目，你给曾劲松送了多少礼。这可是很好查的。曾广财，你也是个老党员了，应该懂得主动交代问题有将功折罪的可能。现在就是在给你机会！"

这话提醒了曾广财。小时候在田野里捉蚂蚱，三只两只地穿在一起放在火上烤，有时候火力不均，一只烤熟了，另一只或者两只还没动静，匆忙把焦香那只往嘴里塞时，后面的一两只趁机挣扎一番，竟也能逃脱。

逃出去的蚂蚱能蹦跶多久并不确定，它们起初装"熟"或许就是在忍耐煎烤，伺机而动。多少都要受点高温灼伤吧，不可避免。他飞快地在脑子里盘算起来，可怜的老友杨卓只有被烤焦一条路，自己和曾劲松能不能挣扎逃脱，得坦白多少才是逃脱的好时机。

直觉上，能力通天的曾劲松应该不会那么容易倒，自己要按他的"最大耐受程度"来才安全。

"同志，我坦白。当年我确实贿赂过曾劲松，不过现金什么的他都不收，我也没办法，就自作主张地把一栋别墅过户给了他女朋友。小别墅，不要这么惊讶，哈哈。就在南浦。当时房价低，又不限购，我用老家的地置换了好几处，这个最小，又偏，当时才40多万。不过，现在应该值300多万了。算举报有功的话，还能，能多抵200多万吧？"

他的话被毫不留情地打断了："曾广财，你也是懂法的人，怎么这点道理都不明白。所有赃款赃物是要没收充公的，不能当你个人的捐助。"然后，要求他详细报出了地址，安排了一位同志马上去查。

曾广财并不死心，摆出一副老实人的低姿态，继续坦白从宽："好，好，一切听组织安排，听组织安排。不过我还没说完。那个曾劲松可不是个一般人。我俩合作这些年，你看看跟前那些举报，只要涉及南投的，都有他一份，不能只查我啊。还有宿舍楼鉴定这个事情，我都觉得很困惑。市政府怎么能做这种搬起石头砸自己脚的事呢？这些要找南投算账啊。你们快去调查曾劲松。"

两位检察官互相对视了一眼，觉得他这话有些道理。看也问不出什么了，就让法警带走了，并提醒说这是拘传，事情没搞清楚之前他还得多住几天。此时已经是8月8日下午4点半，检察长佟明看到递上来的报告，陷入了沉思。

这个事情怎么查，查完怎么断？压力现在完全落在了他这个还有半年就退休的检察长身上。那么，他最好的选择只能是拉着上级检察院和市政府领导一起决策。

当晚，水建三忘了自己是怎么回到家的，一进门就栽到沙发上，一言不发。齐亚茹正在厨房忙活，喊了几声都没见他来帮忙，便数落起来："今天回来早一点，帮我做做饭哪，整天光吃不干……"直到看到他那副狼狈相。齐亚茹心里明白得很，说起来，从周六凌晨听到电话响，就没惦记着他能好。

饭菜端上桌，水建三才强打起精神，端上碗却又不动筷子，低着头唉声叹气。齐亚茹正在喂女儿吃饭，看这样，一脚踹在他椅子上："看你那没出息的样儿，别在家里丧气，影响了孩子吃饭，我跟你没完！"女儿正在卖力地啃着手里的鸡腿，时不时抬头看看，见两个大人吵起来，竟然笑了。

女儿的笑声让水建三抬起了头，勉强说了几句话，主要是告诉齐亚茹二舅被拘、自己要受大处分。

齐亚茹心不在焉地安慰了他两句，继续给女儿喂饭。女儿笑起来真好看，像自己五分，另外五分则跟水建三没有任何关系。想到这里，齐亚茹心头一紧，有些话或许现在说最合适："我说。如果这次事情很严重，你要受处分……我想着，要不，要不我们先假离婚，好保全一部分财产。你看看，两套房虽然都是咱的名字，但都是你二舅出的首付，万一再被追回……"

这个提议让水建三愣了好一会儿才缓过来。他觉得有道理。人家没在这个时候骂他是个废物，没带着孩子回娘家，已经很给他宽慰了。他向齐亚茹确认了一点：只办手续不分居。得到肯定的回答后，迟疑着点点头，算是同意了。

齐亚茹又说，为了最大可能保全财产，两套房子都过户到自己名下。水建三也同意了。

说财产分配的时候，齐亚茹是有些愧疚的。但如果不趁这个机会说，不说得真像那么回事，她也许就错失了这个脱身的好机会。老冯那边催很久了。他虽然已近40岁，早年离异，有个上大学的儿子。但凭着优秀的外形条件和颇有风度的举止，这个中年男人完全没有贬值的趋势，反而越来越像年轻姑娘都追捧的那种"帅大叔"。齐亚茹对他是否能等自己那么久心里没数。现在该狠心的时候就得狠狠心。不过，真说起来自己也是有良心的——只要房子和女儿，存款和家里的值钱物件儿一样都不会动，都留给那个恐怕要孤苦此生的可怜虫吧。

水建三不知道自己变成可怜虫已成定局。这些年来顺风顺水的工作和生活限制了他对人生的理解。他无法正确地看待自己，也就无法明白自己在别人眼中的价值，不知道在妻子眼里自己从来都是一文不值，更想不到每个周末齐亚茹把孩子带出去玩一整天，体贴地让他在家放松，是去见孩子的亲爹。

水建三的老婆跟他谈离婚的同时，柳琳的老公难得地回家吃饭了。

对柳琳来说，今天两个会加上周末的事，信息量太大，作为总经理助理，自己竟然不知道南浦分公司"水这么深"！何文锋在这个忙碌的周一居然能回家吃晚饭，着实让她惊喜。柳琳便没话找话似的，跟他说起单位里的奇葩事来。

何文锋慢悠悠地吃着饭，认真地听着，却不做评论。看着那若有似无的笑，柳琳担心说错了话，问他："是不是我看得太浅了？梁兵都要调走了，不至于这么整人。"

何文锋冷笑一声："你呀，知道的越少越好，管他梁兵整谁呢，你都不要掺和。"

许久没有听到如此体贴的话了，又是为自己着想。柳琳受到了鼓励，胆子又大了些，继续说："听起来你们公司那个曾广财问题可不小，怎么拘走了？那宿舍楼又不是你们的，不至于这么严重吧？"

何文锋不耐烦地接过话："刚说完不让你瞎操心，又打听！跟你说吧，就算没有宿舍楼这摊子事，曾广财也够进去几回了。我当了南浦的老板后，他这个办公室主任就处处跟我作对，拆墙挖坑的。我琢磨着也没得罪过他啊？后来才知道他认为当年我的提拔，是抢走了他的机会，这真是做大梦呢。你说他傻不傻？自己几斤几两搞不清楚？天天不走正道儿。这是跟你关起门来说——就算没人告他，我都有办法把他拿下来！"

"那是。当个办公室主任怎么能跟老板过不去。哎！说起来，这舅甥俩真是一脉相承，都在这个位置上，都干得一塌糊涂……"

何文锋打开了话匣子："怎么说呢，历史原因也是有的。咱们这些国有企业都有些老传统，特别前些年管理松散的时候，喜欢搞'近亲繁殖'。这么好的工作，照顾亲朋好友也不奇怪。这些年党管企业，越来越严，越来越正规，这种情况才慢慢改善。不过你看，你们不还是受益人？不过我是有信心破旧立新的——关键岗位，一定任人唯才！"

柳琳欣慰地点点头，掰着手指头数起来南投那些"关系户"。

何文锋接着说："之前没觉得会这么明显吧？国内五百强大企业的关系户多，你说照顾谁不照顾谁，还不都是趁着利益相关、互相拉巴、互为资源。说起来啊，我到南浦任职第一天，就从省里拿到了建工集团关系户清单，足足3张表格啊，90多个人啊！你说我头疼不头疼。不过，其中确实有可造之才，提拔个新的办公室主任不成问题……"

柳琳想提醒他不要找女的，还想讲讲梁兵不用任文的道理。不过基于某些显而易见的忌讳，话出口就变了，建议何文锋找老成持重的。何文锋满口答应下来。

今天这顿晚饭吃得愉快，聊得对味儿。倒不是何文锋心思回归才对柳琳特别好，而是满脑子都是事情。没有他的授意谁敢把那些举报信直接送检察院？又怎么那么巧，集团纪委和检察院都及时捉到了曾广财？职场斗争的残酷不仅是你死我活，还是限时考试。何文锋刚刚完成了大考，结果还没出，心里不踏实。家给的安全感还是在的，他回来吃饭就是图个清静，心思并不在跟她说话上。

24

8月9日刚上班,6名不同岗位的员工就接到了集团检查组的电话,水建三也在其中,他谈话的时间是9点15分到9点45分,地点在6楼接待室。

水建三在办公室来回踱着步,汗一层层渗出来,浸湿了半截上衣。王向东实在看不过去,提出陪他下去走走,水建三感恩戴德地赔着笑脸,赶紧跑去按电梯。

见两人走远,办公室的气氛突然热闹起来。王芊芊带头围到任文跟前,借打听宿舍楼的处理结果,问水建三是不是终于要下台了,直接道起了恭喜。任文刚刚正被一条人事公告吸引住,一时间不知道怎么表态才好,赶紧求何大姐解围。何大姐笑着把大家叫到自己跟前,说了许多政治正确的话,不过也让大家都听明白了猜测没错。于是大家很快说笑着散开,各自忙活去了。

他们可不想在准办公室主任的任文面前留下任何把柄,这姑娘可不比水建三好伺候。水建三不干活、不操心,除了经常拖后腿捅娄子,对他们来说没什么相干,更别说压力,遇到这种领导也怪舒服。任文就不同了,这家伙整天风风火火,老板要求一百分恨不得干出来一百二十分,以后真当了领导指不定对大家要求有多高。不过,凭良心说,跟着任文这样的领导也有好处。她干活很细,目标明确,有步骤有方法,团队的工作效率高,在老板那里挨骂自然也就少。

任何一个公司,任何一个办公室,除了强塞进来的如水建三一样的关系户,可以说个个都是人精,南浦这几个也不例外。他们虽然更喜欢有水建三给予的宽松氛围,却也很期待成为任文领导下的一员,这是矛盾的。大家正是抱着这种矛盾的心情,在讨好任文的同时,内心里也悄悄拉开了距离。任文能感觉到今天氛围变化之微妙,甚至从这距离感的变动上体味到了梁兵那种孤寒。比起莫青,自己的职场氛围风格更像梁兵的。

办公室重归安静。任文用了十几分钟研究那条让她热血喷涌的公告。公告上说：根据集团公司最新的选人用人政策，东南省公司将面向全省进行副总经理及同档次岗位的公开选聘工作，流程与往年无异。不过，报名条件中特别标红了一处新规：年龄放宽至28岁，岗位级别不限，且录用的人员中，32岁以下的不少于一人。为了便于大家理解新规，公告开篇用了100多个字阐述干部队伍年轻化的重要意义，强调了要让能干的年轻人不再熬资历，主打的就是个任人唯才。看得出组织打破僵化的晋升制度是下了大决心的。

任文的心怦怦狂跳起来，赶紧截了图发给莫青，说自己要报名应聘，就算不成功，也能在庞大的评委团面前展现下能力。莫青很快回复道："很好！"过了一会儿又提醒她也问问梁兵的意思，任文不敢在这个时候打扰梁兵，打算梳理好竞聘材料的提纲直接请他指点。不过，倒是可以问问苏恒，这家伙经常往省里活动，向来消息灵通。

苏恒回复的消息既没有鼓励也没有打击，而是把她喊到自己办公室面谈。等任文眼巴巴地望着他等待"内幕"时，苏恒却只说了几个字："我建议你不要凑热闹。"

任文有些生气："苏总，之前很多事大家心里都明白，我完全可以计较的，却向来对您恭恭敬敬。您又何必阻拦我的前途？"

苏恒对任文是和气的。他并不知道莫青和她的关系，曾劲松也没闲到跟他八卦哪个下属是谁的关系户。他只知道这个年轻人在历任领导班子面前都混得开，那必须在自己面前也混得开，或者说，彼此给予该有的礼遇。不要丢了副总的身份才是。可是，过去因为要偏袒水建三，他跟任文不怎么合得来，也知道这家伙的"热情、礼貌、一问三不知"策略。他很理解，不计较，毕竟是自己一碗水端不平，失了格调。这两天，他痛定思痛，慎重考虑了要弥补两人的关系。毕竟，如果一个副手胆敢跟钦定大内总管闹不愉快，那必将会有吃不完的恶心。这也属于国内五百强大企业中不言自明的规则。

看到任文脾气上来了，苏恒赶忙赔不是。又跑到储物柜里拿出一罐包装精美的坚果，塞到她手里，讨好地说："哎哟，任大小姐可是要冤死我。我哪有本事在这种事情上拦你啊！再说了，现在是什么时候，我巴结你这个大主任还来不及呢。在你面前我可是向来坦诚……"

任文也不客气，一屁股坐在沙发上，拧开罐子就开始吃，话却不说了。

苏恒坐到她侧面的单人位上，伸长了手泡茶，一面说着："我透给你内部消息，你可别乱说。当然，你向来嘴紧。"

任文这才收回来脸色，抓了把坚果递给他，也还是不说话，只笑，笑得不以为然。以莫青调教出来的能力，她拿捏这种水平的领导完全不在话下。

苏恒生怕她站起来走人，赶紧把坚果一把塞到嘴里，快速地嚼了几下，又喝口茶送了送，说："我跟你说了，你可要答应我，今后咱俩就是好兄弟，你怎么对莫青，就怎么对我。"

任文拍着胸口说："放心，只要你这消息值个兄弟！快说，别卖关子了。"

苏恒压低了声音，说："省公司这次公告你看明白了吗？"

"明白了啊，不拘一格降人才！"

"那是之一。还有一条暗语，看出来了吗？"

"32岁以下的至少有一人。"

"是啊。想过没有，为什么不是30，不是33，也不是35？集团的红头文件明明只要求逐年降低领导干部队伍、加大年轻干部比例，尤其是加大到35岁以下……"

"对，是有这么一段话，说35岁以下……所以？"

"我还是先给你讲个段子吧。某地公务员招考，招聘条件写着：女，长发，身高一米六五到一米六八，体重不超过55公斤。"

"那就是要录用指定的人呗，就差公布身份证号了。哈。"刚笑了一声，任文就愣住了，瞪大了眼睛追问："你是说……内定了？"

苏恒忙摆手："我可没说。你这么聪明，自己想。"

任文"哼"了一声，不服气："内定了又怎样，我又不图结果。让我去领导面前露露脸，给将来的仕途争取点机会总可以吧？既然是新规，那想必明年、后年，每一年都要照顾年轻人，一次不行两次嘛！"

苏恒两手一拍："哎哟，任大小姐可算说到点子上了。是啊，咱的能力，一次不行就两次，以后有大把机会。可是你有没有想过，评委有12个，这12个人是不是都心往一处？说白了，万一有8个人投你的票呢？我是指32岁以下。不得不承认年纪大的人优秀的更多，可咱不跟他们竞争，就说32岁以下。"

苏恒说完，留下时间让任文消化，自己去柜子里翻书。任文很快明白过来："懂了。万一我把人家挤掉了，就算最后还是人家上位，我也算惹了麻烦，那12罗汉之间必将有一场血雨腥风。上面的人掐，我也落不着好。"

苏恒坐回原来的位置，把挑出来的两本书递给任文："是这个道理啦！明年你再报名，我一定手把手给你指点材料！来，先看看这两本书——讲客户拜访的，是IBM用的辅助教材。很多人要借我都没给。"

任文翻了翻那两本书，确实是有名有姓的好书，不过自己似乎用不着，便拒绝了。苏恒却很坚持："以后不同往常。那个水建三屁用都没有，你可不同。你今后要陪着老板应酬，陪着谈客户，这样才是一个优秀的办公室主任嘛。快趁早学起来！不懂的问我啊。"

任文还是摇头："少忽悠我，我看我就没这个命。可别真的学会了，办公室主任没当上，倒成了你撩客户的手套。"

苏恒还是笑，说绝对不会强迫她为自己打工。说他情绪控制能力差，可真是冤枉人，这不从头笑到尾嘛。或许他根本不是控制能力差，而是情绪的浮动空间太大。一个极端是暴跳如雷，另一个极端是冷静和善。而这两个极端显然各有用处。一个是对下属，一个是对上级，不，不只是上级，是对所有利益相关者。

任文看着苏恒胖脸上拧出的褶子，发现这个人还是有些用处的，于是抱起书、道了谢，开开心心出去了。

回到办公室的路上遇到了正准备去接受谈话的水建三。在王向东的帮助下，他看上去已获得了暂时的平静，脚下生风地奔接待室而去。

这就意味着自己又可以得到半个小时的安静。回到座位上，任文赶紧摊开书，准备先浏览一遍。刚把苏恒批注的序言读完，手机就响了，是陈红。

她的号码自己早就悄悄存下了，不过，真正看到这个陌生又熟悉的名字出现在手机屏上，还是倒吸了一口凉气。早知道有被找上门的一天，但万万没想到是这个时候。任文志忑着，走出门才接通电话："你好，哪位？"

"我是陈红！"对方很平静。

"陈红……哦！你好你好！"任文用夸张的热情武装起自己。

陈红不回礼，直接下起通知："我们谈谈吧。今天中午在你们单位附近，12点准时见。"

"啊，谈……谈什么？"任文闪进一间空着的会议室，分了一半儿的心去考虑要不要告诉程伟。不过陈红替她决定了。

"谈什么？你说谈什么？！你来就是了，不用告诉程伟！"陈红声调不高，语气却很强硬。终归是受伤害的那一方，她能打这个电话，说明已经用尽了全部勇气——那点仅剩的，勉强维持她活着的勇气。

任文迟疑了，陈红平静异常，让她不由得担心会发生极端冲突。

见任文不吭声，陈红不耐烦地说："你放心，我既不会带刀子也不会带硫酸。你们不要脸，我还要呢。不会做出那种事情！"

任文脑补着捅刀子、泼硫酸的画面，手心不禁出了汗，整个人都像被抽了真空，心脏也似乎有些压迫感。她稳住情绪，说："可以！"

陈红还不放心，警告她："如果你告诉程伟，或者爽约，后果自负。我可知道集团检查组正在你们单位呢！"说完就先一步挂了电话，跟着通过短信发来了见面位置。

比起某些人面对集团检查组，任文觉得被陈红"约谈"难熬多了。但若真弄到集团检查组面前，自己挨处分事小，被人笑话也扛得住，但程伟、梁兵都得成南浦分公司的笑话。拖梁兵下水，那自己的名字恐怕要从南投集团的通讯录上永远消失了。任文努力地克制住要给程伟通风报信的念头，最终溜达到了莫青办公室门口。

莫青正在跟两个下属谈事情，从门缝里看到她鬼鬼祟祟的样子，瞪了一眼并不理会。任文只好回去等。找了间没人的会议室坐下，她需要静静。万万没想到，电视剧里博取眼球的烂大街情节今天竟能在自己身上上演。

"啊……"她不由得仰天哀叹，好一顿捶胸顿足。

几分钟后莫青发了微信喊她过去，看着她那狼狈样不由得好奇："这是怎么了？让人举报了？"

"还要惨，更惨。唉，还不如被举报呢！"

"呵呵，还有人敢为难任大小姐？说出来让我过过瘾。"

"唉，说不出口。"

"不想说滚蛋，跑我跟前唱大戏。"

"我说我说。唉……"又是一通叹气，"陈红你知道吧——程伟老婆找我了，刚刚打电话约我，等会儿就要跟我谈谈。"

"哈！这么快就要壮烈了。怎么，你的程哥哥把你卖了？"

"才不是，别瞎说！我听那意思，程伟不知道……你说，她要跟我谈些什么？我会有危险吗？"

"谈什么？你自己做的事，跑来问我谈什么？我帮不了你，自己面对啊！总之，不要打架，如果打起来不要拽头发抓脸，不好看。哈哈……"莫青幸灾乐祸，跟着就站起来要送客。任文赶紧推住门，央求道："别啊，万一我这有去无回呢。你要不也去那家餐厅，找个偏僻的位置暗中保护我。"

莫青不笑了，狠狠剜了她一眼："你放心。万一打输了进了医院，我还是会去看你的。"

"你怎么不跟我一条战线了，这个时候搞分裂啊？"

"滚蛋。无原则无纪律，谁跟你一条战线？我都恨不得现在给你两巴掌！"

任文低下头不作声，想哭。莫青一看话说重了，赶紧哄："你可别在我这哭啊，要哭去程伟跟前哭，谁做坏事找谁算账……"

"她不让我告诉程伟。"任文倒是没哭，不过说话间已见明显的鼻音。

莫青想了想，说："那是不能说。哎呀，我看没那么严重。无非就是要你主动从人家老公身边滚蛋。当然，你是愿意滚蛋的，对吧？你前天是这么答应我的吧！"

任文不服气地翻了个白眼，敷衍地"嗯"了一声。

然而，陈红却不是让她滚蛋。

陈红选了程伟和任文常去的港式茶餐厅见面。任文进来时，她在餐厅靠里的落地窗边独坐多时，穿着件修身的职业装，化了淡妆，看起来是从单位过来的，或者下午还要去上班。任文松了口气——打架应该是不必了。陈红正在百无聊赖地搅着一杯黑咖啡，目光透过窗子投入外面的虚空，待任文在对面坐下来，她才转过脸，眼中残留着暂未收拢的哀伤。

"你俩常来这里吃饭吧？今天想吃点什么自己点。"餐牌被推到了任文面前。任文尴尬地咧咧嘴，象征性地翻了几下，随便点了份沙拉，想了想，又要了一杯同样的黑咖啡。

把菜单递给服务员的时候，陈红插了一句："沙拉再添一份。"

任文试图缓解一下气氛，没话找话："姐姐跟我口味一样啊。"

这是句无心的客套话，却被陈红抓到了两个关键点。她冷冷地说："姐姐？呵，你倒是会给自己找身份。"低头呷了一口咖啡，又说："口味是很像，不然怎么都看上了同一个男人。"

任文不敢接话，保险起见，还是敌不动我不动为好。

陈红也没打算听她说话，原配都知道插足自己婚姻的第三者会有什么样的台词。她把一包糖撒进咖啡杯，又搅起来。镀金的勺子在咖啡中卷起一个漩涡，像是要把人吸进去的时空隧道，看久了有些头晕。

陈红就是要带她穿过时空，看看往事。故事从高中时期对程伟的暗恋开始，讲他打篮球的帅气身影，在奥数领奖台上的风姿，对同学和朋友的谦和礼让……说他是女生追捧的校草。而自己当年却是个丑小鸭，自觉配不上他，多年来只能一直默默地关注。后来他们去了不同的城市读大学，她也经常关注他的QQ动态，偶尔闲聊几句，知道他没有女朋友，却从来不敢表白心迹。就这样直到参加工作几个月后，她惊喜地发现程伟也在同一个城市，两个人的单位离得还很近，于是就找了机会偶遇。陈红说得动情，脸上时而浮现出小女孩的娇羞，时而露出爱而不得的伤感。

"你以为,偶遇后我们就开始了吗?"陈红突然问她,红红的眼圈里噙着泪水。

任文点点头,又慌忙摇摇头,不知道说什么好。

陈红叹了口气:"如果偶遇后再也没有以后,多好。"

任文没听懂。这个时候服务员来上菜了,她便在沉默之中放弃了追问。程伟讲过一些,不过讲得不细,比如从没有说过他们两个人到底是怎么开始的,他说那不是任文需要知道的。

服务员离开了,陈红反问她:"你不好奇,我是怎么得到程伟的吗?"

任文摇摇头。

陈红拿起任文的那袋糖包撒到自己的杯子里:"我还要加点糖。"

"你用吧,我都是喝黑的。"任文终于说了句话,她发现自己声音很细,明显底气不足。说罢,像是要证明自己无所谓一样,赶紧端起咖啡喝了一大口,好苦。

陈红又搅起咖啡,喃喃地说:"都说自作孽不可活。我从程伟的状态里判断出了他正在经受情伤,这个世界上竟然有女人忍心让他受伤。我不知道那个女人是你,如果知道你们的过去,我不会再去偶遇他第二次、第三次。可是,终究还是偶遇了。你知道我有多么爱他?我怕失去他。后来,我让自己成功地嫁给了他,却发现他根本不快乐。我真是愚蠢!"

任文的思绪被带回到那些年。她跟程伟别气,放弃工作选择考研……多么愚蠢啊!现在,两个愚蠢的女人同时把手伸向纸巾盒,不由得抬头对视,彼此的眼中竟有了别样的怜惜。

陈红不好意思地笑笑,擦了擦眼泪,招呼任文吃菜,暂时中断了说话。

任文嚼着沙拉,只感觉酸涩得难以下咽,又喝起咖啡来。半杯咖啡下肚,任文打起精神来,斗胆劝慰道:"这些年你也辛苦了。"

陈红认同地长长舒了口气,说:"是啊,是我作孽啊!有一次吵架中他知道了是我有意'骗婚'的,暴跳如雷,从此再也不碰我了,连我生孩子的机会都剥夺了。"

任文的心里五味杂陈。如果这故事是别人的，毫无疑问自己会坚信那男人是个人渣！你不喜欢她，可以离婚啊！为什么拖着人家？可这是程伟啊。她太清楚他的为人，知道那些绕不开的坎儿，解不开的结。他的内心该有多么煎熬？

陈红迟疑着，迟疑着，几次欲言又止，最终在任文不解的眼神下还是说了出来："我知道他要去集团半年，这或许是我们最后共同生活的日子了。于是，昨天我逼着他给我一个交代——为什么对你念念不忘以至于此？我需要一个答案！"

任文望着她悲愤交加的脸，那因痛苦而抽动的嘴角，一动也不敢动。她也想知道，此刻才发现，自己竟然从来没有追问过，以为爱了就是爱了。竟不知自己得到的这份爱让另一个女人如此痛苦。

程伟给她答案了，让她不要告诉任文。"我今天来，不是为了别的，就是为了告诉你，他为什么爱你。他不让我说，我怎么可能不说？！你不过是个替代品！"

陈红低吼着，好在没到下班时间，附近落座的食客不多。

跟着，她讲了程伟6岁那年在河边失去妹妹的事，最后说："你知道吗？你跟他妹妹同年同月同日生，他把你当作妹妹的重生……"任文震惊，她没有想到他经历过这种事——如此严重的童年创伤。她强迫自己从对那小妹妹的悲痛中镇静下来，马上发现自己当年分手的愚蠢决定何止是毁掉了两人的姻缘，那是在杀人啊！程伟无疑将她视为了救赎者，可她，她却都做了些什么啊？！他的内心该是多么痛苦，多么绝望……

自己的后悔，陈红的愤怒，程伟的悲痛与心碎，还有那个本该和自己一样年纪的受哥哥疼爱的小妹妹……无数怨念在心中翻涌着，一点点变作一个鼓囊囊的大血包，那血包越涨越大，堵得她透不过气来。这时，她隐约听到陈红说了一句："所以，我想……我跟他离婚，把他还给你。"

突然，那血包破了，鲜血四溅，洪水般淹没了世界，吞没了自己。任文晕了过去。

飞驰的救护车把她短暂地晃醒时，身边是程伟和陈红两口子。程伟焦虑地讲着电话，她能感到自己的手被他攥得生疼。陈红呜咽地辩解着，说自己不知道她心脏不好。

"是我的心脏破了吗？"任文听到脑海里有个声音在说话，又晕了过去。

再醒来时，已是在病房里了。头顶上挂着两瓶不明液体，身边有几个人影。还好，那液体不是红色的，任文下意识地微笑了一下，又闭上了眼。

"文文……文文，你是不是能听到，你醒了对不对？"是莫青的声音。

任文挣扎着撑开眼皮，努力地笑了笑。她没有力气说话，听力、视力也都是模糊的，身体里像是有一种力量封住了意识，什么也做不了，一动也不能动。看到她的反应，莫青眼睛一红，转过头擦泪去了。

两个护士凑过来，一个在忙活她指尖的夹子，另一个在读检测仪的心率。医生也过来了，翻开她的眼睑看了看，又去观察仪器。渐渐地，屋子里的响动她都能清晰地听到了。

莫青在跟医生说话："……没有大碍是不是？真的没有吗？都晕过去半个小时了……"

医生说："心脏不好的人不能空腹喝黑咖啡，你们这点常识都没有？等下输完液，恢复了精神就可以出院了。还有，病人日常不能有大的情绪波动，不然等同于喝咖啡……"

任文渐渐感觉到自己有了些气力，试着操控下手指，又动了动脚趾，它们有反应了。等耳朵里的轰鸣声消失了，她便要挣扎着坐起来。这时，莫青送完医生小跑着回来了，赶忙来扶她，又心疼又生气地数落起来："你不能空腹喝黑咖啡，自己不知道？这么大个人了，一天天的净给我添麻烦……"

话一出口就发觉略重了些。不料任文并没有像往常一样顶嘴，反而眼圈一红，扎到他怀里哭了起来，嘴里念念有词："有哥哥真好……"

莫青又尴尬又心疼，轻轻地拍了拍她的脑袋，算是对这种奇怪的夸奖心领了，赶紧推开她，又往她身后加了个枕头，让她倚着坐好。自己拉了把椅子重新坐下，顺手从床头柜上的红色塑料袋里掏出一瓶牛奶和一包饼干塞给她，看她开始吃了，才问："跟我说说你们今天谈了什么。"

任文把程伟小时候的创伤事件讲了出来，对自己曾经的"作闹"连连忏悔，最后说正是在那么大的精神压力下才晕倒，黑咖啡不是罪魁祸首。莫青听完，明白了刚刚那句话并不是为着夸自己而说，心里反倒轻松了，自责地说："早知道你们之间这么复杂，今天我肯定不让你去见陈红！唉……对了，你刚刚说她要主动离婚？"

"好像是说了这么一句，没听太清。对了，他俩人呢？"

"我让他们回家了。这个程伟……我让他把家里的事处理好，不然就别回来上班了！真是气死我了。还有，单位其他人都不知道中午的事。我刚刚跟王向东讲你和程伟跟我去客户那一趟，给集团检查组找材料。"

打完点滴已经接近下午4点，莫青直接送任文回家。路上，她讲起苏恒不让她报名副总经理选聘的事。

莫青有些不解："有内幕？"

任文答："是的。听他那意思，甚至已经定好了人。"

"那你就别掺和了，这几天还不够忙啊？要我说，你接下来就把精力放在办公室的工作上，不只是补位，还要细细地把各项事情梳理出来，该办的办了。等新老板来了也好汇报得有条理些，让他及时掌握情况。"

任文答应着，又说回刚刚的话题："你说，这个32岁以下的副总经理会是谁啊？那得多大的背景啊？！天龙人，真是妥妥的天龙人！"

莫青直言不清楚，不过又说从南投集团在东南省这几万员工里找出这么一两个人来应该也不难。任文不信："为了找出这么个人专门发个选聘？硬要把副总的位置塞人家屁股底下？"

莫青不回答，只问"天龙人"是怎么个说法。

"你儿子不看动漫吗？日本那个连载了十几年的《航海王》都没看过？"

莫青侧过脸笑了笑："你看，有代沟了吧。我儿子现在搞编程、练跆拳道，哪里有空看动画片。"

任文咂着嘴，对这个"没有童年"的孩子表示同情，科普起"天龙人"来。

莫青听得津津有味，却不太同意她的说法，纠正道："哪个有着几十年历史的企业都如此。你说说哪里没有关系户？你就是个关系户嘛！"

"我顶多算个小关系户，跟呼风唤雨、动辄影响'世界局势'的天龙人差远了，他们可是动动手指头都能让世界颠倒的。南投的天龙人这不就在革新历史了——32岁以下的副总啊……敢问副总大人，您……对这样年轻的同僚有何看法？"

"我没有个人看法，组织怎么看，我就怎么看。一切服从组织安排。"

"少打官腔……"

"怎么？你以为我孤身一人，血雨腥风这么多年，这点事都看不明白，装不下？"

任文吐了吐舌头。

"你刚刚讲的动漫里的世界观没错，是这么个道理。有人的地方就有秩序，就有人定秩序。有些秩序公布于众，有些秩序没有写到纸面上。大世界如此，南投这个小世界亦是如此。不过我要提醒你，就算是天龙人也要服从秩序，在这个企业里，组织利益才是高于一切的。"

任文若有所思地点点头："说起来，你可是要争气啊，替兄弟姐妹们爬上去，让咱也当当天龙人！"

莫青苦笑着摇摇头："你都说咱们这里有大把天龙人啦。我能混到今天这个位置已经很不容易了，封顶了，不想了。你呀，今后别给我添乱拖后腿就行，天天操心你的事都烦死人，现在又要送你回家。你好歹也30多岁了，还跟没断奶一样……"

莫青显然不愿意谈论自己的前程，他心里没底。现在遇到梁兵调走倒是个好机会，可是，偏居南浦这么多年，上头那些"大人物"，动动手指就能翻天覆地的秩序制定者们，能看到自己吗？

25

考虑到谈话环境的需要，接待室的布局按规范做了调整。茶几和长沙发挪了出去，取而代之的是一套6人位的小型会议桌，只配了3把椅子，桌上摆着两盏意义不明的阅读灯。短沙发和茶水台还保留着，地毯也在，吊顶上射下来的几束灯光仍是暖黄色的，即使关紧门窗、拉了窗帘，也不会显得太过于刻板清冷。

会议桌顺着空间走向摆放，检查人员和受访人员分别在长边相对而坐，侧对着门，不易分神。

时间回到8月9日上午9点15分。水建三落座时顺势把椅子往门边拉了拉。现在，他正对面是做记录的笔记本电脑，遮住了记录员小宋的半张脸，旁边的张组长只好把身子向他侧过一些，避免了斜着眼睛看人。他这个举动是多余的。水建三始终不抬头，只偶尔翻翻眼皮偷瞄对方一两眼。

水建三的两肘撑在桌边，手虚抱着头，时不时腾出手抠弄胸口的党徽，然后又落回头上，仿佛他那假发会掉似的。党徽本可以不戴，却是王向东刚刚追到门口，非要让他戴上的。

张组长看看手边的花名册，确认来人的身份："水建三同志，南浦分公司办公室主任。没错吧？"

对这例行的开场白，水建三居然警觉起来，把刚刚王向东宽慰的话全部抛诸了脑后，仍旧不抬头，但脖子上的筋分明涨了起来，问道："怎么了，很奇怪吗？"

张组长愣了一下。这是他今天访谈的第二个人，也是6个人里职务最高的，且不说还是办公室主任，居然连检查流程都不懂。看起来，昨天下午在扩大会议上不是搭台唱戏，水建三的水平和此刻暴露无遗的心虚已不言自明，很能说明一些问题。

张组长笑了笑，翻出一沓纸，又瞅了起来。第一页的常规问题已经完全没有访谈的必要了。约莫过了1分钟,他终于慢条斯理地从第三页的结尾处找到了目标,拿签字笔戳着那几行字,读道:"水建三同志,你们单位有无自定义的人力制度?你认为班子在选人用人上有无不当之处?"

水建三没想到集团检查组不问宿舍楼,也不问拉横幅讨薪。这道题他会,而且早就准备好答案了。如果上一封举报信说梁兵酒驾不够力度,那么第二封就要写他违规用人。

在水建三看来,梁兵违规任用的不止一人。昨天的会一开,自己的前途也就无所谓有没有了,豁出去了,再"参他一本"!这么想着,他的胆量也回来了大半,颇有条理地开始了陈述。

"领导们好!梁兵在选人用人方面有不当之处,我了解到的有3个人……"

小齐举了下手打断了他的发言:"请注意,问题是'组织在选人用人方面',不是针对某个领导的个人意见。另外,还需要先回答一下南浦分公司是否有自定义的人力制度。"

水建三愕然,他只想把对梁兵的不满一吐而快,完全没考虑回答问题的站位。把组织的决定都扣到梁兵一个人头上很难,因为每个任命都要班子开会,实际上也都开了,并不能证明是梁兵的一言堂。不过,在办公室这么多年,水建三对讲话的技巧还是多少掌握了一些的,他很快回答道:"南浦的个性化人力制度就是梁兵一言堂。一把手对人力负责嘛,虽然都开过会,但很多时候走过场,副总们不会有任何反对意见的。"

他忘了自己就是在苏恒的反对意见下苟活至今的。

两位检查组人员用质疑的目光望着他,无疑是要他为自己的话负责。水建三硬着头皮补充了一句:"你们不是问我的看法嘛,我就是这样看的!"

张组长不动声色,示意小齐记录。

跟着,水建三正式开始背诵备选的举报信内容。

梁兵违规提拔任用3人。柳琳,建工集团副总裁兼任南浦分公司总经理何文锋的太太,该同志入职南投11年,前9年都是省财务部的普通科员,在何文锋调任南浦后,其跟随调来,被任命为总经理助理,享受仅次于副总且高于部门经理的待遇。对柳琳的任职决定经过规范的人力流程、集团总裁办决议。但是，一个工作多年毫无建树，且专业并不对岗的人如此顺利地调动、提拔任用，足以证明了梁兵是一言堂。张涵，2016年入职的新员工，实为梁兵的亲外甥女。王浩，2016年入职的新员工，系张涵男朋友……

水建三义正词严地背完，拧开手边的瓶装水喝了一大口。小齐噼里啪啦地追赶着他的语速，张组长追问："2016年入职的新员工转正时间应该是2017年1月1日，现在还是实习阶段。能说说组织对两人的实习安排吗？"

水建三看着张组长，从他的脸上读不出任何提示。按理说，集团应该也是有山头有门派的，这个张组长或者说整个集团检查组是哪帮哪派的呢？如果是梁兵同党，那怎么问得如此详细？不，既然是来查他，肯定是对手安排的人。集团那么大，梁兵站错队完全不奇怪！

水建三以自己有限的格局快速加工了一遍有限的信息，觉得自己应该抓住这个机会继续给梁兵泼脏水。他坚信那个道理——领导的责任最大，领导越差，下属就越无辜。

于是，水建三情绪高涨地说起新员工的实习安排，不仅是问及的两个人，其他3个人也都介绍得清清楚楚。

张组长听完并不点评，跟小齐交换眼神后，就请水建三出去了。水建三意犹未尽地看着两位检查组人员，说："就，一个问题？"

张组长笑笑说："时间也到了。如果还有其他问题要向集团检查组反映的，可以通过我们公布的邮箱和电话……"

水建三的心彻底放下了，得意地想：我就是运气好啊！看看，遇到自己人了，没人难为我。

实际上，早在昨天中午，检查动员大会前，梁兵就在自己的办公室里先一步向组织交代了自己对外甥女的工作安排问题。按他的说法：这半年是实习期，并没定岗，张涵和其他4名新员工要在多个岗位轮岗，且都是一线岗位，并没有特殊对待，并递交了轮岗计划。他坦言，人力上对这种近亲避嫌方面没有明文规定，但自己是觉得不妥的，打算等她实习结束，有了合适的岗位后，就调往隔壁分公司。又说，自己很可能要调走，现在看来这个问题也就不是问题了，并且自己绝不干预新领导的决策。

水建三的"供词"恰好佐证了梁兵的坦诚，却也把自己憋着的坏暴露无遗。他只讲8月份的安排，5个人自然不同，且又添油加醋地夸大了张涵、王浩所在的岗位价值，可谓真真儿的别有用心。

别有用心的水建三迈着轻快的步子回来了，王向东隐隐感觉到不好，就找了个理由把他拉到小池塘边。王向东并没有打算帮他什么，只是凭借对组织的责任心在做自己该做的事。

水建三得意地炫耀："什么访谈，我还以为多严肃，完全就是走过场，尽问些不痛不痒的……"

看着这个憨憨一副一切尽在掌握中的样子，王向东劝他吐露一二，万一有个疏漏，自己也好帮忙分析弥补。王向东心里明白，眼下，水、梁二人的矛盾已然公开激化，这货绝对会无底线无原则地抹黑领导，平日里也没少那么做，他作为前辈不能看着后生仔走到这地步。在他进接待室之前王向东就千叮咛万嘱咐：务必实事求是，知道什么说什么，万万不可臆测领导。

水建三一句也没听进去。现在，面对王向东的打听，水建三认为他是出于八卦心理，甚至可能据此在集团检查组面前出卖自己。他说无欲无求，哼，说不定就等着今天，等自己倒台，好去拿了自己的位置。

最终，这场一厢情愿的交心会不欢而散。至此，水建三彻底失去了任何可能的外援。

曾广财今天又在审讯室干坐了一个上午，光喝茶，啥也不说。临近中午，他昨天供认的情况核查出结果了。

经济犯罪涉及的赃款都打到了他在美国留学的儿子账户上，现在挥霍得也差不多了，只剩十多万美元。确实有一套房子过户给了苏玲玲，不过，苏玲玲是他的直接下属，跟曾劲松没有法律上或者工作上的关系。南投东南省公司也发起联合询问了。曾劲松说两个人当年谈过恋爱，早就分开了。苏玲玲倒是很愿意退房子，说是领导贿赂下属，好在自己没有赔进去点什么。

曾广财急了。自己早年置的房产可真是做业绩换来的辛苦钱买的，如果真的要抄没家产上缴国库，就算减了刑出来，也一无所有了啊！更想不到的是，曾劲松这个狗娘养的居然一副事不关己的样子，居然说跟苏玲玲没什么关系了。看来他的背景果然够硬啊，能把事情控制到这个曝光度，仅象征性地接受个谈话了事。

你自己没事了，居然对这么多年的老弟兄见死不救。我还给你女朋友发那么高的绩效工资。你他娘的对不住兄弟啊！曾广财只能在肚子里咬牙切齿地咒骂，他不能把自己安排苏玲玲，曾劲松安排水建三的交易抖搂出来。要留条后路啊！给那不成器的大外甥留条后路。他在心里咒骂着狗娘养的曾劲松不讲义气，不仅不讲义气，还是只吃国家粮却丧尽天良的蛀虫。骂着骂着就想到另一件事。于是，一咬牙，喊道："我要举报一个人！"

"我要举报建工集团的何文锋。他给他老婆买官！他老婆是南投的，当了好多年小财务，等何文锋跟梁兵攀上关系后就调到南浦当领导了，还进了班子！这是不是明显的权钱交易？何文锋的背后有大文章，我敢说他贪污得更多。他在那个位置上绝对跑不了。你们去查！"

曾广财不是没想过何文锋落井下石。昨天之所以没有举报他，是对组织能拉他一把还心存幻想。可是没想到，组织竟然配合检察院把他儿子在美国的消费都查了个清清楚楚。这是彻底跟他划清界限啊！救，是不可能的了，那就抱团去死吧！

检察官打断了他的话："老曾。你后面说的这些都是猜测，还是有凭据？你的意思是位高权重的人一定有贪污嫌疑？你就这样看待权力的？难怪今天坐在这里的是你！"

面对检察官的讥讽，曾广财仍旧坚持要查何文锋。

"没有凭据，我们没办法根据你的猜测去办案，何况你现在有拉人垫背的嫌疑。不过，何文锋我们也在查，是别人举报的，跟你立功没啥关系。谁让你早不坦白呢？对于柳琳是否正常调动升职，我们也会向省厅反馈，请南投配合调查。"

根据水建三的供述,柳琳的调动升职材料已经递交给集团检查组。所以,市检察院向省检察院通了电话,要求帮忙核查时,南投东南省公司把这些材料连同当年省公司人力部批准柳琳"下沉基层"的材料,一起递交省检察院。整个过程前后不到20分钟。省检反馈:经核实,柳琳确属于正常调动、晋升。

曾广财气呼呼地拍了下桌板,后悔自己没多收集些证据。这一拍,脑子也清醒了一些。他想起来之前交代外甥收集苏恒和曾劲松证据的事,希望他能争口气,便让检察院去找他外甥。

检察官乐了:"老曾,你是不是喝茶喝上头了?亲外甥都举报?要不先吃点盒饭冷静冷静,挑有用的说。"说罢,把从饭堂打来的工作餐拿了一份给他。

曾广财没有胃口,却仍然强迫自己吃下去。狼吞虎咽了几口,居然失声痛哭起来。

检察官问他哭什么,他也不说。等哭够了,饭也吃饱了,才抽抽搭搭地絮叨起来。从小时候再困难也要读书,到工作之后多拼命,现在生活多好,孩子多争气……说个没完。说到外甥时,又改了口:"算了,别叫我外甥了,他救不了我。这孩子从小就憨憨的,是个老实孩子。让他好好工作吧。唉,说不定他都得受我连累,丢了工作啊!"又是一阵哭天抢地。

这个时候他才想到,但凡自己多一个外甥或者侄子,都不会选择寄重望于水建三。他宁愿他一直待在基层,平平淡淡、安安稳稳地端好这个铁饭碗。高处不胜寒啊。这才多高,跌下去就能摔个半死啊!

当天下午,水建三的铁饭碗就被动了。

在集团检查组的见证下,梁兵再次召开班子会。研究人事问题,只需要班子成员参加。

8月9日下午4点一刻,梁兵来电话问莫青搞完客户的事情没,莫青刚把任文送到小区门口,便说都搞定了,正要回来。

"赶紧的,4点35分开会。水建三的事情今天必须有个结果,我是一分钟也忍不了他了!"

莫青严肃地答:"收到,明白。"就地放下任文,马上掉转车头飞驰回单位。等他冲进会议室的时候,何大姐正在发放评分表。

见莫青空着手气喘吁吁跑进来的样儿,梁兵到嘴边的问题又憋了回去。他说是去客户那了就是去客户那了,我信!于是宣布会议开始,并直奔主题:"这个会召集得比较匆忙,想必大家心里也都有数。我面临工作变动,许多事情赶着时间要处理。这几天在集团检查组的督导下也发现了一些问题,很紧迫、很严重,特别是一些同志暴露出的种种情况已经严重影响了组织工作,损害了组织利益。同时,我们也是在用实际行动来表态——南浦分公司要在10亿元收入这一大关口更进一步。我就不兜圈子了。水建三大家也都心里有数,我们研究撤换他已经是第三次了。我这两天也在深刻反省,为什么到今天还要研究他,为什么姑息纵容他牵扯进那么多事情。触目惊心!我用触目惊心这个词不过分吧?苏恒同志想必在昨天已深有体会。那么,水建三怎么处理?谁接替他的位置?大家议一议。例行的流程必须认真履行,那么现在先进行第一部分:每个人手上都有测评表,咱们不讨论、不互相影响,凭着自己的良心,负责任地给水建三做个评判,大家打分吧!"

两位副总和柳琳都埋下头研究起评分表。这份号称最为先进的管理岗位测评表,除了在"党性觉悟""领导能力""尽责及岗位相关能力""品德素养"四个方面占20分,还有个自定义部分也是20分,满分100分。其中,前面四项又以5分为区间按评分标准细分了四档,自定义的部分则需要陈述依据后,自己凭主观看法给个相应的分数。

这张表通常在提拔干部和年底评定经理们的全年绩效时用。只不过,在提拔干部方面,基层单位通常只用它走过场。如果不是人力系统要存档,可能连用都不会用。走过场也是有规矩的:如果想让这个人"上",就往85分以上打,否则就往80分以下打。而实际上集团人力部弄这么个东西出来,并不希望被这么简单粗暴地使用,而是设想它在发挥评判功能的同时,也能辅助对个人能力查漏补缺。因此,还对各分数档次给了指导意见,比如:如果某人评分低于85分，则应纳入考察阶段，安排组织谈话、帮扶改进，3个月后重新评定；再次评定结果仍在85分以下的，应不予任用、已任用的应降职处理，将其安排到与之能力对应的岗位上，60分以下不及格，直接撤职……

莫青很快在纸上划拉起来，惹得苏恒瞥了好几眼，苏恒正在进行激烈的思想斗争。倒不是斗争"救与不救"的问题——肯定是不救了。何况今天早上曾劲松又给他打电话了，说他费了好大劲才搞定了曾广财那摊子，撇清了关系，话里话外的意思是让水建三自求多福，今后不想再听到他们舅甥俩任何事。

让苏恒犯难的其实是他自己。自梁兵动了撸掉水建三的念头后，这是第三次开同样议题的会了。前两次自己打分是闭着眼睛打，每项不是满分就是只象征性地扣一分两分，保证几个人最后平均分能控制在85分以上。只要这个分数在85以上，自己就有机会替那个蠢货说好话。如此，梁兵虽不看着他的面子，却要顾及他身后的曾劲松，最后也就作罢了。

他第一次这么干的时候，其他人没有防备，都默契地打了80分，自然被平均回去了。第二次，梁兵直接画了个60分，结果柳琳初来乍到不懂事，跟苏恒一起打了高分，又给平均了。这次倒是不会再有意外，可是自己如果直接打个低分出来，那就是打自己的脸。梁兵借此再当着集团检查组的面为难自己几句，对前几次打分算账的话，可就难堪了。打多少分既不会被骂，又不会拉高平均分太多呢？苏恒左瞄瞄右看看，迟疑着，想等莫青和柳琳的分出来后，自己算一算再打。

梁兵咳嗽了一声，苏恒下意识地抬起头，撞上梁兵黑着的脸。梁兵用眼神告诉他有集团检查组在，不要搞小动作。

苏恒把脑袋扎到评分表上，一个格子一个格子研究起来。这还是他第一次如此认真地审视这些文字。"党性觉悟"，底线哪，再低也要及格才行，打了12分。领导能力可以说没有，先不打，看看后面两项的情况再定。工作能力多少还是有的，平日里给自己办差挺勤快，凭良心打16分！品德素养——他妈的敢给我装窃听器！8分！

打完这三项，算了下才 36 分，另外 40 分打满也才 76，安全！想到这里，苏恒飞快地写起自定义来，主要说明这个人群众基础不好，群众方面最多给他及格，打了 12 分。最后随手在领导力那里填了个 11.5，这项肯定不及格。最后打出个 59.5 的总分来。打完后他自己看着分数窃笑：水建三啊水建三，我就算让着你，你都不及格——差 0.5。讽刺不讽刺？

何大姐现场核算起来，先报了总平均分：57.375。梁兵意味深长地瞥了眼苏恒和柳琳，毫无疑问，这两个人中必有一个拉高了平均分！自己可是只打了 52 分！他瞬间想到了眼前就这么几个人心思都不齐，管理副手真难，不由得挠了挠头。

何大姐又把这些表都拿给列席的集团检查组，跟着发第二张表。这张表除了开头多了一行字，其他地方跟上一张一模一样，多的那行字是：拟推荐人姓名，后面还跟了个下画线。也就是说，谁接手水建三的位置，不仅要给出名字，而且要给这个人打个分，直接白纸黑字地留下凭据。

过了几分钟，评分表交到了何大姐手里，她逐一宣读起来，会场逐渐陷入安静——谁都没想到会是这样的结果：王向东 2 票，任文 2 票。

梁兵为难地笑了笑，缓慢地扫视了对面三个面无表情的下属，说："那就按姓氏笔画排序，先议议王向东同志。刚刚谁投的票，先说说？"

对面三个人你看看我，我看看你，迷茫的眼神很快在彼此的回望里清澈起来，他们默契地先确认了一件事——老板投的是任文。

莫青举手示意："我投给王向东同志，下面讲讲自己的观点。"他按照评分表的逻辑，把王向东人尽皆知的几大优点和不足一一陈述完，总结说："特殊时期，特殊办法。梁总在会前也讲了，现在选出来的人先要顶住事，真正能不能当办公室主任还要考察。我认为王向东同志非常适合这个特殊时期。当然，仅代表我的个人意见。无论是谁，我都服从组织安排，配合好工作。"

梁兵不置可否地点点头，继续问："还有个人也投了，说说看法？"说完，他就把目光收回到面前摊开的笔记本上，到底是苏恒还是柳琳，他也拿不准，如果自以为是地盯错人可就要糗大了。他不允许自己犯这种毫无水平的错误。

柳琳举了手，说："我投的。我的意见跟莫总差不多，也写在评分表上了。现在主要说说为什么没有投任文。我承认她也很优秀，刚刚也迟疑了。不过，作为女同志，我非常了解在这种时候我们跟男同志的差别。先不说照顾家庭，带孩子这些占用精力的事，单就是喝酒、熬夜……"

"柳琳同志，我打断一下，现在是讨论临时顶班。虽然是重点培养对象，接下来也极大可能就是办公室主任，但还没到正式任命的地步。任文现在是单身，时间精力方面不存在你说的问题，是不是说远了？"看着梁兵并不友好的笑，柳琳结巴着道了歉，换了个说法："我刚刚不方便直说：提拔个单身的女同志当办公室主任，这个，是不是有点……"

"有点什么？现在是开人事任免会，实事求是谈论问题。你这是要讨论性别歧视还是别的什么？你这个同志脑子里都是些什么。这不是一个党员该有的思想吧？"

梁兵又打断了她，同时为跟这种水平的发言计较感到羞恼。若不是集团检查组在，他一定要多批评几句。不过，刚刚的两句话似乎仍有些过了，他开始给自己解围："我刚刚不是针对你的具体意见。你提王向东没有问题，但出发点不能是认为另一个人不行，任文不行，那我们南浦还有其他400多号人呢。对不对？你打这个分，首先自己要做到实事求是，从组织大局出发……"

跟着，苏恒在大家不可置信的注目中陈述起自己投票给任文的理由，共列了三点：第一，从这几天的表现可以看出任文不仅担得起事情，还能安稳好四方。听说她还主动请了心理支援。公司里这几天没有人闲话宿舍楼事件，也都跟任文在企业文化方面的得力工作有关——很有舆论领导力。第二，长期给水建三补位，不抱怨、不挖坑、不搞敌对氛围，始终保持积极向上的心态，给青年人树立了良好榜样，应该予以肯定和鼓励。第三，王向东多次表示不愿意当办公室主任。

听完他的讲话，梁兵笑道："你还发明个新词——舆论领导力。不错，这种能力可不是一般人能掌握的，跟村口大树底下聊天的大爷大妈更不是一回事。说深了，主动在力所能及的范围内营造良好的氛围，是我们的同志在思想建设方面进步的结果。这也是我最看重的一点啊！哦，我也说说我为什么选任文。除了刚刚这些细节方面，还有另一方面：王向东也向我透露过自己不想干（这个岗位）。看来，苏总今天跟我难得意见一致啊！"

苏恒开心地搓搓手，说："英雄所见略同，略同！"

梁兵却又叹起了气，有点为难地说："可结果是一比一啊，如果重新投票，大家不免受我意见的影响……"他说这句话的时候，注意地看了看集团检查组那边。

何大姐举起手，笑道："梁总这两天又是北京又是医院的，都忙坏了吧。怎么忘了咱这表上可是有分数的。你看，我都算出来了：王向东平均分92.5，任文平均分96……"

话音未落，其他同志纷纷自觉地鼓起掌来。任文临时主持办公室工作的事情定下来，又讨论水建三的去处，这次简单，只花了不到5分钟大家就统一了意见，做出了一致决定——守仓库。

南浦分公司受益于整个城市大发展的红利，业务仍在爆发式增长中，仓库比办公区占地面积还大。因为对技能要求简单、工作量大，目前由人才公司的劳务派遣工负责打单、整理，出错的事常有，组织上一直想要优化其中的岗位，无奈职工们都不愿意干，仓库主管岗位一直空着。现在来个水建三倒也合适，别的他干不了，去仓库坐着核对各项物资进出单总是能够的，并且还有个"主管"的头衔在，足见组织的宽容。

26

当晚,在家里抱着零食看韩剧的任文接到了何大姐的电话,恭喜她荣升办公室老大。

没想到惊喜来得这么突然。任文压抑住心中欢腾的喜悦,谦虚地说:"何大姐过奖了!感谢组织的信任。我是临时主持工作,哪里当得了老大,要是离了你和东哥,手脚并用我都走不稳啊……"

闲扯了几句,开开心心挂了电话,又给莫青打了过去:"老哥,快恭喜恭喜我。"

莫青却不太想说吉利话:"我只能说:恭喜你取得了梁总的信任。不过,未来的路可不好说,新老板的风格还未知。你啊,老老实实、本本分分干好该干的事,管着自己的尾巴不要翘起来,就很不错了。"

"嗯……"任文发出一声类似四足动物的鼻音,然后借口厨房没关火,挂了电话。莫青这么说倒也没错。

南浦换了办公室主任,会一散,苏恒马上发信息向曾劲松通报。这事没什么谈论价值,苏恒主要想借着这个话头多从曾劲松那里套些别的信息,比如新老板什么时候到位,毕竟梁兵下午已经坦言自己要调走了。或许曾劲松不会明确地说,但偶尔有意无意的几句话,对他这个只能从基层遥望着权力中心的人都是珍贵的,就像昨天及时阻止了任文参与无谓的"陪跑"。"陪跑"是南投岗位竞聘涉及的一个行话,是指某个岗位定了某人,但还要履行组织程序,履行前提之一就是最少有两个人报名该岗位,不然这件事就得搁置。那么,另一个参与者就属于"陪跑"。不过,这些"陪跑"也不全是冤大头,有些心知肚明,有些是组织安排的,他们得以在评委面前露露脸,机会早晚会来的。当然,因为保密工作做得好,很多时候当了冤大头的人并不知情,还以为自己确实能力不足,回来后自然奋起直追,对人才培养倒也不算坏事。正是因此,并没有人对此种现象当真计较。

曾劲松迟迟没有回信。下了班开车回家的路上，倒是姐姐来个电话。苏玲玲很焦虑："弟弟啊，你们那个宿舍楼的事到底有多大？老曾才跟我说要把房子退给曾广财，就有检察院的找我谈话了。我答应退，对方还说给我几天时间收拾东西。这不刚好下周才搬去他那个院儿嘛，都聊得好好的……怎么老曾的电话一直打不通，我想着他在开会，可是，你看看现在都几点了。"

现在是8月9日晚上6点。苏恒赶忙宽慰姐姐，她这个高龄产妇怀孕才3个多月，是万万受不得刺激的。但曾劲松到底是个什么情况，检察院怎么这么快找上门了？他心里也跟着打起鼓来，便撒谎说今天有个比较重要的接待，正要去跟姐夫吃饭，让她安心回家休息。

苏玲玲这才犹豫着挂了电话。

瞒得了一时，瞒不了一世，事实上连今晚都瞒不过去，他只好不断地给曾劲松拨电话。晚上8点来钟，终于有回声儿了。曾劲松醉醺醺地责怪苏恒不懂事，都快把他的电话打没电了。

看他没事，苏恒松了口气，乐呵呵听着他絮叨，心里想的是姐姐和未出世的侄子，只要他们平平安安就好啊！

曾劲松不仅没事，心情还很不错，情绪格外高涨。见苏恒认错态度良好，数落几句就开始夸起人来，说他姐姐肚子里这个孩子真是自己的福星，他的好运今天就来了。

这就要说起来早上发出的竞聘公告了。牛二丫平时跟老领导曾劲松不怎么打交道，通常也只例行公事汇报工作。这两天通过二叔才知道，正是这个曾劲松在为她铺路，当然也是为他自己铺路。她便来得勤快多了，也不计较他作风有问题的嫌疑了，脸上挂着笑，嘴甜多了。

她看到那个公告，特意跑到曾劲松跟前说了一番感谢的话，一口一个曾叔叔，叫得老曾欢心得不得了。吃了蜜的曾叔叔跟牛二丫聊得投入，不知不觉就从竞聘材料怎么写聊到了牛二丫的七大姑八大姨，他也不是关心人家多少亲戚，主要是想打探北京那个老爷子到底多大权势，能把跟宿舍楼和曾广财有关系的事都替他"抹平"。

受过良好家教的牛二丫自然对爷爷的工作守口如瓶，不过出于某些考虑，她透露了一个消息。原来，老爷子昨天回来了，说是年纪大了回老家看看，其实是给刚提拔到省委班子任职的儿子站台来了。这话二丫不能说。不过，二丫直接邀请他去家里吃午饭，说："曾叔叔，是我要感谢您，怎么您一直说感谢我爷爷？他关照关照我的领导不是应该的嘛。我也不知道你要感谢个啥，不如中午你就去我家吃午饭，刚好我也要回去陪他，中午大家都不在家，我看他也怪孤单……"

曾劲松抑制住内心狂喜，心想，那个从未谋面的老头子可比眼前的小美女可人多了。他说着"年轻人懂得孝敬长辈很值得鼓励"之类的话，立刻开始翻腾办公室，找礼物。找到了一饼极品陈年普洱，揣到包里，跟着牛二丫就往省委大院而去。省委大院，那么神圣的地方，他想都没敢想过有来这里的一天。今天不仅来了，还是人家请吃饭！曾劲松觉得一直以来自己只想着在市政府谋个一官半职实在是太小家子气，太没有奋斗精神……

实际上，牛二丫并不需要回家陪老爷子，而是为了抱紧曾劲松这条大腿。爷爷无论什么事都向着她自然不用说，但在她当领导这件事却表示过要慎重。娇生惯养的大小姐在这么大的企业里当领导，万一给人家拖了后腿捅了娄子。二叔也不同意，批评她不懂事，让她做着光彩的省公司团委书记，拿着高待遇就可以了，不要给组织添麻烦。两个人组织利益至上的话，在牛二丫眼里就成了打官腔。

幼年双亲去世后，牛二丫便久居二叔家，在这儿看惯了官场上的你来我往，知道他们有着"组织至上"的职业病。自己这点小事他们明明动动手指头就能办，却这么不情不愿。何况，从小耳濡目染，她自认为对当领导那点子手腕拿捏得很有些水平，自己在南投说不定就能当个很优秀的领导，能干出一番大事业。她便决意向上爬。这次的事虽说家里人还是为她"办了"，但话也说在了前头：给你个竞聘的机会，但是如果真选不上就不要再折腾了。好在传话的蒋为民要在老同学面前耍官威，把老爷子的意思说成了必须办到，为自己添了几分筹码。那么她就必须牢牢抓住曾劲松，让他尽量为她争取选票。现在请他来家里吃饭，不仅可以让他死心塌地为自己站台，还可以通过领导之口，在家人面前证明自己多么优秀，让他们更放心。

各有各的目的，各有各的手段。曾劲松陪着老爷子吃了顿午饭，发现聊的尽是些家长里短，便担心这么培养感情太慢。于是，饭后牛二丫回去上班了，他却借口下午没要紧工作，而关心老领导也是自己应该的，于是一坐就是一下午。牛老睡午觉的时候，他就在人家院子里侍弄花草。

于是，牛二叔晚上下班回到家时，就发现了有人正在替他真情演绎"父慈子孝"。老爷子一个劲地夸曾劲松，说孙女儿跟着这样正派又有大局观的领导，越来越像个样子了。接着又数落起二儿子来，说他整天忙着当官，一家子好不容易团聚了，他却是回来最晚的。老二家的儿子在高中住读，今晚这家宴自己两口子竟像是陪客，陪着老爷子和他那亲孙女、"新儿子"。

家宴吃到了晚上8点，曾劲松喝了很多酒，但仍然保持着头脑清醒，说话颇有章法，不知不觉中就把自己说成了省委领导的拜把子兄弟。不过大领导毕竟是大领导，见过那么多世面，扛住过那么多糖衣炮弹，不愿意跟他当兄弟。曾劲松又灌了一通酒，改了口，把自己说成牛老的干儿子。牛老说能对二丫有个照应，自己不会亏待他。二丫没喝酒，但是听了这话，也跟喝高了一样，接着"有个照应"的话头，哭起爹娘来。这一哭帮了大忙，牛老心疼地跟着掉眼泪，也哭自己的儿子没能看到孩子都这么大了，这么优秀……

曾劲松得了空，也哭着说："老爷子，照应二丫就不必说了。不管您认不认，您今后都是我的爹。"曾劲松的亲爹春节去世的，过几天就是中元节，没哭上亲爹，倒在这里哭了个痛快。

他哭得自然，哭得敞亮，也给了爷孙俩台阶下，牛二叔无话可说，甚至觉得自己没帮错人，这家伙果然是个人才。于是，曾劲松的这顿饭不仅吃出来一个爹，更吃出来一个触手可及的政治前途。他在电话里对苏恒夸自己未出世的孩子是福星时，心里想的却是牛二丫，还浅浅后悔了一下当初在南浦时怎么没有深入了解人家，不然自己可能就不是在省委大院吃饭，有可能也要住进来喽。

苏恒跟姐夫通完电话,赶紧又打给姐姐。说姐夫跟自己喝多了,就快到家,要她赶紧弄碗燕窝什么的。苏玲玲还在为他不回电话而赌气,说家里泡发的燕窝吃完了,来不及新泡。苏恒说换个别的什么汤也行。

苏玲玲正因为曾劲松不肯领结婚证的事郁闷着,听了这话便骂:"他是你亲爹吗?你怎么不把他当祖宗供起来?你来伺候他!"

骂完,抹着眼泪诉起苦来:"那个女人搬走多时了,城里的房子不重新装修就让我搬进去,还让还了南浦这套,简直是不把我们母子俩当人。我怀疑他外面又有主了。"

苏恒赶紧拦住她的话,说:"夫妻俩闹别扭归闹别扭,可不能上纲上线。"跟着便实言相告,"姐夫攀到大树了,北京的。你还哭?我真是巴不得他认的是个亲爹呢!"

27

8月9日，星期二这天，也是农历的七夕节，程伟在医院把任文交给莫青后，便和陈红谈妥了离婚。

财产分割都依陈红。家里的金银细软和200多万存款她全部带走，房子和车子归程伟。对此程伟没有异议，一个问题都没提就在离婚协议书上签了字。

民政局的排号到下周一了，他们还有几天时间再慎重考虑考虑。不过，他们谁都不需要这点冷静期。

离开这个城市的想法，陈红很早就有了。准确地说，从程伟跟梁兵调来南浦，她就做好了分开的准备。当时，她在程伟的通讯录上发现了熟悉的名字，问起来，程伟只说是同事，同名。他连撒谎都不会——南浦离家远，工作也更忙了，他的眼里却有了光。陈红很快确认了任文正是他心心念念的小师妹。

她质问他，他却一言不发，从此一个字也没回应过。他可以不撒谎，但实话也不说。任文到南浦工作是莫青的安排，通过校招直接分配到南浦的。当时程伟在省公司技术部门，全南投东南省公司4万多员工，2万多劳务派遣工，跟分属在两个城市、两家公司也差不多，两人都没想过会因为工作而相遇。

他连这些也不说。他的性格如此，说来无用的话，一定不会说。有些真相并不重要，硬要解释，反而显得过度重视。而女人的敏感向来不是因为一个男人说了什么，而是他为什么说那些，以及说话的态度，甚至时机……

不知道哪个人说过：男人的痛苦都来源女人。毫无疑问，全世界的男人都面临同样的痛苦。程伟的人生里女人很少，却不妨碍他深谙这个道理。他是个极睿智的男人，因此会在浅薄面前显得愚钝不堪。

陈红要回老家当老师，程伟都不知道她什么时候通过的教师资格考试。

这也不奇怪，结了婚之后，她的时间反而更多了，除了洗衣、煮饭，程伟几乎不需要她照顾，两个人也几乎从没有一起逛过街，更别说旅游、看电影了。无聊曾经占据了她大部分的生活，想明白之后，也适应了这种节奏，陈红便利用业余时间学习，除了提升自己，考证带来的成就感也给她带来很大安慰。这些年，她先后考了心理咨询师、营养师证、教师证，现在正在备战司考。

她不寂寞，也不孤单，她仍旧相信未来会美好，只是要离开这个男人，离开这座城市才行。爱，不过是个动词罢了。可以爱，也可以不爱。是的，爱的反面不是恨，她不恨任文。或许曾经恨过，但现在不恨了，心里没有所谓的爱与恨，便真正到了爱的反面——不爱。

周三一大早，程伟主动到莫青办公室"投案"，手上还拿着一沓材料，万一被哪个同事看见两个人争得面红耳赤时能有个说法。他甚至做好了挨上两脚的心理准备。

莫青正沉浸在给新老板预备的汇报材料里，看到程伟进来，先问了两个数据，说下周开会前务必核实清楚，它们不够精确。程伟打开笔记本，站着记录下来。

莫青这才注意到他脸上挂着的认错表情，想来应该问的是另外一件事。于是，他慢条斯理地整理好桌面，又起身给自己泡了一杯茶，回到老板椅上，揣着手，倚在那，望着程伟。

"你先说还是我先说？"莫青一旦用上这句"算总账"的开场白，事情一定不会小。

程伟咽了口唾沫，摆弄着手上那几张纸，低声说："早上看到任文来上班，看起来没事，不然我现在真的不知道能说些什么。"

"你既然站到了我面前，一定知道能说些什么。"莫青用手指戳着桌子，语气严厉，脸色更是不好看。

"我，对不起她。昨天中午的事我不知道，不然一定会去阻止。我也跟陈红谈了，这种事情绝对不会再发生……"

"这是对不起的事吗？且不说昨天没出大问题，就算根本没昨天的事，你有家有室的，招惹她干吗？看着她这个年纪还没嫁出去，以后孤独终老你就安心了？"

程伟不敢作声，他了解莫青的脾气，现在必须让他把火发完了，自己才有说话的机会。

看他不说话，莫青把手边的保温杯往桌上一蹾，声音提高了八度，说了一堆伦理道德、职业操守、养儿育女上的道理，整整数落了他十几分钟。大小道理讲完，保温杯空了一半，他又起身续上热水，坐回来，继续望着他。这一望，大约望了5分钟那么久，望得程伟心里发毛，觉得自己像一只被猫挤在角落里的耗子，瑟瑟发抖，却又丝毫不敢动作。

"现在打算怎么收场？"那只猫终于开口了，却不是要他给个痛快，而是大有继续调戏他的意味。这让他很受煎熬。

煎熬之下，就说出了实话："我，我下周办离婚手续，已经在民政局预约了。然后，然后跟梁总去集团。因为不想让任文知道，原本不打算说。"

这倒是莫青没想到的。

听了这话，那只猫带着戏谑的笑看看他，抬起前爪，示意他坐下。程伟机械地坐在椅子上，觉得自己一屁股蹾在了地板上，椅子凉凉的，他第一次注意到椅子原来包着一层金属宽边。

"呵呵，一走了之？你也是……很有担当嘛。"

耗子把脑袋扎进手心里，捂着耳朵。

"你倒好了，可那两个女人得花多少时间疗愈自己？"

"疗愈"这个词是前两天刚从任文那学来的专业术语。莫青说出这两个字时有些不好意思，像是剽窃了人家的创意一样，一时间停住了责难。

沉默。

程伟终于敢抬起头了，眼中都是真诚："陈红那边都依她，她也早就有这个打算，相关事宜都安顿好了。只是任文这边我很不放心，我去集团这段时间，还请您多多、多多开导她……"

听到这话，莫青的火又上来了，把手里的保温杯重重地蹾了一下，桌面深红色油漆的那点反光变得支离破碎："什么意思？等你回来再继续？"

"我，我不是这个意思。我去集团就是要给她时间，让她清静清静。希望她能走出来，遇到个好男人，重新开始生活。我不会打扰她。当然，今后如果她需要我，我……"

"她不需要你。请你也不要再打扰她。是个男人就说到做到！"

"我，我尽力。"

"你必须！"

耗子祈求似的搓着手，猫却不为所动。

漫长的沉默。

莫青走过来，坐在沙发上，视线落在程伟的侧脸。

"我会看好她的，也相信你能说到做到。"

程伟把椅子转了半圈，正面而坐。

莫青嘴角不经意地上扬，看着眼前这个屈服于自己的男人，对谈话成果很满意。

"说起来，我也有要感谢你的地方。总体上来说，我认为你是个正能量的年轻人，又能吃苦、又追求上进。这两年你对任文的帮助不小，要不是整天拿你当标杆，这个小妮子我还真管不了……"

程伟勉强地笑了笑："谢谢领导的信任！"

莫青的目光中多了些肯定，程伟鼓足了勇气。

"对任文，我还有点不放心的地方。她特别喜欢我们这样的男人，像老师、像大哥，有精力、有阅历那种，你懂我的意思吧？所以，如果有优秀的老男人出现了，你可得帮她把好关。"他在说"老"字时，加重了发音。

"这我知道。"

莫青不理会"把关"，也不在乎"老男人"，他可不需要程伟教他怎么当个合格的家长。但对"我们"这个词耿耿于怀，纠正说："我们？不不，我们不一样。你跟我完全是两类人嘛。"

程伟撇了撇嘴，看起来不是很认同。他换了个说法，试图说服这个精明的领导："工作风格上我们确实很不同，不过作为家人，不，家长来讲，还是有些类似的。"

看来，他执意要教自己怎么当家长，莫青不屑地"哼"了一声，却没有打断他说话。

"我们都像个爱管学生的老师。我知道你对她要求严厉，其实，我也是……说起来，我对她工作更上心，我们经常谈论的就是工作。您可能不相信，不过，确实如此。她能在工作中找到成就感，她能够开心，这是我唯一能做的。"

"呵呵。"

"莫总，如果您不是她父亲的学生，我是说如果我们两个同时出现在她面前，她可是会选择困难的。"

"哼。"莫青从鼻孔里发出一声冷笑，他不信，"看不出你这个木头人很懂女人啊。那你大可以说说，如果我跟你都是她的师兄，她会选谁。"

让他没想到的是，程伟竟敢直言不讳："肯定是选我。"说这话时，脸上似乎还浮现出了胜利者的微笑。

这让莫青很气恼。他迅速以所剩无几的冷静结束了眼见着越扯越离谱的谈话。

"刚刚开玩笑的，不闲扯了。总之还是那句话——是个男人就说到做到。"

程伟恭恭敬敬地带上门出去了。

莫青盯着门又发呆了好一会儿，试图解析心里那点理不清道不明的不爽快。他从没有质疑过自己作为一个男人的魅力，从小到大的经验证明，只有他拒绝别人的份儿。且不说自己在职场上的成功，在为人处世上的八面玲珑、游刃有余，就说生活上，那也是无可挑剔的……

不，不，生活上还是算了。黎萍可没少抱怨他："你啊，回到家里，往沙发上一歪，还得喊儿子给你脱臭袜子，哪里像个精英，我看你很快要变成中年油腻男……"

想到这里，莫青绷住了脸。他不想变成中年油腻男，他要变成"帅大叔"，低头看看日渐丰腴的肚腩，心头不禁涌起一阵"岁月饶过谁"的沧桑感。

可是，他回到家趿拉着拖鞋，穿着背心裤衩，放松了肚皮，满屋子溜达的情状任文不知道，程伟更不会知道。那么，刚刚程伟那话，难道是任文背后说自己的缺点？霸道？专横？爱骂人？……这些有什么大不了，有领导这层身份在，总是少不了的。那一定是还说了别的，到底是什么呢？

他非常想知道，以及必须知道这些不足之处是什么，然后改进之，继续谋求进步。

吃完午饭，莫青叫上任文一起散步，仍旧是围着小池塘来来回回溜达。

远处的天空中低低地压着一层云，空气潮湿闷热，连池塘里的青蛙都懒散起来，只偶尔敷衍地叫上几声，竟是这院子里唯一的声响了。

莫青穿着长袖白衬衣，即使走在树荫底下也难免闷热，于是边踱步边挽起袖子。

"穿短袖会晒黑还是咋的？"任文率先打破了宁静。

"装……"莫青差点把梁兵那句话糙理不糙的浑话讲出来，到时候还不知道这小妮子拿什么眼神儿挖苦自己，于是，憋住话笑了起来，"装，还是要装一下的，集团检查组看着呢，咱得有职业形象。"

说完，把刚刚撸起来的一只袖子又放了下去，还用力地抻平。

"中秋节快到了，过些天又是十一长假。打算怎么安排？回老家看看，还是你爸妈过来南浦？"

"原本要回老家的。可我现在算是临危受命，估摸着过段时间新领导来了也还得忙活一阵……还是算了，请他们来吧。"

"嗯。我也回不去。等你爸妈来了，我和萍姐带他们去香港逛逛。直通列车开了，很方便。"

"不带我吗？"任文可怜巴巴地瞅瞅他。

"不带！你现在是办公室主任，多忙，哪有空旅游。"

"我自己出钱，我爸妈那份也是我出，你多划算。"

"那也不行。实话说吧,我是怕节假日人多,遇上一个两个同事,那可就说不清了。"

"哎哟,说的好像我看得上你一样。"任文摇头晃脑地挖苦他。

此话正中莫青下怀,他假装不高兴,反问她:"说反了吧?我可看不上你。不过,你倒是说说我哪里不好了。大胆说啊,让我看看自己在一个大龄单身女青年眼里是什么形象,今后也好提高自己的抗腐蚀能力。"

任文摆摆手:"少来,我才不评价你,怕挨骂。"

说了得挨骂的话,想必很不好听。莫青来劲了:"嘿!你这小妮子。说难听话就不能痛快点?你说,我会不会骂你。"

任文眯起眼睛看看莫青,第六感提醒她今天这步散得有诈,便说:"你没有缺点。你是大家公认的优秀领导,连续3年省级劳模。你,哪里能有缺点。没有,没有。"

莫青笑骂:"别放屁,快说正经的!"

这家伙该不是受了什么打击?任文眼珠滴溜一转就把他看了个明明白白。那就说吧。挨了几天"捶",现在有机会"翻身农奴把歌唱",可得抓住。

她夸张地拧起眉头,做出绞尽脑汁状,想了又想,说:"那我就说一点吧。你这个人啊过于完美,这就是大缺点。前天梁总不是也批评你。"

听到端出梁兵,莫青自觉得严肃应对,说不定真是那么回事!

"不过,我的意见更具体一些。"任文背着手,踱着方步,摆出老先生的架势,谆谆教诲起来,"你不是从初中起就被女同学围追堵截?听说还有点'事儿'。哎,别这么看我。成年人,要冷静。认真听我说完。……这就说我为什么不好选择你。那就首先要说为什么那么多女人喜欢你,从小到大,不,到现在。是不是……受人爱戴的莫总。"

莫青憋着脾气,剜了她一眼。

"啊,不说你那些女同学。坦白地讲,我看你,我也喜欢啊。可是我跟她们不一样。这不一样的地方呢,就是理智!"

"得了吧,你理智。"

"别打岔。我说的理智,重点范围不一样。选择男人,不单单是看对方的情况,还在于要充分了解自己,是不是与之匹配。简单说就是要找势均力敌的。能懂吧?"

"能,快放!"

"这就是说,找男人跟搞工作一样,一定要在自己的能力范围谋划。对了,你不是说过我不贪慕虚荣?不贪慕虚荣,就不会追求自己不需要的东西,不会因为什么好就喜欢什么,什么人好就要上赶着追人家。这就是在自己能力范围内思考问题啊!"

"你除了逮着机会就往死里夸自己,还有啥高见?当上办公室主任就飘了吗?还是昨天受刺激后发烧了?"

任文面不改色,继续背着手踱着步,这会儿从莫青右手边踱到了左手边。他如果伸手要拍自己一巴掌的话,没那么灵便。

"自夸,是一种自我激励。我可是公认的'自我驱动型员工'。"

莫青咳嗽了一声,背起了手往池塘方向看鱼,不听了。任文慌了,赶紧贴上笑脸。

"好了好了,我说正经的。之所以说看不上你吧,是因为我知道自己搞不定你,我离萍姐可差远了。这么一比较,就知道拿不住你。所以吧,我虽然跟你性格相似,很有共同话题,可我还是会选择程伟那在你眼里像个木头的人。"

竹筒倒豆子似的一口气说完,还主动点了题——程伟上午丢给他的问题。

莫青一副不可思议的表情:"就这?!"

"是啊!就这么简单。我可以接受我爹优秀、我哥优秀,但我的男人不能太优秀,太优秀了,我不放心。管不了的男人让我不放心。"

"没想到你还是个控制欲挺强的人。"

"控制欲倒不至于。我是这么看,婚姻中的两个人一定要势均力敌才能长远,如果一方强另一方弱,或者根本不在一个频道上都不行。过日子就像搭班子一样,这个你懂我的意思吧?比如,咱就看看你和老梁同志。如果他很强势、你白痴，那么就成了他说啥你办啥，谈不上合作。现实是你虽然听话，但也有他非常欣赏且不能企及的能力，他就需要你。需要你，就尊重你，大小事情你就能发表意见，有参与感，你俩能互相成就，对吧？我看啊，公司虽然大、领导虽然多，像你俩这样的好搭档也找不来第二对……话说回来，我认为在婚姻关系上也是这么个道理——两个人势均力敌、共同成长、互相成就。"

莫青若有所思地听着她的长篇大论，觉得很有些道理，这小妮子在这方面脑子还是够数的。又想到她和程伟的事，不免问起来："你这小道理说起来一套一套的，懂得不少，怎么没见你找对男人，过好日子啊？"

任文噘了噘嘴："我就是懂得太多了才过不好。有句话不是说：懂事的孩子最辛苦……唉！"

"又装起来了！刚刚我都不好意思说你。"

"打住，现在说回你。你刚刚说要提高抗腐蚀能力，对吧？好好服从萍姐的管教，遵守这一条就够了。"

"那是必须的。你萍姐可是厉害，对我管教得相当严啊。我绝对有信心抵抗各种拉拢腐蚀。好了，议题结束，散会。回去睡个午觉去……"

任文却没有散会的意思，喊住他："我话还没说完呢，才分析了问题，总要给对策吧？领导，我这正准备闭环呢。别走，听我继续批评教育！"

"我只剩20分钟午休时间了。"莫青做出很疲惫的样子。

"我用两分钟。保证你听完立刻打起精神，午觉直接就省了。"

"说吧，看你能吐出什么象牙来。"转了个身，两个人往办公楼方向溜达。

"刚刚说，我这种人拿不住你，萍姐拿得住你，对不对？"

"对！"

"那如果其他要腐蚀你的女人跟萍姐一样甚至更强呢？"

"不可能，不可能，我老婆是最优秀的！"莫青觉察到任文又要给他挖坑，加快了逃回办公室的步伐。

"等等！"任文快步跟上来，也不管他听不听，只管说自己的，"我是说如果有个女人，她自己未必很厉害，但是资源很厉害。比如这个女人就是梁兵，她要腐蚀你，你怎么办？"

"咦……你能脑洞再大点不？"莫青发出一阵鄙夷。

"那就说不是梁兵，是个长得又漂亮、身材又好、对你又特别真心实意的女领导……喂，跑什么啊。莫总……"

莫青一溜烟地跑进办公楼，把自己关在电梯里，确认电梯载着他一个人开始上行了，才松了口气。抹着脸上的汗水，对着自己的倒影叹道："妈耶，这小妮子真敢问。再让她废话下去，就要开始对我进行人性测试了。虽然我绝对经得起测试，但，还是不测为好！"

任文刚刚并非胡编乱造，也非故意耸人听闻。她脑海中预设的确实有一个人，只不过她不是女领导，而是能量不输给女领导的"天龙人"牛二丫。凭借女人的敏锐直觉，早在省公司慰问王浩的时候，任文就发现她的眼睛一直在搜索莫青。

28

星期三中午,梁兵的调令从天而降一般出现在每个人的待阅公文列表里。根据文件要求,梁兵应在下周一,也就是 8 月 15 日,正式归属集团 IPO 工作组差遣。副组长有 5 个,梁兵位列第三。

南浦的新领导是谁,仍旧没有确切消息。坊间霎时热闹起来。正当各种猜测四起时,省公司的意见也到了——由两位副总和集团秘书组成临时决策小组,共同负责起(一把手)空当期的领导工作。舆论立刻转了风向,出现了明显的两边倒态势,一部分人力挺实力派莫青,一部分人押宝背景深厚的苏恒,自然还有一小部分只默默工作从来不关心领导,恨不得没有领导添乱的人,对这两个代班的都不看好。

莫青看着委任状,没有表达任何情绪。苏恒则很高兴,其实早在当天上午他就从曾劲松那里得到了这个好消息。

曾劲松说梁兵马上要调走,文件估计今天就能到,让他打起精神,在接下来的工作中表现得出色些。至于谁接班嘛,还没定。

苏恒问:"不早就定了齐磊吗?"

曾劲松本不想说,被这么一问,没憋住,对着小舅子发起牢骚来:"别提那小子了。他昨天直接找到杨老板,说自己的能力不胜任,不能去。杨老板倒没太大意见,同意了。回头居然找上我,说关于南浦的历史问题现在外面传的风言风语,齐磊压力很大,被吓住了,让我再想办法举荐。这哪里是让我举荐,分明是在敲打我!这两个人现在是变着法打我的脸啊。所以,接下来你好好表现啊,也就你能帮我争口气了……该帮你说话我会说,但现在肯定不能直接推荐你。总之,该有的心理准备都要有……"

齐磊不想去南浦的原因还真就是那个意思——南浦太乱,我搞不定。

齐磊这事办得有点不厚道,但也无可厚非。人家好好地当干着技术工作,突然要被弄去当封疆大吏。隔行如隔山,何况他也不是那种爱管事的性格。

比起梁兵"装"的清冷，他是真的清冷，不爱管事，不爱理人，不然也不会从"IT男"一路专心致志地走到技术专家的位置上。不过，他这种性格在大老板杨总看来却是"沉稳"。

老杨来东南省不过半年，人没了解全，但对"乱"字已有深刻体会。就说他手下那几个副总，那些个管事的"头头儿"，一个不落地被人举报个遍。有潜规则女下属的，有爱收点小恩小惠的，有看人下菜碟搞不公平待遇的，还有坐地铁上班到单位换下属的车东跑西逛的……都是问题，又都不是大问题。

杨老板找到集团纪委办公室的主任老冯聊这些事，老冯是个老纪检了，啥都门儿清，尤其拎得清轻重。最后，悲痛地一拍大腿："唉！（他们）都干的什么事儿！"

真是虱子多了不痒，除了谈谈话，他也没有什么好办法。如此，杨老板就一个感受：乱。

齐磊不乱，就连大家围着一个方案争论得不可开交时，他都稳得像个机器人，说话只说重点，话说得少，脸上表情也少。杨老板越看越喜欢——提拔！一定要提拔这样的人，让底下这帮家伙都看看老板我的"口味"，以后都照这个样子，装也要给我装上……

有的人需要装，有的人不需要装，有的人则装也装不来。杨老板手下这些干部形形色色，鱼龙混杂，真要是板起脸非要搞个优胜劣汰还真难。他会发现，一个也动不了。反而越是差劲的，背景越大。他能做的最多是把扶不上台面的屁股往不影响业绩的地方挪一挪，或是把几个不争气的家伙互相换换位置，降职降级的这类事都轻易不能谈。杨老板能爬到这个位置上，后台那些事，那些人情往来，比别人懂得只多不少。也正是因为看得透，才更觉得好领导难得，也因此，面对齐磊的请辞，他再三挽留，两个人谈了许多。

在齐磊看来，南浦的"烂"跟曾劲松是脱不开关系的。这个人面兽心的老前辈是个什么风格，整个东南省公司都清楚。不客气地说，宿舍楼倒塌的源头就在他，当年盖起来的就是不合格建筑！现在集团检查组来了，真查下去还不知道能扯出多少问题。既然他能耐大，能把这个事情压下去，也算是没给组织拖后腿添麻烦，就不必再提了。可是，他自己不能在这个时候填坑。看见的坑都那么大了，看不见的呢？再说了，就算是填了，以后能干干净净脱了干系吗？就怕又有一个曾劲松哟！

齐磊只是低调，可不傻。曾劲松人前夸他，人后说自己推荐的他，而他却直接找杨老板"辞官"，也就等于宣布跟曾劲松进一步划清界限。这也是曾劲松憋气的原因。那就让他生气去吧，齐磊的格局远在曾劲松的可见高度之上，枉费心机的事他不会干，更不会去揣摩。

跟杨老板谈到最后，自然谈及了南浦的临时治理问题。齐磊建议"南浦人管南浦"。本土治理者最懂该往哪里补窟窿。先把眼前这些事梳理清楚了，应付过这阵子再说。等集团检查组满意地回京复命了再去细细地翻陈年旧账也不迟。杨老板欣然采纳了这个建议。

29

南浦人"辞旧迎新"的这个下午,检察院对伪造公文涉及的一系列事情也有了初步结论。总结起来一共三条:第一,曾广财受贿案属实,全部赃款赃物予以(正在)追回;第二,杨卓和曾广财之间没有串通的证据,伪造公文系杨卓一人所为;第三,南浦宿舍楼没有质量问题,属连续多日大雨所致局部地质灾害。

第一条没什么可说。第二条就显得有学问了,房屋质量检验部门在上面"高人"指导下动作很快,结果公布前半小时发布了一则通告,内容为:"我部门外包人员杨卓……"第三条也不是做了二次鉴定得出的,而是几方面权衡的结果,说起来要复杂一些。

市检察院把问题通报给省里以后,省检察院除了请南投配合提供些资料,并没有传唤任何人,或者说没来得及。之所以没来得及,是因为周二一早就接了个电话,说这个事情啊,不光要听质检部门的意见,还要请负责自然灾害调查的部门也去看看,最好也带上气象专家。总之,不能一栋楼出了问题,就看那一栋楼,那就太狭隘啦。

领导帮忙开阔了思路,办起事来自然就不会狭隘了。那就先听自然灾害专家和气象专家的意见!相关部门带上一队人就跑到了南浦宿舍楼现场,拉起警戒线一通爬高下低的,不到一个小时就拿出了结论。当然,为这个结论提供支持的主要是历年来南浦气象和地质方面的材料——长时间大雨冲刷浸泡导致地基松垮是楼房部分坍塌的最主要因素。

于是房屋鉴定报告里又加了几句话,给"上面"添了踏实:……该位置常年受雨水浸泡,地基填充质流失严重,导致房屋情况出现变化,但建筑本身的存量结构并无质量问题……

房子质量没事。那么,伪造文书的罪责也就小了许多。如果此人又是个外包工,那么组织领导责任也就大幅度减轻了。有关部门做出指示:南投集团南浦分公司应自 8 月 11 日起对宿舍楼安排拆除，限期两周清理、填平。

曾广财听到这个消息松了口气。万一真有人死心眼，非要查，那么很有可能查出来花几百万打的地基根本不该是这个质量，接着就会查出其中有一部分钱并没有用在打地基上。

实际上，前一天的下午何文锋已经提到了这个问题：这栋楼的质量现如今不好鉴定了，那不如从经济账上看看。花什么钱盖什么质量的楼，他们可是专业的，一起看看。这个建议也到了省里，得到的却是领导的批评——质量是能算出来的吗？除非那栋楼你们是赔钱盖的。

何文锋挨了骂，心里却不服气。领导不信？那就自己安排人算！一定要算个明白，算死曾广财。不过，人还没组织起来，老婆柳琳就来了个电话，正是这通电话让他放弃了把账算明白的打算。

这还是要说到当天早上，在南浦饭堂吃早饭时，苏恒难得地坐在了柳琳旁边，闲聊似的说起来窗户外面不远处那堆建筑废物："梁兵要调走了，背着处分走的，你知道吗？这栋宿舍楼无论有没有问题，他这个一把手都脱不了干系！说起来，当初是建工集团负责起的楼，如果真是个残次品，恐怕你老公也要背处分。对了，你老公现在还兼职副总裁吧？可别也背了锅跟梁兵一样被调走啊。不过也不怕，他在省城可比梁兵在北京近多了，你们两口子周末还能团聚……"

柳琳说着自己不懂，从不管这些事的话，心里却紧张起来。回到办公室，越想越担心：孩子月底就去上大学了，今后连让何文锋晚上早点回家辅导孩子功课的理由都没了，两地分居，那可如何是好啊！

想着想着，就给何文锋打了电话，先说了梁兵背处分的事。何文锋不是不懂里面这些讲究。可是他实在咽不下这口气，恨不得马上判曾广财个"斩监候"。从某种意义上说，他是报复心理很重的人。这种人在职场上容易出头。很简单，他们能征惯战，百折不挠，那股子韧劲让对手避而远之。

看何文锋犹豫，柳琳这个老财务耐下心帮他算了一笔账。举报信里涉及的数目足足有 300 万，属于贪污受贿罪里数额特别巨大，判起来就是 10 年起步，足够曾广财好好喝一壶了。

"你何必搭自己进去？不是都说，不要赶尽杀绝。以后跟你共事的人还不得早留后路。这可不是好事。"

何文锋倒是不怕人家惧他。这个情商智商双高的人是少年天才，15岁从中科大少年班保送到东南省大学读硕士，18岁人家刚参加完高考，他已经在跟博士项目了……

天赋却不能让他在仕途上一路高歌猛进。建工集团也是国内五百强大企业，虽然规模小了些，但是文化底蕴跟南投差不多，"天龙人"自然也不少。他跟着"天龙人"排队，难免多花些心思在各路"神仙"身上，这么多年下来，该会的都会，该懂的都懂，最后确实比别人爬得快、爬得高，却也沾染了一身烟尘气。柳琳早些年仰慕他，如今却时时怀疑，他还是当年那个他吗？

从一个月前辅导完孩子备战高考，何文锋就彻底隐入职场的"尘烟"了，变得很现实，尤其对职场中的你死我活看得透彻。别人看不到的危险，他都能看到，别人看见的危险，他却能多看一步，找到退路。

精确盘算好退路的何文锋，原本就打算负点领导责任——舍不得孩子套不住狼。办公室主任是贪污犯，他无论如何洗不干净的，那就看沾染多少，这就很讲技巧了。一般人完不成这么庞杂细微的计算，但何文锋可以，他让第二项目部的小宋整理那些举报材料都是核算过的。哪件事是自己调任前的，哪件事是自己明确反对但别人私下为之的，统统掂量得清清楚楚。

不过，自己是不是有些"上头"了呢？眼前的账都算得明明白白，每一步棋怎么走都清清楚楚。可是，哪里确实不对……

他回忆柳琳刚刚的话，努力捕捉其中让他产生犹豫的电光石火，在电话里沉默了足足两分钟。

"这年头谁不得罪几个人呢？谁又没有把柄呢？我看梁兵就是得罪人了，跟宿舍楼没啥关系。现在监管那么严，就算退休了也能请回来喝茶……

就是这句了！何文锋冷静下来，细细品味起来。是啊，将来还长，现在把人得罪死了，且不说曾广财十年八年后出来，就是给其他人看到也不好。

自己做事不可谓不大刀阔斧，难免得罪了人而不自知。那些人，最后可能成为落井下石者……感慨着"今后路长且阻"，何文锋决定不再多事。

30

周三这天晚上,从北京又飞来了两位集团同事,将于第二天正式开始对梁兵的离任审计。

下午 3 点半,梁兵快速完成了与几个关键下属的谈话。本来可以不谈,但任职一方,于情于理都该给兄弟们一个交代。于是把几位班子成员,几个核心部门的经理都叫过来聊了一阵,说的话都是那一套,不过,他对每个人都提出了个性化的中肯建议,也可以说是对未来的期待。老领导就要调走了,还对自己如此这般谆谆教诲,一个个都感动得眼泪汪汪。

谈完话,梁兵又回复了许多眼泪汪汪的祝福信息,然后又把任文和王向东叫了过来,说晚上要弄个送别宴。

虽然是送别自己,但显然还是得自己做东、自己做主。时间紧任务重,让他们看着安排。跟着定下了参加的人员——班子成员和全部经理,还有办公室出几个人当司机,搞搞酒宴支持,人数就不用控制在 20 人内了,这顿饭自己掏腰包。

任文和王向东刚刚正在商量给梁兵送别的事。考虑到集团检查组在,这场宴会该怎么搞得低调又到位呢?听完梁兵这么一通安排,他们刚好把两个方案都拿出探讨下。任文正要开口,却被王向东一个眼神打断了。

王向东说:"梁总,算下来吃饭的快 30 人了,您要是自己掏腰包我们可是不敢点菜,光酒水还不得喝掉您一个月工资啊。您要去北京,到处都要花钱。按规矩,限额内的可以报销,其他多出来的您再自己出,再或者,班子几个人凑份子不就行了。"

梁兵大手一挥:"不行不行,这是我的一片心意……"

王向东又说:"这几天集团检查组在,恐怕不能喝酒。这就很影响氛围啊!"

梁兵搓着下巴上的胡茬,缓缓地说:"偷着喝也不是不行,我相信没有人会在这个时候当作问题举报的。不过,还是不喝为好。"

任文的余光瞥见王向东把摊开在膝头的笔记本往自己这边挪了挪，她偷偷瞄了一下，看到空白处歪写着两个大字：饭堂。

懂了！梁兵重复第二遍自己心意上过不去时，任文抬了抬手，非常欣喜地插空说："梁总，还有个方案——我们在饭堂办。冰箱里都有现成的，再从外面弄点硬菜，好茶管够，不就行了。"

梁兵若有所思地点点头，笑着说："不错，是个好主意。对了，之前我们从旁边那家蒙古餐厅点过烤羊肉，很不错，今晚抬半只来！"

送别宴的事就这么定了。

实际上，饭堂并没有什么库存。按照后勤管理规定，每天的食材必须由备案的供应商新鲜配送。且饭堂不提供晚饭。不过，这些统统难不倒万能的办公室，他们交付的比梁兵期待的只多不少。

接下来开始准备，办公室老中青几个人东奔西走，忙得不亦乐乎。王向东交代完饭堂阿姨，就亲自跑去老友那选了些方便摆盘的水果，统统切好、分装了几个一次性的大盘子，在准备水果的时候又给郊区的老友打了个电话，现从人家后院里捉了几只肥鸡肥鸭来。王芊芊领着几个年轻人把预备在中秋晚会上用的气球、彩带也都先拿了出来，爬高下低地从墙根儿的绿植到天花板，都装饰了个遍，氛围立刻就出来了。何大姐把这两年梁兵的重要工作照片拷贝到U盘里，把U盘插在饭堂大电视上，配着音乐搞了个动态轮播，把热闹的氛围又提升了一个层次。电视机上方悬挂的红底黄字的横幅是任文请广告公司紧急赶制的，横幅上写的不是欢送，也没有歌功颂德，而是南浦代表队去年夺得省公司篮球比赛冠军的口号：山水有情，南浦最行；尽数风流，南浦最牛！当时那张大合影就摆在梁兵书架的最显眼位置，现在也出现在何大姐的"精彩回顾"里。

饭堂原有的四方餐桌也被三张并作一排，六排凑成一桌，拼成了一张24人位的大方桌，上面盖着一张从隔壁的饭店里借来的巨大的玻璃转盘，转盘中央横卧着半只烤全羊，周边点缀着烤熟的彩色番茄、洋葱和彩椒，远看过去不像吃的，而像一幅热烈的画，颇为亮眼。

今天的饭菜不复杂。除了主菜烤全羊,另有鸭肉煲四锅、土鸡火锅四套,托盘盛着玉米、土豆、莴笋这些配菜分散其间,加上那些水果和人手一套的一次性餐具、公筷公勺……满满当当摆了一大桌。

下午6点半,欢送梁兵的晚宴在南浦分公司饭堂正式开始。

梁兵带着二十几个骨干步入饭堂时,环顾四周,霎时间热泪盈眶。他不住地点着头,向大家连声说"好",又逐一握了手后才坐了下来。

众人都坐稳后,梁兵的情绪还未平复下来。王向东先插了空,向众人介绍说眼前这顿美味、实在的大餐是梁总个人掏腰包,连茶水都是梁总办公室珍藏的,请大家务必吃好喝好。

在大家鼓掌叫好声中,梁兵用眼神儿询问了王向东,接着往墙角大桌子上的保温桶一指,豪气地说:"这桶里可是一壶壶煮出来的极品金骏眉,今天用茶都得喝倒你们!"

又是一阵喝彩声。热闹中,任文带着何大姐和王芊芊,把盛着金红发亮茶汤的一次性杯子在大家面前安顿好,待所有人都坐下后,梁兵首先举杯向大家致意。晚宴正式开始。

以茶代酒,第一杯酒先敬南浦这块土地,第二杯酒敬兄弟姐妹,第三杯酒敬在座的各位骨干。三杯下肚,茶不醉人人自醉。在座的不乏"老演员",此刻竟都不约而同地表现出了几分醉意,笑声大了,动作多了,说话都放得更开了,宴会开场不到10分钟,气氛就直奔高潮。

梁兵在四方桌靠内墙一边的正中间,莫青和苏恒在两边各领一支,任文和何大姐坐在正对面,方便支应。梁兵的一边坐着程伟,另一边是两个德高望重的"老弟兄"——年纪最长的两个经理,他们也是"看着莫青长大的"前辈。也因此,无须梁兵安排,莫青和苏恒在这个时候都主动地坐下。

莫青先站起来,举杯向梁兵致意。大家纷纷停下了手中的筷子,自觉地端起了杯子,听莫总对着全场致祝酒词。他主要结合公司这两年的具体业绩,非常系统地论述了老板决策之英明伟大,并对自己从中获得的进步成长感激不尽。他讲得诙谐幽默,倒也不显得有拍马屁的生硬。听得众人纷纷点头,待杯中茶终于一饮而尽，热烈的掌声就响了起来。掌声是给梁兵的，不过，准确地说，是给莫青口中的梁兵的。这时候放大领导的优点，起到了"夸奖别人，成就自己"的效果，无疑是非常策略的。

接着，苏恒也举杯站了起来，在大家的配合下，按同样的套路操作一番。不过，苏恒讲的不是具体哪个点，而是"大南浦"。他这个曾经的校演讲队冠军宝刀未老，虽然听得出是早就打好的腹稿，但格局之大、立意之深远，加之与梁兵领导力的融洽，让人刮目相看。这杯茶落肚后的掌声，确实是给他的，连梁兵都带着意味深长的笑，连声叫好，拍手不止。

任文带着另外两个"服务员"添茶倒水，忙得饭都吃不了几口，等发现大家跟前的杯子不好捉到了，就知道终于可以不用管他们了。按照习惯，这就到了"大混战"阶段，大家开始互相敬"酒"了。他们乱起来，服务员们就得了空，赶紧坐下吃几口。

任文虽然代了办公室主任的职，但此事没有公开宣布，她就自觉地当好工作人员，不去"酒场"中凑热闹。今晚梁兵也明确了她的任务：照顾好大家，务必保证这餐饭吃得开心尽兴、不留遗憾。于是，她现在抽空跟何大姐和王芊芊一起卖力地对付起烤全羊来。

王向东刚刚把乱七八糟的菜盘拼拼凑凑了一番，从备餐间回来，端着碗凑过来分烤全羊，嘴上说："咱也趁机搞搞团建。"

4个人热热闹闹地边吃边聊，也都不忘放一只眼睛在"酒场"上。任文看住梁兵，王向东盯住饭菜，何大姐和王芊芊照顾茶水，确保现场每个人碗里有粮，杯里不空。

茶过半酣，十几个经理不知什么时候分了组，莫青跟前有几个，苏恒跟前有几个，更多的人是围在梁兵跟前。各组讲的笑的也不尽相同。

梁兵这边自不必说，无外乎两个话题：感谢领导这两年对自己的培养，祝领导日后步步高升。莫青这边多是"老南浦"，这些老家伙不服气梁兵的严苛，也看不上苏恒的幼稚，平日里不咋吭声，属于信奉"干好活才是硬道理"的那类人。他们是本分的，也是开心的。本分，多来自对工作的敬畏，坚信是这份工作养活了他和家人，常怀感恩之情。开心，则源于价值感和成就感的获得。他们没有所谓的政治前途，只求开开心心到退休，也会尽职尽责干到退休。他们是国内五百强大企业人的典型代表。

苏恒那边的情况就比较复杂，主要由三部分人组成：被梁兵"整"过的，此时正在借机大倒苦水；跟莫青有过竞争关系或者什么过节的，总之看这个同龄人一路顺风顺水地爬到自己头上很不过眼，一定要唱衰他，唱完还不忘把苏恒舔上一舔；还有几个刚进入经理队伍的年轻人，他们接受了全方位立体化的"领导能力训练"，一方面勤奋上进成为企业的中流砥柱，另一方面懂得"抬头看路"，知道苏恒背后有点实力，当然要趁此好好贴一贴，把这个未来有可能上位的大胖子夸成青年才俊，好像他明天就能"继承大位"。

这些话都是逢场作戏，倒也不能说假。毕竟手里端的是茶不是酒，能在神志无比清醒之下把违心的话说得荡气回肠，只能说这是一种认同。

这三拨人并不是固定不变的，少不了在另外两个领导前面走动。他们或是单独、或是两三个一撮，挂着热烈的笑，说着滚瓜烂熟的话，喝着舒服熨帖的茶。三位领导自然也都能从容应对。常年的训练让他们能准确地对每个人说出匹配的话来，还都能瞄准该崇拜者的痛点，提上一些"这话只对你说"的私人意见，让他心服口服。如果听明白了，说到心坎儿里了，有人甚至还想掏出小本子记下来，回去一定对标改进！

程伟和任文只抽空交换了个眼神，他们今天还不敢在莫青眼皮子底下说话。然后，程伟走到莫青跟前，其他人懂眼色地自行回避。两个人单独聊了足足十几分钟才互相拍了拍肩膀分开，把昨天不算友好的对话换了种方式温习了一遍，本着真诚友好的态度达成了某种共识。等程伟走开，早早在附近"排队"的人便凑了过来，他们已经来过不知多少轮了。莫青快速应付完，冲任文招招手。

任文端着杯子穿过人群，路过在苏恒跟前听训的程伟时，留意到他故意把身子转到了另一边，不看自己。这让任文心里有些不舒服。

"老板，有什么指示？"任文分明带着情绪。

莫青从外围拉了两把椅子，两人坐下说话："程伟要跟老梁调走，最少去半年，你知道吧？"

任文拧紧了眉头，说："知道。是过两天一起走吗？"

"他会晚几天，家里还有些事要办。"莫青说。

"哦。"任文淡淡地说。

刚刚程伟拜托自己不要说离婚的事时，莫青很不解，现在面对任文才觉得确实说不出口。离别就让她如此伤心了，便多留了几秒钟给她消化，然后才又试探着说："可能要半年不回来。本来想这几天帮你们慢慢过渡过渡，给你时间回归正常的状态……"

沉默。

"这半年你们尽量不要联系。我刚刚跟他就是在说这个。这对你来说虽然很难，但是，效果会好些。对吧？你得快点走出来。"

"哦。"

莫青看着她耷拉的脑袋，怕她在这种场合哭起来，赶紧提高了音量说："茶水肯定是不够，再去冲泡些续来！"

任文愣了一下，点点头，小跑着进了备餐间。

又有几个人围过来，莫青一边应付着，一边为刚刚的谈话宽慰自己：谁也不是谁的救世主，该她自己承担的，就不要瞎操心了。

等任文脸上又挂着笑回来时，梁兵正在召集大家"听训"，这也是宴会后半段的"例牌"。大家围坐在梁兵周围，听他的个人演讲。以前，在这种场合，无论喝了多少酒，梁兵在这个环节总是最清醒的那个，他趁着恰到好处的酒意把该肯定的肯定一遍，该批评的批评一通，言语流畅、措辞准确、逻辑清晰，让人听得明白、听得舒服。

几个年轻点的小伙子合力把早已乱套的桌子弄整齐，所有人都忙着拖椅子，很快以梁兵为中心围成了一个里三层外三层的"括号"。大家面带虔诚坐下来，像往常喝完酒那样东倒西歪、搭肩勾背，这种伪装出来的醉意，对聆听一场即兴演讲来说毫无违和感。

梁兵的左边坐着的还是程伟，右边换回了莫青和苏恒。讲话之前，他抻脖子瞅了一圈儿，喊了一声："任文呢？过来坐！"

说着，把程伟往外推了一推。程伟旁边的人识趣儿地也往外面挤了挤，如此一个挪一个，很快完成了新的排排坐。

任文一面答应着，一面从后排往前挤，不知道哪个好事的还趁机推了她一把，打趣说："要找准自己的位置啊，任大主任！"惹得大家一阵哄笑。

梁兵也跟着说笑道："是啊，找准自己的位置很重要啊。今天任主任的位置要在我旁边才行。"

接着，又絮叨了一些"我有程伟和任文足矣"之类的老话。

等热闹劲过了，演讲正式开始。不开玩笑了，过渡词都免了，直接说起最严肃的那个话题："希望大家都能理解咱们今天的一切从简。集团检查组还在，审计组也来了，该有的态度必须保持，我相信大家都在积极踊跃配合相关工作。虽然我调走了，但莫青和苏恒还在，我们的班子还在，一切工作照旧。当然，要投诉我的，也大可以放心干了！"说着，自嘲似的笑了笑。

接下来，像做年终报告一样，从党建到生产再到员工关怀，梁兵细数了这两年的业绩，点评了包括任文在内的他亲自提拔的几个青年骨干。整整30分钟，没有 PPT 展示却胜似材料投影在眼前。大家听得入神，有人腿麻了，有人腰酸了，任文支在桌沿上的胳膊肘硌得生疼。当疲惫渐渐笼上众人的笑脸时，梁兵的话也收了尾。大家眼神里开始闪烁光彩，这光彩如烟花般绚烂，也同样短暂——伴随着热烈的掌声即刻消散。所有人都恰到好处地又尽了一次优秀下属的职责。

借着鼓掌的机会，任文好好揉了揉发硬的手肘。她跑神儿了，刚刚梁兵的话一句也没听进去，不过并不妨碍她时而微笑、时而点头、时而咂嘴，始终跟得上大家训练有素的倾情聆听状态。

跑神儿不是因为程伟要跟梁兵走。在备餐间里冷静的时候，她已经暂时消解了情绪。她思考的是另一件事——苏恒那个浑蛋趁着刚刚重新摆座椅的空儿，把任文拉到一边，绘声绘色地重现了莫青投票给王向东的事。当时，任文笑着回答他："我也想投给东哥。"心里却不是滋味。梁兵喊她前，她正躲到人群后面，大口大口喝着茶水，茶味酸涩，吞进去的分明是眼泪，是从她哽住的喉咙、胀痛的眼眶奔涌而来的泪。

梁兵都投给自己了，莫青不会猜不到大势已定，他为何还坚持选王向东？平生第一次，她对他产生了怀疑。从10岁到现在，20年了从来没有看错过的人，竟然在这个时候反对她。主持办公室工作是她等了多久的机会。这些年里踩了水建三多少坑，背了多少黑锅？几次差点被一把手误以为是自己搞事而被撤换。这些，莫青不是不知道，他是为了在集团检查组面前表现出举贤避亲，好在主持工作这段稍纵即逝的机遇面前多一份胜算吗？如果是这样，她愿意理解他，同意他为了"大局"做的选择。可是，如此的话，他会主动交代一声啊！为什么不说？自己在他心里还是不够资格啊……

苏恒的话成功地在两人的信任中撕裂了一道口子。任文感到心痛。她看了看莫青，后者似乎并没意识到两人之间有什么变化。或许，他惯常如此，惯常都留有一手吧。他信任自己的，始终没有自己信任他的多。

可是，这也是正常的，不是吗？如果他是个跟自己一个档次水准的人，又怎么会爬到这个位置上呢？他一定有自己所不理解的地方，未必是错，只是取舍不同吧。这个世界上又有哪些利益完全一致的人呢？孩子跟父母争执都是惯常，不是吗？……

最后，她想起来前两天在医院时，莫青讲到"斗米恩，升米仇"的事。或许，那就是他对自己选择的解读吧。她打算原谅他，她能够原谅他。不管怎样，结果仍然是自己得了这个位置。他做了对的选择，投票给该投的人，而自己最终得到了这个位置。他没有做错，他永远都不会做错。

梁兵的演讲结束时，任文也完成了思想斗争。跟着散场的人走下台阶，来到院子里时，仰望着夜空繁星点点，她感到自己从未有过的宁静。人世间就是如此：会有问题，但总能解决掉。每解决一个问题，就像完成了一次心境升华，心里越来越透亮，对人的信任也越来越简单。低级的合作才充满算计，高尚的关系反而简洁无比。

31

周末,莫青领着程伟和自己业务线的几个骨干又送别了一次梁兵。这顿饭是悄悄地在梁兵家附近的酒店安排的,保密工作极好。

梁兵嘱咐莫青要照顾好兄弟们,又提了些工作建议,最后附在他耳边,意味深长地说了一句:"目光放长远,相信哥的话……"

根据梁兵的建议,周一的班子例会改成了由全部经理人员参加的经营分析会。9点钟开会,莫青8点50就进了会议室,刚瞅了一眼会场,就把任文喊了过来。

"你觉得这么摆合适吗?"莫青指着第一排中间自己的名字问。

任文挠挠头:"我也觉得不合适,问了东哥……"

莫青张了张嘴,却又把批评的话咽了回去,上前一步,自己动手调整起来。先把柳琳的名牌请到了侧面第一个位置,那也是首席经理的位置,说"总经理还空着,总经理助理先放一放……"

然后,把自己和苏恒的位置拉开距离。现在,第一排只坐他们两个人,他在右,苏恒在左。

"这段时间都这么放。"莫青让任文拍了照发给后勤。

说话间,几个经理也说说笑笑地进了会议室,远远地朝莫青打了招呼,却不到各自的位置上,而是扎堆在角落里说笑起来。

这让莫青有些尴尬。如果是梁兵坐在这儿,他们恐怕要粘在椅子上才对。莫青低着头看材料,打算视而不见,熬到开会。不过,那几个家伙声音越来越大,时而还爆笑几声,莫青只得提示他们注意一下自己这个领导。

"喂,兄弟们,一大早这么热闹,是有什么喜事吗?"他喊了一声。

小王望过来,脸上的表情并没有控制分毫,嬉笑着说:"莫总,还真有!开完会再找您分享。"说完,几个人挤眉弄眼地各自落了座。

这时,苏恒也进来了,很快整个会场就坐满了人。不过,一部分人的情绪似乎还飘在奇怪的地方,莫青不得不重新强调会议纪律:"同志们,这是梁总走后第一个会,规矩还按梁总在的时候,今后也是——请大家提前10分钟坐好,会上不准看手机……"

与会者们匆忙收起了手机,调整好情绪,正襟危坐起来。

会议的中途,有人提议增加业务经理的技能培训,说他手上有个业务经理拜访客户时总是碰钉子。其他人也纷纷跟风表示他们手下也需要。还有大胆的说:之前梁总都是亲自安排培训课程,都是"大课",这种个性化的一对一指导其实很需要,不过大家都不敢提。

莫青笑了:"这简单,梁总定下的培训框架不用动,加门课不就行了。咱们苏总就是优秀的业务经理出身,你们早该来抱苏总大腿啊!"

提问的人连声说好,把视线投向苏恒:"苏总,那开完会我来跟您汇报?您帮忙安排安排。"

苏恒从进会议室脸色就不好看,现在听到大家有求于他,勉强挤出一丝大度的笑,说:"需要培训的都来找我,我手上还有些前年读MBA的材料,正要整理出来给大家分享分享……"

说完,又低下头去。他在偷偷地看手机。

莫青斜了他一眼,一个人挑起大梁,独自主持完会议。等散了会,小王跟在莫青后头闪进了他的办公室,直接把手机递来——上面是一张像素不高的图片,一封内部邮箱邮件的截图。

粗略扫过一遍,莫青感觉到事情不妙。他让小王把图片传到自己手机,打发他出去后,关上门研究起来。

苏恒被人告了,应该说果然被人告了。邮件发自加密邮箱,不出意外的话应该是境外IP。揭发的内容直接写在正文,有陈述,有引用,还有加了括号的备注,足足一整屏,颇为震撼。再从收件人来看,举报人不仅把材料发给了正在南浦的集团检查组,还随机在全集团选了同事,发给了34个不同岗位不同职级的人,其中有8个是南浦人,都是基层员工。巧了,34这个数字,恰好也是苏恒的年龄。

不过，如此认真的检举信，事情却只讲了两件。这两件事选得很有技巧，却算不上有"杀伤力"。信中还提到了莫青，莫青却是以正面形象出现的。

乍一看，这个人或许只是想搞臭苏恒，也明白没办法拉他下马。正如邮件最后一句——这样的人不配当领导。

不过，多年的工作经验告诉莫青，此人牵强地把莫青也写进来，用意可不单纯，甚至可以说阴险。应该是想在两位"代老板"之间挑起纷争，最终让两人都失去被"扶正"的可能。那么，此人该是恨透了他们所代表的这届班子。会是谁呢？水建三？不，他已经回天乏术了，而且不该对信中所写之事了解那么清楚。

莫青细细品味字里行间，首先排除了最恨他们的水建三。

第一件事：苏恒在某次会议上对几个项目经理大批特批，不分人、不看事，骂了许多诸如"你们这些蠢货""我早晚把你们这些垃圾全都赶走"之类的话。

具体内容是："苏总拍着桌子奉劝我们认真工作，要我们想尽办法为企业创造效益。这些我们都是认同的，但是他说他当项目经理的时候，每当拿了大项目都会自觉地放几张购物卡到领导桌子上，方便维系好跟领导的关系，必要时请领导帮忙站台……我们想问的是：贵公司的领导拿了工资还不够，一定要让下属贿赂后才能恪尽职守？……这种行为，就是所谓的'想尽办法为企业创造效益'吗？当然，他并不能代表整个领导班子，莫总就跟他完全不是一路人……"

第二件写某项目投标的事：苏恒收受朋友公司的贿赂，压住自己人的标书不肯定稿，最终让他朋友中了标。项目总共80多万。

具体内容是："实在等不及他作最后审稿，该项目团队连夜印刷，也赶到了投标现场，不承想，那家公司当着业主的面笑话我们：你们回去吧，领导都不支持……等上级问责丢标时，苏恒却说全都因为该团队标书不规范，把责任推得一干二净。"

信中除了给出了多个人名，还有苏恒的朋友曾经表明身份，称有项目要多多交流的微信对话截图。

这件事也颇为隐晦地扯到莫青头上——如果这样的领导要继续带领项目团队，那么还会有更多的人想申请调入市场部。

看完，莫青觉得自己脑袋"嗡嗡"的，头一次觉得事情棘手。表态还是不表态？查还是不查？跟集团检查组怎么讲才不会越描越黑……

正在困顿之时，梁兵的电话到了，劈头盖脸就是一通训："你们有完没完？！我刚到集团报完到，屁股还没坐热就听到信儿了。你们是要我在集团丢尽脸面吗？我告诉你们，窝里斗是不会有任何好处的！才说过让你把目光放长远，格局放大。"

梁兵说完了，气呼呼地要直接挂电话，莫青抢了半秒喊冤："梁总，我完全不知情。我用党性向您保证不关我事！您看看邮件里提到的两大罪状，都不大，却要在全集团散布，刻意搞得人尽皆知。我会干这种事情？梁总，您是了解我的……"

梁兵沉吟了一会儿，说："莫青，刚刚我的话是有些重了。我相信你是个有原则有党性的好同志。刚刚我在集团领导面前真是……真是丢了大脸啊！你说苏恒这货怎么得罪的人呢？还得罪到这份儿上……"

挂了梁兵的电话，程伟敲门进来，是送工作交接表的。他早上从民政局出来后没有参加例会，趁着那点儿时间把工作交接给副手，现在就准备带着周末已经打包好的行李去北京了。

"要走这么急吗？"莫青烦躁地问。

工作能力上程伟一个人能顶三个，如今他一走，相当于把三个人的工作都压在市场部副职身上，质量和效率无法保障不说，说不定自己都得兼顾一部分。如此一来，他一个人就被分成了三个：一个是一把手，一个是分管市场业务的副总，一个是曾经的老身份——市场部经理。

程伟淡然地说："集团的流程确实快，我的办公位都安排好了。"

莫青看着他，想着刚刚梁兵说的话，心里一阵委屈，委屈得想大骂梁兵：你他娘的拍拍屁股走了，留下一堆破事。现在集团检查组还在搞事，你居然这么快把我的人抽走！

程伟感觉到气氛在无声中悄悄变化了，赶紧说："莫总，如果这几天您实在抽不开身兼顾那么多事，我也可以下周再走。"

莫青从情绪里挣扎出来，指了指沙发，示意程伟先坐下，并不说走不走的事，而是把刚刚那个截图拿给他看："这件事了解不？"

"一大早就收到了，我们经理小群里有人发。不过，这是举报苏总的，还都是小事，您这么忙就不必理会了。"

"不理会？刚刚你进来之前，我们亲爱的梁总正在大骂我，以为是我指使人举报苏恒。哎！你说我是这种水平的人？为了这么个一把手的位置，一点耐心都没有？一点策略都没有？举报这些毫无杀伤力的事？"莫青冷笑着，眼中露出让人战栗的寒光。

程伟劝说："那肯定不会，莫总，我是了解您的。这样，我到梁总面前帮您解释解释，他这个人您也知道，凡事都不怕一万只怕万一……"

莫青拍了拍他的肩膀，感激地说："那就劳烦你了。"

想了想，又说："咱哥俩现在要分别了，说点贴心话。你是没有留京户口的，房子也还在南浦。"

程伟点点头。

"那就意味着 IPO 之后，你会载誉归来，或在南浦，或在省公司更高的位置上重新开始，对不对？"

程伟点头说："让莫总高看了。您放心，我一定不辜负您的栽培，也非常盼望自己有一天有能力跟您搭班子，您是我非常非常欣赏的领导……"

莫青客气地摆摆手，起身送他到电梯口："一路顺风啊，等你载誉归来！"

看着电梯门关上了，莫青收敛住刚刚短暂的笑意，脸色铁青地回了办公室。

沙发上坐着任文。这两个家伙如此默契，互相有分身？任文也在看那封邮件，不过是打印出来的。她打印了两份，其中一份已经画得乱七八糟了，便把另一份干净的给莫青："莫总，我觉得打印出来，逐句分析，应该能推测出是谁写的。"

莫青看了看，认同地说自己也正有此意，又问苏恒情况怎么样。

"这不快吃午饭了，苏恒说中午有接待，下午可能不回来了，让我们下班的时候帮他关冷气。说完就跑了。我看明天都未必回来，肯定找他干爹，不，姐夫，哭去了。"

莫青不置可否地笑了笑，又问她要不要去送程伟。

任文回答得很干脆，说现在就去，两个人约好了吃顿午饭。解释说程伟担心她心脏又顶不住，不敢搞突然消失。

莫青留下了那张纸，打发她快去快回。临出门又追上来，塞给她一包手帕纸："带着，该哭就哭，可不能再把自己憋坏了……"

任文吐了吐舌头，不好意思地说："老哥放心，我这两天想得可开了！"

程伟要赶下午3点半的飞机，午饭选了一家平日里不常去的西北风味的饭馆。任文点了南瓜小米粥和蒸饺，程伟要了一碗凉皮。两人都没有什么胃口。

"你会常回来看看吗？"任文问。

"很难说。梁总的意思是会很忙，偶尔通宵也难免。"

"陈红……"

"哦，今天不用她送我。乘地铁去机场更方便，随身行李不多。"程伟拍拍身边的拉杆箱说。

已经办妥离婚手续的事始终说不出口，也不能说。程伟明白，他们在一起时本就无视那纸婚姻，卡在他们之间的压根儿就不是婚姻。这么多年过去了，两个不安分的灵魂努力追求着不被认可的、热烈的爱，现在有爱的资格了，却又要退回到安分守己的身份里。他怕伤害她，怕因为匆忙和冲动，又做了一次错误的决定。两个人兜兜转转这么多年，你拒绝我，我躲着你……多么……

她怎么可能说：好啊，你终于可以娶我了！她曾经那么残忍地拒绝过，如今就愿意了吗？他没有问过，她也从来没有道歉过。即便是两个人最热烈的时候，也从来不提那段过往。伤得太重，都不敢回首，都选择了自己舔舐伤口，只把微笑留给对方。

任文现在微笑着，看起来多么美好。她或许已经开始走出来了，他会远远地看着她一路走好，如果，如果……

那就在必要的时候再坦白吧！那个时候，他会有勇气说：嫁给我吧！而她会勇敢地穿上嫁衣，站在明媚的世界，就在他面前，没有掩饰、没有躲藏，就在众人祝福的目光里——扑进他的怀里。

程伟痴痴的笑让任文不好意思起来，娇嗔道："喂，凉皮都放热啦，快吃！"

程伟埋下头，匆匆扒拉了几口，借着擦嘴的时机，用纸巾半掩着脸问："你知不知道我最放心不下什么？"

"我喽。"任文爽快地回答，"放心啦，我们又不是断了联系，只不过是尽量不说话，对吗？你得空的时候给我讲讲那边的工作，我给你说说南浦的新鲜事。就像，就像老同事那样。"

她最后几个字明显底气不足。莫青说过他们不该再联系，她不听，在本能的驱使下，她这次选择不听话。

"你能这样想就最好。不过，我最放心不下的，是你又假装一切都好，整天报喜不报忧。你要答应我，如果心里很难过，就在朋友圈发一首歌，我们都喜欢听的那些歌里，哪一首都行。我看到了，就明白了，你也就当是我倾诉了，好不好？"

任文又要哭了，埋下头喝粥，简单"嗯"了一声。

"我还要说啊……你当了办公室主任会很忙，工作的时候一定要专心，争取早日转正！"

"可是，莫青好像不支持我。"

程伟伸出手，替她理理头发，语重心长地说："莫青毕竟是个领导，今后你要注意距离。怎么说呢？他不是圣人，无论在你心里有多伟大，多正确，他都只是凡人。他会有他的难处，你要理解……"

程伟是个体贴敏感的人,话虽不多,却总能知道她在想什么、困惑什么。

"放心,我理解,也想通了。理不理解的事统统都能接受。其实,我很庆幸遇到你们两个人。如果换了其他更顺风顺水的人生,却没有你们参与,那我宁可不要。"

任文举起茶杯示意碰杯,一饮而尽,这黑茶甘洌醇香,像极了她心中珍藏的美好。

32

西下的太阳光斜照在曾劲松办公室巨大的落地窗上，茶褐色的玻璃变得透亮许多，泛出青蓝色的光泽。苏恒立在窗边望着繁华的省城，俯视众生的感觉真好，南浦那穷山恶水的地方岂能与此相比！

"想好了？真要调回来？"曾劲松的声音从后面不远处传来。刚刚听苏恒哭诉了一半儿，曾劲松就被办公室的人请走了，说是老板要从两个LOGO设计里选一个，要听听他的意思。出去前，他留了话头，让苏恒别光知道说气话，等会儿务必要给他一个答案——回南浦扛大旗，还是去省公司寻个舒服岗位颐养天年。

苏恒哭归哭，并不真心想放弃远大前程。毕竟宿舍楼那么大的事情曾劲松都摆平了，自己这封举报信何足挂齿。按照自己原来的设想，应该是从南浦一把手的位置上被组织敲锣打鼓地请走，高升。

现在离开南浦算什么？可如果不走，他又实在没有勇气留下。今天早上开会的时候如果不是低头玩儿手机，他恐怕要被那些嘲笑的眼光戳死。真不敢想象下周再开会，他们会怎样看自己。越想越憋气，丢人。他也曾是211大学的高才生，是南投集团的青年标兵，怎么当了领导后就变得"不值钱"了呢？先是被人窃听，这又被举报到直接"社死"……

曾劲松问他想好了没有，他不敢回答了。沉吟半天，他恳求地说："姐夫，能不能安排人查查是谁，把他弄走！"

"在单位要称呼职务！"曾劲松不耐烦地说，"弄走？弄到哪里？人家说错了吗？"

苏恒挠挠头。

"要我说，你就回去，当什么事也没有发生过，该干啥干啥。如果集团检查组找你了解情况，你就如实承认错误！"曾劲松接着道。

"太丢人了！他们欺负我倒没事。现在不少人都知道你是我姐夫了，这不是打你脸吗？"苏恒仍不放弃。

"少提这档子事。你如果连面对错误都做不到，我看你还是回来找个清闲差事养老。当初提拔你到这个位置上的时候我怎么教你的——改改你的脾气，控制好情绪！如果犯了错误连面对的勇气都没有，你还有什么可取之处？你那点优秀搁在领导群里屁都不算！全集团200多个副经理级干部，你觉得你比得过谁？哪个不比你有能耐？自己怎么上来的心里没数吗……"曾劲松骂道。

苏恒歪着脑袋瞅地毯上的花纹，不敢吱声。曾劲松却越骂越起劲："你觉得我容易吗？我在这个位置上要应付的人、处理的破事会比你少？这官儿当得比你有面子？就说前两天去看省里的老领导，在人家面前我还不是跟孙子一样？你才受多大的委屈。领导的位置坐久了，就真当自己配得上那个位置了？苏恒，我还告诉你，你那点权力都是那张椅子赋予你的，离开了它，你啥也不是！不信？你走出这个企业，投几份简历看看。看哪一家还能拿这个数（的工资）聘用你……这也不是单说你。咱们在国内五百强企业里待久的人可能都一样。所以，好好珍惜你的岗位吧！"

"出去后一文不值"的道理深深扎痛了苏恒。是啊，那些过去的光辉不只是在领导圈儿里数不上号，如今也早已过了拼那些东西的年纪。反观现在的自己又有些什么资本呢？

他又想起姐姐的话：你要跟老曾多请教，把他当前辈当老师看。当领导的少有不喜欢被人追捧的，少有不喜欢教人的。

看来，自己这么多年来没有长进，跟抱大腿抱习惯了不无关系。实际上，现在的自己在曾劲松面前就像个"巨婴"。进而不免又想起前几天，从投靠齐磊被拒之门外那刻起，曾劲松就放弃了再推他一把。

可如果说硬要推，也一定能推得上去。那个牛二丫马上就要上任采购部的副总经理，她又懂个屁啊！还不是倚仗着身后背景和资源被硬推上去的。

那么，曾劲松如今的态度，是要给自己泼冷水，让自己踏踏实实地谋求进步，做出点成绩，今后才好举贤不避亲吧。

苏恒快速地盘算了一番，打算最后试一试姐夫的态度，以确认自己的思路没问题。他说："我回去，马上回去。如果我调回来，那不是便宜了莫青？"

曾劲松冷冷笑了一声："莫青……如果不是当年死活不肯站队，把自己撇得干干净净，梁兵那年都未必有机会去南浦！"

苏恒愣了片刻。曾劲松是在肯定莫青？但话锋里分明又藏着一股敌意。曾劲松这个人不会轻易承认对手，如果他对莫青有敌意，那么莫青一定有他所不能及之处。他的小脑瓜转得飞快，发现自己听懂了，又好像没有完全懂，糊里糊涂地告了辞。

曾劲松评价莫青的时候，莫青正在访谈室面对集团检查组。他早已不是当年那个善于撇干净自己的人了，而是更上一层楼——不仅不去撇清，反而要往自己身上揽责任，最终把这盆脏水变成某种精巧的武器。

是他主动联系的集团检查组。苏恒被举报影响面很大，自己作为受组织重托的另一人，必须主动担当，对组织、对员工更要有个交代。

集团检查组就举报信问了几个背景方面的问题，莫青逐一如实回答。张组长提醒说，按组织原则这些事情应该由东南省公司办公室安排诫勉谈话，并扣罚一定绩效奖金，并不需要莫青背负连带责任。

莫青说，但这几个问题并非"一日之寒"，他对照自己在工作中的表现，反思到自身也存在一些管理方面的疏漏，所以主动向组织交代问题。这符合集团检查组关于"不忽略一个问题，不忽视一个声音"的工作原则。

莫青谈自己的问题，却不从自己谈起，而是提高了立意，谈组织。谈什么样的组织才是健康的组织，才是有活力的、向上的组织。接着谈到了一把手的责任与使命，最后还结合集团检查组前几天下发的典型案例学习材料谈了几点颇有见地的看法。

几个案例中，有一个是讲某个犯了渎职罪的领导。他整天待在办公室抽烟、玩手机，除了开会、给材料签字，从来不与员工互动，跟副手来往也很少。这个领导被约谈时，辩解说自己是个谨慎的人，不跟人搅在一起，就不会偏听偏信、受人利用，也就会少犯错误。然而，正是这个怕犯错误的领导，却因为一直（只能、不得不）通过微信"办公"而听信了很多谗言。他觉得微信是暗地里的、可控的、一切尽在自己这个"终极 BOSS"掌握中的。殊不知，他却成为人人都能操纵的人。他如果仅仅如此也就罢了，可惜那些精明的下属了解了他的特点，掌握了他的"规律"，也就把握了做事的分寸，把部门弄得乌烟瘴气。该领导在这乌烟瘴气中，仍试图通过分析比对微信中各路信息而判断是非，最终提拔了几个不该提拔的人。怎么会有人"不该提拔"呢？这几个人利用企业漏洞，常年违规操纵，中饱私囊，导致国有资产大量流失，最终锒铛入狱。通过微信审批给他们作案空间的该领导自然也脱不了干系，最终被判了3年，双开。

"这是一个非常典型的案例，是一个非常大的教训。"莫青义愤填膺，"每个坐在一把手位置的人都不是完美的人，都有这样或者那样的缺点，如果没有跟周围人正常的互动，没有'镜子'，自以为很干净，那么难免会有类似的结果，轻重不同而已。

"人都是主观的，所以我们才是独立的人。只有真正实事求是，从实际问题出发，而不是从个人感受出发看待问题、看待事情，才能当好裁判官。有脾气的领导很多，脾气就是主观意志强烈的表现。诚然，一把手应该有魄力，应该有领导力，但脾气不是借口，不能因为自己是这样或者那样的人，就要求所有人都成自己需要的样子，否则就认为是反对自己。

"我也曾经犯过这样的错误，有过深刻的体验。梁兵同志说得好：一个人一定要'正'，才配当个领导，才能当个领导。我是非常赞同的。可是当领导的那一天，一个人'正与不正'已无法改变。那么组织能做的是什么呢？就是把他们扔到群众堆里，接受检验，看他们能不能跟群众打成一片。

"毛主席说'从群众中来，到群众中去'，在党管企业的今天，我们需要的正是这样的精神，这样的工作方法……让领导在解决实际问题中学会当领导，让群众在互动中学会监督权力。

"也因此，有些年轻人难免会犯一些错误，但他们是在探索，他们探索的方式是在正确范围内的……对这样的同志，我们应该加以引导、支持，给予一定的空间……"

莫青尽量控制着音调，平稳、缓慢地讲，说到最后又绕回到苏恒的问题上，显然是在求情。前面说到"理"，乍一听觉得刺耳，但在集团层面、在集团检查组历次总结大会上，这些难听话却比比皆是。张组长听得津津有味，从莫青的自我反省和对材料的深刻理解上，看到了这个年轻人为企业发展筹谋的一颗红心，看到了他身上闪烁的精神，那也是集团推崇的、久久不曾遇见的精气神。

集团检查组查证了资料，走访了几个班组，证实了举报材料的真实性。随后，经请示省公司杨总，省公司安排纪委对苏恒进行谈话教育、记入档案。这件事会在检查整改意见中通报，并可能作为新的案例加入警示库。这是"规矩"。举报信的事已散布到全集团，就不能低调处理，必须向所有人公开交代、妥善处理。至于检举人是谁——绝对保密。莫青可以调查，苏恒可以调查，任何人都可以调查。

33

经过一系列严谨又巧妙的选拔程序，不到 10 天，牛二丫便如愿成为南投集团东南省公司副总经理队伍中的一员。她被安排到采购部当了二把手，每天的工作就是签签字、盖盖章，一瓶墨水用到退休都不成问题。没有工作压力，更谈不上有重大责任。

采购部本来那个副总早就被喂好定心丸。组织上说了：阿饶，你想想这个小姑娘啥也不懂，也不是挑担子的人，就这样舒舒服服当个副手多好，以后是不会往一把手位置上挤的。等你们老大退了，这位置是谁的？那必须是你的啊！再说了，人家来头这么大，给你当队友那不是你的荣幸？平日里搞好团队建设，必要的时候人家会乐得推你上去，多好的盟友。

于是，牛二丫到任的当天晚上，采购部一正一副两位老当家就组织全员设了个晚宴欢迎青年模范牛总，热热闹闹搞了场团队建设。

对苏恒来说，穷山恶水的南浦有刁民，采购部这么舒服的地方也有。团建加强了凝聚力，也带出了一小股反作用力。那天晚上，几个不理解组织良苦用心的反作用力把几张宴会照片发了出去——"请大家学习咱们青年人的标兵！"并互相配合着有序地组织热心群众对这个漂亮的标兵开展深入剖析。

经过几天传播，整个东南省公司及下辖的 12 个分公司都关注到了牛二丫。在坊间的传闻里，她有了一个长长的绰号：刚满 30 岁就当上采购部副总经理的单身小美女。

舆论哗然。有人说这是"天龙人"，羡慕不来，并呼吁未婚的青年都这么找对象，以实现阶层跨越；有人猜测是政商"联姻"，是花了钱买的位置；有人试图穿过重重迷雾扒出来她的家世背景；也有人重点关注她有没有能力，然后直接给出答案——没有，因为但凡有一点本事，或者有要干事的心，就不会安排在这种闲差上；更有人断言这个漂亮姑娘是睡上去的……

几天后，杨老板在班子会上主动提出"端正组织纪律，用好年轻干部"

的议题，让大家充分发表意见："对上面是交了差，干部平均年龄下来了，年轻化了，可对下没法儿服众！已经显现出来的副作用我们不能假装看不到，大家议一议吧。"

蒋为民根据曾劲松的建议，竞聘之前给几个有话语权的关键人都打了招呼，暗示了这姑娘来头不小，请大家支持。实际上不用强调，牛二丫可不是傻的，在当省公司团委书记这些年，所有接触的大小官员、联谊或共建单位的领导，都"无意中"知道了她有个当省委常委的亲叔叔。

杨老板把问题摆了出来，要集体解决，谁也别想推脱。对此，省公司高层们纷纷发表起严肃认真的废话来。

有人说："我们的企业正在转型的关键期，阵痛不断嘛，大部分时候我们这些决策层痛，有时候整个队伍都会痛，大家会慢慢理解。"

有人说："二丫，这个名字就像抗战老前辈给孙子辈取的名字啊，太接地气，这年头，接地气总会被人质疑是弄虚作假嘛，大家有议论很正常。"

有人说："她这个岗位有几个快退休的干部家属也惦记着呢，给了她确实会招人眼红啊，不如我们研究下提高临近退休人员的福利待遇问题吧？"

……

曾劲松不确定大家对他经常到省领导家走动的事了解多少，总之天下没有不透风的墙，还是先把态度拿正了，堵人口舌最明智。他最后一个发言，摆出了早就想好的建议："那就顶着这股舆论，把牛二丫树立成青年模范吧！反正采购部的活儿也是有空得很。让她多写写材料，下去讲讲课、激励青年人。我看很多青年人还是很愿意进步的嘛，很多青年员工就没有参加议论、没有得红眼病……"

与会者纷纷点头。杨老板首肯："这个建议好啊。一旦牛二丫成了青年模范，不仅可以在企业内弘扬正能量，给人才培养添砖加瓦，也能把自己往集团推嘛，说不定哪一天集团就给她调走了哩……"

杨老板不会没想到曾劲松的提议，但自己的意思让人家说出来，是他的习惯，或者说是策略，以免被认为搞一言堂。如果刚刚没有人说出来他的意思,那他会表示还需慎重考虑,下次再议。等再议的时候,自然会得到满意的答案。有时候一把手的智慧就是这么简单,正如曾劲松批评苏恒时说的:你的权力是这把椅子给你的。谁坐在这把椅子上,都是这一套!

越往高层走,开会也好,决策也罢,都会利索很多,都是过来人,谁也别在谁跟前装大尾巴狼。

所以,把牛二丫打造成"青年标杆"的计划就这么启动了。

企业是个小社会,又比小社会复杂。不仅有那些该有的公平与不公平、利益与冲突、出卖与结盟,还是外面那个大社会的缩影,被大社会前置着,因此更加复杂莫测。牛二丫这样的"天龙人"轻轻松松就可以拥有一切,自己无须操心,甚至都不知情,身后就有一堆人帮她摆平事情、铺好路。而其他人则不会有这么好运。

正所谓:幸福的人都是相似的,不幸的人各有各的不幸。水建三就是那个倒霉蛋。

他的二舅很快就判了,因认罪态度较好、退还赃款赃物积极,判了10年。苏玲玲退还了小别墅后很快跟曾劲松领了证。房屋质量鉴定中心的杨卓先是成了外包工,又因为伪造文书被判了两年而丢了工作。坍塌的宿舍楼清理完了,王浩缠着绷带跟其他人一起回来上班了……

唯独水建三在不幸的泥沼中,越陷越深。

没了老婆孩子的水建三,白天在仓库里贴标签,晚上去父母家蹭饭,像一只躲在洞穴里许久的老鼠。这两天嗅出外面大势已定,便悄悄爬了出来,找前妻要求复婚。齐亚茹半天才接了电话,推说忙,没空。第二天找她,也还是找理由拖着不见。直到水建三说要去他们单位谈,她才答应了见面,约在第二周的周末。

水建三见到前妻的时候,她已经是老冯在法律意义上的妻子了。前两天没见他,正是赶时间卖房,还把两套房全卖了。

水建三人财两空,只得去寻找法律支持。

小社会里舒服惯了的水建三发现自己到了外面简直叫天天不应、叫地地不灵。律师倒是很积极地接了这个案子,也根据预测讨回的数目定了酬劳。只不过到水建三举证的时候,却什么都拿不出。都是口头商议的,没有任何证据能证明当初是假离婚。

没办法,根据律师的建议,他开始以婚内出轨为由索要赔偿,并要求归还孩子由自己抚养。齐亚茹起初以孩子还小应该跟着母亲为理由拒绝了,不愿意说真话,也是看着他可怜,多少为他保全点脸面。除了脸面,她真的没有什么,也不想有什么可以给他的。水建三发了狠,说如果不同意他的条件,就说出来买房款是二舅给的,卖房子的钱统统上缴国家!

给你脸不要脸,就别怪我绝情。齐亚茹说那好啊,还给他算了一笔账:两套房首付加起来50万,卖了300多万,如果要上缴国家,自己认罚100万都还有得赚,让他尽管去告。跟着,甩出了亲子鉴定书,讥讽他那样的废物就应该孤独终老,自己没找他要青春损失费就算客气了。

水建三被击垮了,再也没有找上门一次,没再说过一句话。他父母本想着儿子养废了,孙女接回来可要好好教,可孙女竟然是别人的——被气得双双进了医院。

不得不说,女人发起狠来着实可怕。齐亚茹一不做二不休,把水建三当绿毛龟的事散布到了他单位,水建三成了大家茶余饭后的笑柄,这就成了压垮他的最后一根稻草。

几个月后,水建三精神失常了。

公司批了退养手续,很快,他就消失在南浦人的视野里,坊间的议论也骤然消散。

34

程伟走后的第一周,任文异常忙碌,她刻意把时间都用在工作上。到了第二周,办公室主任手头的工作都理顺了,时间宽裕起来了,无聊感便卷土重来。

周末晚餐时,任文溜达到一家新店,随便吃了点东西,拍照、点评、发朋友圈,一气呵成。然后,百无聊赖地坐着发呆,想不出除了看电影还有什么能让人打起精神的事。大龄单身女青年,好孤单。要不,自己也去考个什么证吧?不不不,这个想法刚从脑海中弹出来,就被她按下去了。有一条:不能为了学习而学习,不能为了考证而考证。这话她向很多询问心理咨询师证含金量的人说过,还解释说:我科班出身都干不了,你们这些业余的,就算考了证也难免坑了人……

这么说来,现在自己如果去考个流行的CPA,岂不是要坑了哪家公司?如果考了司考,岂不是要坑了哪个冤主?人啊,还是要明白自己的能力范围。她是个活泼外向的人,乍一看充满热情活力,有股无所不能的劲头,实际上进取心却与此不成正比。

某位祖师爷讲过:性和攻击性是生命的两大动力。自己的生命大概因为心脏这个"发动机"的问题,动力不足。

瞎琢磨了半天,服务员端来了第三杯赠送的果汁,颇有些意见的样子,把账单也跟着丢了过来。

任文翻了个白眼,心想:我要撤了那条朋友圈!

莫青也是这么想的。任文刚买完单,他的消息弹了出来:"今天你发了10条……要是闲就去相亲公园逛逛,或者去街道办当志愿者,再不行就去跳跳广场舞,别骚扰大家。"

"哦。"任文回复了一个疲沓的表情。

她不能在孤单的时候打扰程伟。有事可以,有情绪不行,那样不利于回归正常的关系。她很清楚。说曹操，曹操就到了，程伟的语音信息："这样不好，我看到反而更担心你……"

任文翻了个白眼，拖长了声音，回复了同样的话："哦……"

回家的路上，又是一番胡思乱想。她觉得自己的人格在裂解的边缘，很有必要找个心理督导师聊聊，科班出身的那种。她打通了读研究生时学校心理辅导站的电话。24小时值班的志愿者非常热情地给她提供了一个在南浦从事心理工作的学长——覃立业。

任文清楚这属于违反心理咨询伦理的"双重关系"，不能找他咨询。不过聊上几句解解闷儿，又不收费。"覃师兄，你都毕业这么久了，还占用学校的宣传资源。广告费不便宜吧？"

"我可是作为优秀校友被动地上了通讯录的，不收费。对了，你怎么通过学校找着我了？遇到困难啦？"覃立业回复很快。

"也没啥事，就是最近工作上有点职业疲劳，本来想找找心理督导，谁知学校就在南浦登记了你一个……"任文觉得自己顾左右而言他的本事越来越高，窃窃得意。

"也对，也对！那我就当个陪聊呗，收费打3折。这样，你先发200元的红包来，哥哥我先陪聊一个小时。"

"红包可以有，聊一个小时还不得把我烦死。"任文笑道，接着又转了弯，说，"最近有没有公开课或者团体辅导，我来蹭听一下，说不定这份工作干不下去了，咱还得回归老本行。"

覃立业想了想，笑了起来："嚯！这是出了什么大事啊？赶紧说实话，不然我可瞎猜了，现在就猜……啊！一定是相思病！对了，你是不是对那个帅哥领导……"

"打住！那是我表哥，忘了跟你说。我吧，确实是相思病，只不过那个人不在南浦。唉，不想跟你说这个，就想随便说说话打发时间。"

覃立业似乎松了口气："我就说你不会做那么没出息的事。你们那个领导，不，你表哥这样的，恐怕送孩子去上学都得被老师追二里地要电话……"

任文哈哈大笑起来，问覃立业是不是也有这种经历。

覃立业不说被老师追没追过的事，而是大谈形象管理，最后谦虚地总结说，自己虽然也够帅，但属于文质彬彬型，属于安全靠谱型男人，跟她表哥那种雅痞气质型是非常有区别的。

这些话把任文乐得不行，打趣道："师兄，没想到你假正经的外表下，还有这么一颗膨胀的心哪！不过你这个安全靠谱型的男人怎么还是单身，哈哈。"

覃立业想了想，说陪聊也是分级别的，谈论个人情感话题就属于红包覆盖不了的范畴，最少得一顿饭，让任文找时间还了欠他的饭再说。

任文答应了，说自己最近刚接了新工作，尽量往周末安排，得下周末才行。

覃立业可等不到周末。周二快下班时发了一条微信过来："师妹下班了吗？我下午在你们单位附近一家企业做团体辅导，要不一起吃个饭？你买单。"

任文意识到自己看到信息时露出不自觉的微笑，这多少让她有些尴尬，那种尴尬来自对程伟的"背叛感"。于是赶快宽慰自己：科学地讲，为了排解对程伟的思念而找事情消磨时间，再到积极地发展新的关系，这是启动了心理防御机制，是保护自我的一种正常的自发举动。

不过，她还是发信息告诉程伟说今天请覃师兄吃饭，当作是那天心理辅导的咨询费。这让自己的负罪感轻了一些。

程伟很快回复："好事啊！我听莫青说你这个师兄不错，还以为他早就撮合了你们呢。多聊聊啊，要开心！"

覃立业提出开车来接她，任文稍作犹豫，也答应下来。话说得大大方方，心里却打着鼓，这鼓一直打到她坐在副驾驶位才停下来。一辆崭新的特斯拉。

"师兄，你这车不错哦！我以后也想买！"特斯拉的炒作最近铺天盖地，为避免单独处在密闭空间的尴尬，聊聊它倒是个好主意。

覃立业边研究车载导航边回答说不合适，主要是这款车太大，建议她等明年 Model S 在中国公开售卖了再买，那款纤小些，更适合女生。

接下来 15 分钟的车程里，几乎都是覃立业一个人在说特斯拉。从尼古拉·特斯拉和电磁线圈，说到手里的方向盘和车顶的无死角摄像头，跟讲故事一样声情并茂，又像对着认识了十几年的老朋友一样放松。

晚餐吃火锅，覃立业定的。这是家小有名气的川味火锅店，两人到的早，赶上工作日免于排队，是个尝鲜的好机会。

又是火锅，看来这是我相亲标配了。熟悉的味道唤起了任文的记忆，免不了有一种被命运拿捏的无奈，暗自觉着不是个好预兆。

覃立业沉浸在刚刚讲故事的高涨情绪里，看着小师妹话少了，就越发努力地活跃气氛。他的心思并没回到手里的菜单上，快速地来回翻了几遍后，说："师妹啊，你有啥忌口不？我可是要放开点了哈，等下买单的时候不要心疼。"

任文被他那夸张地吞口水的表情逗笑了，说："忌口就一样……不吃贵的！"

服务员也笑起来，从覃立业手边拿出一张过塑的大号菜单："或许可以先看看套餐喜不喜欢，过几天就是中秋了，这是我们专门推出的二人团圆套餐，非常划算……"

覃立业推了推那600度的眼镜，凑上去细细看了一遍，大手一挥："就这套了，麻烦您尽快，这位女士等会儿还要看电影。"

任文可没说过要看电影，但也不反驳，笑了笑，起身去给自己调料汁。

覃立业侃大山虽然游刃有余，真正面对面聊起天来却又拘谨了。不过，这毕竟是两个单身青年第一次约饭，矜持点也无不妥。于是，彼此的话题几乎都在职业领域游荡。

任文也不把他当外人。既然前两天骚扰人家说工作遇到了麻烦，那还是多少要圆一圆，免得他认为自己满脑满心都被荷尔蒙控制。于是就说起来单位的领导更迭、人事变动的事，吐槽自己临危受命但是前途未卜，公司很可能过河拆桥——还给她打回原形。

覃立业不同意她的悲观思想，提醒她说有那么一个厉害的表哥罩着，混上去怎么也比白手起家的人容易些。任文不愿意说破"表哥"是糊弄他的，没有血缘关系，因此很多事情并没有那么理想。只是说还是要自己争气，自己不争气的话也会给人家丢脸，不能妄想太多，之类。

覃立业说："嗯，你为人很'正'。"

他下一句是不是应该说：我很欣赏你。任文不知道，又显然知道。但是在心底里，她拒绝被任何人欣赏、接近，她的伤疤还没有好，摸一下都疼。

"正""不正"的，不重要，自己又不会当领导，那是属于莫青之辈该掂酌拿捏的事。而眼下既然有人陪吃饭，又是不需要自己伪装起来面对的人，那不如说点"人话"，倒倒苦水。于是，从平日里跟水建三互掐，说到了"天龙人"的无所不能。

覃立业听得津津有味，他也是《航海王》的"铁粉"，对"天龙人"深有了解，也讲起自己当年创业就是因为在原来的单位受到不公平待遇。

虽是吐槽，虽是负能量，两个人却也聊得开心尽兴，这顿饭吃到了快9点。覃立业送任文到小区门口，趁她下车动作慢，又自作主张地约了下一顿饭。

"天龙人"牛二丫被组织贴上了"青年标杆"的名号在公司主页、企业广播和公众号上广泛传播，为其《走在前列建新功》的红色主题系列讲座做足了铺垫。组织宣传了她，她的课程功效却是为了组织。不出意外的话，今年的年终报告上，会有大篇幅讲述东南省公司在党工团建设、年轻人培养方面的突出表现，并写入述职报告呈送集团，成为杨老板及其班子的一大亮眼政绩。

9月7日，周三。上午9点，第一期讲座在南浦分公司党员活动室正式开场。选在南浦是曾劲松的建议。牛二丫是南浦出来的，老熟人多，能捧场，效果好。牛二丫很满意这个安排，但是关注点却不完全在这个点上。

放眼望去，台下满满当当，除了指定参与听课的青年党团员，还有不少自愿报名的其他员工。南浦分公司虽然年轻，员工平均年龄却不低，30岁以下的人加起来不足15个，但苏恒硬是动员了35个人来，开场前还亲自绕场一周，拍了几张照片。

开课前 5 分钟，任文协助调好了音响设备，试播了材料，牛二丫踩着高跟鞋款款而来，时机恰当地坐到了讲台前。虽是来讲课的，她穿的却不是职业装，而是一件改良款的旗袍。这款量身裁剪的旗袍裹得严实，凸显身材之余并不让人觉得夸张。这就让她稍显圆润的身材在风情万种的同时并不影响其所代表的青年之先进性。

开场白一说，掌声雷动。别说台下的男同事，任文自己都对这样一个又红又专、年轻漂亮，且声音甜美的女领导叹服不已。这堂精心准备的课除了讲"大道理"，还列举了许多在实际工作中涌现的标杆案例，生动地阐述了先进青年的模范带头作用，充分展现了各级组织对年轻人倾注的关爱和期待，激荡人心，振奋人心，鼓舞人心……

这场爆火的宣讲课在 11 点半左右结束，大家热烈的掌声表达出意犹未尽，也间接说明了"课代表"苏恒同志在配合上级战略决策方面的用心。

离午饭时间还早，任文带牛二丫到六楼的接待室休息。集团检查组上周五撤了，接待室恢复了原样。任文烧了壶水，泡了新茶，打算陪她聊到饭点儿，吃完饭再送走。

"牛总，才几天不见，您都进领导班子了，可是我们这届的大榜样哩。咱们一起入职的几个正说组团去拜见您，没想到您就先来基层看我们了，今天的课讲得真好……"

牛二丫倒也不摆架子，伸手假意点了点她的鼻尖儿，笑道："你看，拍马屁拍到我身上了，跟我说这些。你还不清楚我啊。对了，你哥在吗？我先去看看他这位老领导。"

"牛总，在这里可不能说那是我哥，咱系统内都没人知道，您神通广大，可得多替我这个小兵打打掩护才行！"

不过，牛二丫的提议没错。她是副总，按照惯例陪同接待她的人也应该是副总。但是苏恒在会场蹦跶了一个早上，现在不知道去哪里放松去了，那自然是莫青来招待。不过莫青早交代说自己早上要开两个会。任文明白，这是能不见就不见的意思。

任文从那张娇俏的脸上看出了别样的期待，可不是什么好兆头。于是拖延起时间："牛总，咱这宣讲是多久一期，啥时候能再轮到南浦啊？我今天听得意犹未尽，刚刚还有人拉着我说还想参加第二期……"

牛二丫应承着只要南浦有需要，自己可以经常来，心里却还是想着要见莫青，匆忙喝完那杯茶，站起来往外走。任文只得跟上来。

两个人说笑着，眼看就到了莫青办公室门口。不知道是不是声音太大提醒了莫青，他正好抢先一步出来，顺手带上了自己办公室的门，才看到二人。

"呀！牛总下课啦。您今天辛苦啊，大老远跑来……任主任，快点带牛总休息下，饭堂那边安排了吧？"

莫青说着话，却没停住脚步，自顾自地往电梯口走，匆匆忙忙，看起来有急事。两位女士下意识地跟上来。任文说："饭堂都安排好了，阿姨知道牛总回来了，还特别准备了一道她的家乡菜。莫总您一起吃饭吗？"

莫青长长吐了口气，犯愁地说："哎呀，今天太多事了。我估计连饭都吃不上，两位女士一定要见谅啊。我现在是一人兼三职啊！啊，不说了不说了……"说完，又摆手又叹气的，进了电梯。

牛二丫撇了撇嘴，当下没说什么。等回到休息室，就趴窗台上看，看了几眼，回头说要下大雨了，得赶紧回去，饭也不吃了。

送走了牛二丫，任文在市场部办公室找到了莫青，他正坐在原来属于程伟的那张办公桌前玩手机。任文在门口比画了一个"clear"的手势，莫青麻溜儿地站了起来。两个人一起往饭堂去。

任文忧心忡忡地问："你真不怕得罪人啊？刚刚装得也太不高明了，都快吃午饭了，你说有急事。说去陪客户吃饭吧，你又夹了个本子。怎么看都有破绽，我都不知道怎么给你打掩护。得罪她可不是玩儿的。"

"你什么时候学得这么官僚？一个小屁孩儿来讲个课还得让我陪吃陪聊？何况我这些天忙得晕头转向，你又不是不知道。梁兵走了，程伟走了，苏恒那货……现在上上下下都得我……"

"说起来，老梁那天在扩大会议上说你精力分配不科学，什么事都操心，会把自己搞得很累。我看眼下就是这情况。"

"差不多吧。一把手哪有那么好当的，不过，快熬过去了。国庆节前我一定能都搞顺了，好好给自己放个假。对了，你爸妈订好机票没？"

"没那么快，估计下周才定好时间。预计就在这待一周。"

"都退休了，家里也没什么事忙啊。请他们多住一段时间，我还要带他们去香港呢，你忘了。给我留点时间。唉，好累……"

"行。"

吃完午饭，任文陪着莫青在院子里溜达，说是陪他聊聊天，减压。其实是八卦心起来了。

溜达了没几步，任文小心翼翼地开了话匣子："牛二丫确实热情，说过几天还来讲第二课呢。您老人家啥意见？觉着烦的话我给您挡着啊，还是说下回您老人家就得空亲自接待了？"

"接待？有空我去接儿子放学都不会接她。这种人你得注意距离，贴什么贴啊，瞎机灵。你跟她能混成闺密？我离八丈远都能看透你这个心思。"莫青讥讽地说。

"跟'天龙人'混成闺密不好吗？这可是顶级的……你看我们办公室的工作受益多大——采购流程快了一倍都不止，省公司的事更不用说了，我只要提材料过去，就能在企业新闻那里滚动播放两天。我这可是为咱南浦谋福利！这闺密能处。"

莫青白了她一眼："你现在放屁都不带脸红的。看不出她什么心思吗？"

"看得出啊，对你有意思呗。话说，前些天，也是在这里溜达的时候，我要给你上思想政治课你不听，说自己绝对经得起考验。那我肯定信你啊，我现在就……看热闹。"说完，任文嘿嘿笑了起来。

莫青四下瞅瞅，压低声音说："我不管你看热闹还是要发展闺密，总之，关于我的事情不要聊。这小妮子发了几次信息，刚开始说工作，后来就要请我吃饭。我跟一个采购部的副总有什么工作聊，有什么饭需要吃？"

"真……一次都没吃过？"

"那也不是。面儿上还是不能太难看。这不，上次替梁兵去省里开会，没躲掉，吃了个简单的午饭。"

"啧啧啧……"

"别看不起人啊。那顿饭上我把她教育了一顿，跟教育你差不多。话说，你们也都是30岁的人了，感情问题都处理不好，我们党的优秀传统在你们身上都退化掉了吗？"

"停，打住！说你俩的事，别往我身上扯。我跟她可不同……"

"哦，是不同，她比你还缺心眼儿。你猜那天我教育她什么？对了，回头你萍姐如果找我算账，你可不能乱说话，得当我的证人啊！现在我们统一下口径：我在道德和良知还有智商方面都谴责了她，把她气坏了，威胁说我在南投可别想着往上混了，让我等着好看。"

"啊！这么严重！不对，她今天的态度分明不是那回事，快快老实交代，你是不是用了什么法子哄人家。可别想着通过我去蒙骗萍姐，我跟萍姐肯定是一条战线……"

"听我说完。那天确实说得重，是有点心里没底。谁知道她背后到底多大能量呢？不过，再来一次的话我还是会说那些话。我相信自己的做法是无比正确的，没有打折的余地。再说了，我能管理这么大个企业，还能让一个丫头片子威胁了？"

任文竖起了大拇指。

这会儿，莫青的表情变得神神秘秘，不乏得意："当天晚上我居然接到省里一个秘书的电话，传达了北京的话。没想到，她能量确实有点大。"

"啊，这不还是妥协了。哥啊！你让我很失望啊！"

"别打岔！人家传达的是这么句话：年轻人，你是个讲原则讲党性的人，也是帮我们牛家教育孩子，给你添麻烦了，我替二丫道歉。归根结底一句话：我做得对！"

"还好还好，刚刚差点给我吓着，以为你真的'叛变'了。那后来呢？"

"后来牛二丫就给我发了信息道歉。你看你看，我这里可是有凭据的。"

莫青掏出手机，点开两人的对话框，除了最后一个"OK"的手势是莫青发的，前面长长短短的信息都来自对方。

莫青并不给她细看，很快收起了手机，说："这不就解决了！不过，谁知道她今天还能这么厚脸皮，又贴上来，现在的孩子啊……哎，这点倒跟你很像。"

任文翻了个白眼，又竖起了大拇指："惊险，惊险！老哥你可是刀尖儿上舔血第一人哪！"

莫青豪爽地拍了拍她的肩膀，想起覃立业的事，问她和她师兄发展得怎样，有没有好感。

任文带着满脸幸福汇报说已经约了两顿饭，看了一场电影，目前还不错，有共同语言好沟通。又说这周五晚饭也约好了。

莫青提醒她："都这么大的人了，别磨磨叽叽。如果聊得来，彼此情况都认可，那就赶快定下来。我看周五吃饭时不如就把该问的都问了，什么谈几个女朋友啊，房子多大啊，父母亲戚啊……"

覃立业也是这个意思。周五吃饭的地方是家高档西餐厅，主打的牛扒套餐，588元一位。覃立业说："今后吃饭就往这个标准上靠，咱又不是没有钱——生活品质要保证。我看这方面咱俩还是一致的。"

跟着，自然而然地就从对生活品质的看法聊到了对生活的期待。

覃立业的父母都是医生，还有个妹妹在国外读书，家里条件绝对过硬。他对自己事业的规划也很翔实，考虑周到，有步骤，有耐心，任文很欣赏。不过，他迟迟没有谈起情感经历。

快吃完的时候，想着莫青的话，任文鼓起勇气先坦白了自己的，在一定程度上的坦白。她说："之前跟你说过我喜欢一个人，你可能也知道他是有家庭的。那种默默的喜欢很折磨人。后来他不在南浦了，我也就很快走出来了……你不会看不起我吧？"

覃立业不仅表示这没什么，自己非常理解，而且顺着话题讲起了自己的情感经历。这一讲不要紧，本以为要开始的关系，当场就破碎了。

覃立业结过婚，那段婚姻持续了6年，在一年前离了。他现在带着一个5岁的娃娃独自生活。离婚的理由是前妻出轨，一个再常见不过的说法。

听到有孩子的时候，任文已经感觉这事不成了。不过，出于对彼此负责任的态度，还是追问了另一个问题："我之前有相亲过这样的男士，他特别反感女人……就像你说的情况。我也有……你不反感？不会有心理阴影？"

覃立业愣了一下，意识到自己刚刚给的离婚理由并不明智，改口说："嘻，主要是不好意思说人家就挑了那么个理由。她赌钱。你知道我们做心理咨询的帮人戒掉什么赌瘾、网瘾本该是常事，手上多少都有几个成功案例。可是，我帮不了她，转介给其他人也不行。她让我觉得自己很失败……"

任文共情到这番话里让人窒息的沮丧，不好多说什么。心理咨询师不是万能的，他们都有无法帮到的人，或者说，很多来访者能稍有改善就算是成功了。他们自己也会有各种各样的问题。自己就不说了，连覃立业这种已打出口碑的知名心理咨询师都有过不去的坎儿，提起自己的失败情绪就会濒临崩溃，恨不得把自己藏在桌子底下，跟谈笑风生时完全成了两个人。

重回平静后，覃立业继续说起了对未来的规划。如果他们在一起了，要再生一个孩子，说自己的经济实力完全够给两个孩子精英阶层的教育。看着不为所动的任文，又许诺说在市区再买一套学区房，还要加上任文的名字……

他是个优秀的心理工作者，是个负责任的父亲，可能也会是个不错的丈夫，可是他有个儿子。任文早就考虑过这样的问题：就算冒风险生孩子，都不能给人当后妈。她学的教育心理学，在别人看起来可能会非常懂小朋友。可实际上在学习中了解了太多问题儿童，她对能不能教好自己生的孩子心里都没底，何况是人家的，还是个5岁的儿童，这种最难沟通的年龄？！

这顿饭，不欢而散。

35

周末的晚上又回到原样,格外无聊。任文勉强打起精神,打算用工作填满自己。打开笔记本电脑,重新修改下周的工作计划,把蓝牙音箱也切换过来,找了个许久没听过的曲库随机播放起来,权当作背景音。

听音乐煮饭、听音乐练瑜伽、听音乐办公……样样都离不开音乐,否则这个算是温馨的小窝里,除了接打电话就再没有半点人声。音乐是多么必要的陪伴啊!

熟悉的旋律响起,把任文从工作计划表里拉了出来。是日本动漫《灌篮高手》的主题曲"好想大声说爱你"。

多久没听过这首曲子了?5年,8年?她没有看过这部动漫,却熟知这首曲子,听了千千万万遍的曲子,满载着她的青春。

作为对弄坏她手机的赔偿,当年程伟送过她一个MP3,这是里面存着的唯一曲子。

任文清晰地记着那个周末的下午,3点来钟,阳光透过图书馆5楼的玻璃窗洒在桌面上,照着刚刚在门口偶遇程伟时他塞过来的MP3。他匆忙地说了句:"对不起,那天踩坏了你的手机。"然后就抱着篮球跑开了。

任文还记得面前摊开的是弗洛伊德的《释梦》,老师推荐的书。她戴上耳机,听到这首高中时就广为流传的曲子,一下子明白了少年的心意。篮球场就在图书馆楼下不远的地方,从5楼望下去,越过高大的白杨树,看到几乎全部的球场。她一眼就看见了程伟矫健的身姿,当一个三分球投进后,他俯身撑住膝盖,用这种方式理顺气息,起身的时候远远地向图书馆楼上张望了一番。

她永远忘不了那天的阳光、楼下的白杨树、球场上的少年。或许是书的魔法,从那天起,她的梦也有了某种意义。她经常梦见程伟,而只要梦见他,那天准能"偶遇"他。懵懂的爱情美好得像一部小说,像惹人眼泪的偶像剧。

如果事情就这样自然而然下去多好啊……

现在怎么成了这样呢？命运啊，你真会开玩笑。

回忆在曲子结束的时候戛然而止，不觉间泪水已经淌满了脸颊，世界在眼前朦胧起来。任文放声大哭，这些天心里压抑的情绪倾泻而出。哭着哭着，竟下意识地拨通了程伟的电话。

程伟似乎在跟人吃饭，应该是加班完吃着夜宵。听到她哭，先是跟那边低语了几句，马上拿着手机找了个安静之处。

她不说话，只是哭，他也不说话，就那样听着。等哭声渐弱，问她这是怎么了？

"没事，只是想哭。对不起，打扰你了。"

程伟说不打扰，自己快吃完了，是跟梁兵一起吃的，够时间多讲几句，让她慢慢说。

她却不肯说实话，努力憋住余下的眼泪，撒谎工作压力太大。

程伟放下心："办不了的事就不要勉强，也要学会把事情安排给其他人。之前你一个人顶三个，现在要让手下的人一个顶三个……"

任文破涕而笑："说得轻巧，你都做不到。"

程伟沉吟片刻，叹息道："是啊，很多事情我都做不到。自己做不到，却要求你做到。我真是可笑。"

沉默，漫长的沉默。不知过了多久，梁兵寻来，他们才结束了通话。

10分钟不到，莫青的电话就来了。任文吸着鼻涕假装有些感冒，问领导深夜致电有什么要紧事。

莫青很不高兴："你工作压力大可以找我说，怎么告到北京了呢？程伟发了信息给我，说你哭得昏天黑地，我担心晚一分钟你就得跳楼……"

"我不是哭工作压力大！"

"我当然知道你不是哭这个，不然也不能给人家打电话哭！他跟你说什么了吗？"莫青是要问她是否知道程伟离婚的事。

"没有，就是听我哭。"

程伟居然还不说，这家伙定力倒是很足，抛开婚外感情纠葛来说，他算是个负责的人。莫青努力把到嘴边的话咽回去，心里开始为他们的错误开脱。

任文嗫嚅了半天，终于说清楚一句话，她说："我想让程伟离婚。"

"什么，你说什么？"莫青被这两个家伙折腾得有点头晕。

"我要程伟离婚！"任文在电话那头喊了起来，喊罢又开始哭。

一直坐在莫青旁边看电视的萍姐听不下去了，夺过电话："你如果是认真的，就去跟那个人说。不能再这么下去了，没完了？你哥为你的事都想去北京杀人了！"

任文还只是哭。莫青又把电话接了过来："今天是最后一次我听你哭这些破事，哭完赶紧睡觉，明天好好地来上班。等明天下班的时候，如果还是这个想法，就要自己跟他说了。如何？"

"好。"任文讷讷地答应。

放下电话，黎萍抱怨起来："你说任校长那么厉害，连你都收拾得了，怎么就没教好自己的女儿呢？"

"溺爱啊！小姑娘被惯得不像话。还好咱们生的是儿子。"

"我看不是溺爱，而是教育缺失。任校长是个内敛的人，多少有些保守，多半儿是不会跟女儿谈情感方面的事，压根儿没有教过她怎么跟男人打交道。"

"是啊，你说得对。他看起来是个思想解放的教育工作者，内里却是个含蓄保守的人。你如果见过程伟，就会发现比起我，他更像任校长……"

周一下班回到家，任文已下了决心。他如果不离婚，自己就认命！今后哭也要自己躲起来哭，绝对不在他面前哭。人活一口气。

任文发信息给程伟，先说了覃立业有个儿子的事，又表示说她宁愿单身也不能给人当后妈。

程伟不置可否，只问她昨天的问题解决了没有，今天工作顺利不顺利。

任文回答："工作从来都没有让我哭过，我只哭犯过的错误。"

许久，程伟回复了几个字："我已经办妥了离婚手续。"

36

9月中旬,集团发布了南浦分公司的检查结果,列出了用人问题、领导自身素质问题、一线待遇问题等8个整改项目,对需要南浦继续改进的问题也一一点名,确定了"回头看"的时间是10月31日。届时,南浦分公司应已整改完全部问题,该补发工资的补发工资,该优化岗位的优化岗位,该解除合作关系的(合作伙伴)应全部解除,并善后完毕。

莫青跟梁兵通电话互相道喜,彼此都松了一口气,简单的客套胜过千言万语,隔着千山万水,两个"老男人"反而更加惺惺相惜了。

聊完集团检查组,梁兵说还有一事相求——把任文"还给"自己。说是IPO的事超乎想象的繁重,组织上允许他再挑一个助手。不用说,助手早该补了,上面却等到检查结果出来,梁兵无问题才松口。

"你说我人生地不熟的,能挑谁?"梁兵笑问。

两个年轻人终于摊牌之后,莫青也考虑过这个问题,现在梁兵主动提出来把任文"捞"到集团工作,看起来心里早也有数了。

莫青只恳请梁兵答应一件事:"任文能在您的指导下继续进步,我真是替她高兴,感谢的话就不啰唆了,您知道我的。只是,他们如果要结婚的话,我想,我想还是,还是要等明年回到南浦再办……"

"哈!你这个大哥都快当成爹了!我明白你的意思。这两个人我也得考察考察,要敢偷偷结婚我可是第一个不同意!咱们都是过来人,知道有些事要经得起等待。你现在不也在等待……放心,等他们在南浦摆酒席,我一定参加!说不定到时候你是双喜临门啊!"

莫青的喜来得比较早。集团检查组"回头看"之后不到半个月,南浦分公司新的一把手千呼万唤始出来——莫青。

到杨老板跟前谈话时,杨老板看着他高兴得眼睛都眯缝住了。开心是为着自己又发现了一个齐磊,而且看起来更全面。这让他对发掘、培养更多的齐磊一下子有了信心，东南省公司还是很有潜力嘛。

他说："你这个同志扎根一线这么多年，始终行得正、坐得端，在工作成绩上更是有目共睹。在南浦这几个月各种事情纷乱复杂的情况下稳得住局势，帮助梁兵交接班平稳过渡，这些我们都看得到……你也要好好感谢省公司我们这帮老大哥——让省委领导都看到你了！本来你有两个竞争对手，结果省委领导简单几句话就决定了你来担当大任。其中有句话我得转述给你：南投作为国内五百强大企业，肩负着许多责任与使命，其中最重要的就是人才培养……省委领导点名了你，要求我们多培养你这样的年轻干部……"

任文从北京发来贺电："老哥，稳！"

下一秒又打来了电话，说心情太激动，必须打电话祝贺，顺便也汇报汇报这些天在北京"见的世面"。

莫青谦虚地说本来心里完全没底，只是本着"尽人事，听天命"行事，这下自己都够惊喜，不由得感慨"有惊无险"。

听到这些话，任文想起梁兵对此事的评论，有了一个大胆的猜测。她斗胆说："梁总讲了句'好人也要抱团儿'，现如今你又这样说。我不禁想问：终究是牛二丫无心之间推了你上位吧。说起来，也是牛二丫按下了宿舍楼问题，救下了曾劲松这样的人。"

莫青笑笑："不清楚，或许有某些因素吧。就算我是高层在做决策时，面对无数信息和各方力量权衡的结果吧。但不妨碍咱做好自己该做的事，还是那句话：尽人事，听天命。"

顿了顿，又说："不过，刚刚那句话说得很对：在这个企业里，好人也要抱团！"

梁兵的祝福很简短，一共14个字："鲜衣怒马少年时,不负韶华行且知。"

莫青回了电话："梁总，此刻我高兴不起来啊。我最担心和苏恒的上下级关系会有些问题。您知道的，这小子心里肯定有些不服。这么多年我也面对过许多不服，可他不一样，如果往上面给我上点眼药……"

现在他跟梁兵同级了，交心的话可以说了，也必须说。苏恒的问题并不紧迫，但始终是个大问题，而且是他和梁兵都深以为然的问题，那么不妨拿出来统一下思想，也确保两人今后的路上步调一致。

梁兵爽朗地笑了，笑声中透着善解人意："不怕。我当年不也是这样过来的吗？坚定自己的立场，做自己认为对的事，只要自己'正'，谁都不能拿你怎样。再说了，实在不行，就让集团检查组再来一趟嘛，省公司亲自接待……"